UNIVERSOS DISTÓPICOS

JÖSE SÉNDER

Redbook

UNIVERSOS DISTÓPICOS

© 2019, José Sender Quintana

© 2019, Redbook Ediciones, s. l., Barcelona

Diseño de interior: David Saavedra Peña

Diseño de cubierta: Regina Richling

Fotografías interiores: APG imágenes

Todas las imágenes son © de sus respectivos propietarios y se han incluido a modo de complemento para ilustrar el contenido del texto y/o situarlo en su contexto histórico o artístico. Aunque se ha realizado un trabajo exhaustivo para obtener el permiso de cada autor antes de su publicación, el editor quiere pedir disculpas en el caso de que no se hubiera obtenido alguna fuente y se compromete a corregir cualquier omisión en futuras ediciones.

ISBN: 978-84-120812-9-9

Depósito Legal: B-25.082-2019

Impreso por Sagrafic, Passatge Carsi 6, 08025 Barcelona

Impreso en España - *Printed in Spain*

UNIVERSOS
DISTÓPICOS

JÖSE SÉNDER

LOOK

A la memoria de George Orwell, que nos enseñó que no hay mayor forma de revolución que la creatividad.

A Doc Pastor, por su inestimable paciencia, consejos y ayuda en general.

ÍNDICE

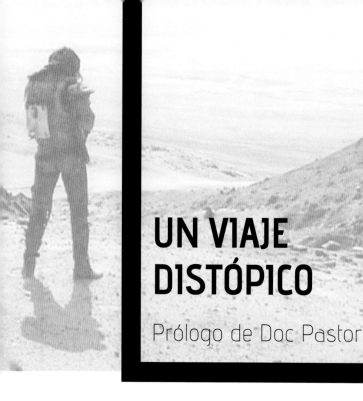

UN VIAJE DISTÓPICO

Prólogo de Doc Pastor

Os voy a contar un secreto.

Este libro debía haberlo escrito yo, pero por otros compromisos profesionales tuve que decir que no a Redbook Ediciones. Sólo que lo hice recomendando a Jöse Sénder para encargarse de la obra, y menos mal que lo hice, y menos mal que ellos aceptaron la propuesta.

Este buen amigo es un habitual colaborador en *docpastor.com*, un gran conocedor del mundo del cine y del cómic, además de declarado amante de los años noventa del siglo XX, pero que también sabe apreciar y paladear toda la cultura pop posterior (y anterior) a tan icónica época.

Y por supuesto, le encantan las distopías. Igual que a todos, ¿no?

Tienen algo único y especial, son atractivas y horribles, nos gustan y nos repelen a partes iguales. Lo que dista de ellas y de nuestro mundo es tan solo la cabeza de un alfiler, o quizá en realidad esta es la dimensión que salió mal y (como suele suceder en tantas obras de ficción) ni siquiera somos conscientes de ello.

Pero seguramente leer estas líneas sirva de guía para poder ver las pautas y las pistas, están ahí para el que sepa observar. Igual basta con tomar una pastilla de cierto color, o que alguien nos diga que despertemos para salir del trance, los más osados romperán de forma literal las barreras de su vida y otros harán lo mismo que Alicia, caer en una madriguera para llegar hasta una fantasía enloquecida que puede ser más cierta que el día a día.

Mad Max: Fury Road

Jöse Sénder ha viajado por todos estos mundos, ha paseado por la extraña y maravillosa ciudad de *Dark City* (¿o es la de *Matrix*?), ha mirado a los ojos a los extraterrestres de *Están vivos*, ha intentado fugarse de La Villa de *El prisionero*, ha luchado mano a mano con Katniss Everdeen en *Los juegos del hambre* y ha llorado bajo la lluvia al ver irse a Roy Batty en *Blade Runner*.

Ha cogido todas las maravillas que están detrás de esas obras y de muchas más, para traerlas hasta nosotros, los lectores, para que podamos adentrarnos sin peligro por todas ellas. Conforma así una guía de iniciación bien trabajada, llena de detalles y anécdotas, a la que en ocasiones salpica con dosis de humor y cierta ironía, lo que (sin duda) va de la mano del género que se trata.

Aprovechad estas páginas para perderos por realidades que nunca han sucedido, pero que están a un suspiro de ser ciertas.

Doc Pastor es escritor y periodista, especializado en cultura pop. Ha escrito un gran número de títulos sobre el tema, entre los que destacan Doctor Who: El loco de la cabina *(Dolmen Editorial),* ¡Qué festín! Un menú de cine *(Héroes de papel) y* Batman: Dentro de la batcueva, *publicado también por Redbook ediciones.* *Es autor además de varios libros autoeditados, entre los que se cuenta la historia infantil* Frost, perrito de aventuras.

Blade Runner

Waterworld

LA DISTOPÍA: ADVERTENCIA Y FASCINACIÓN

¿Qué es lo primero que te viene a la mente cuando te hablan de distopías? Si te digo que es *Blade Runner*, estoy casi seguro de que he acertado. Cuando pensamos en distopías, nos viene a la memoria casi cualquier obra de Philip K. Dick, el *1984* de George Orwell o incluso el *V de Vendetta* de Alan Moore.

Pero ¿qué es una distopía? Lo opuesto a una utopía. Parece una respuesta fácil, ¿no? Pues créeme, no lo es.

Advertencia

Cuando hablamos de una distopía en cine, cómic o literatura, estamos hablando de mundos ficticios imperfectos, a menudo oscuros y aterradores. O, al menos, algo peores que aquél en el que vivimos. Hablamos de sociedades imaginarias en las que no nos gustaría encontrarnos, a veces sin siquiera darnos cuenta de que el autor ha querido reflejar en ellas los problemas que ya tenemos a nuestro alrededor.

Al leer un libro de fantasía, nos imaginamos viviendo en ese agradable mundo de ensueño, pero cuando leemos distopías, agradecemos no estar ahí.

¿Eres fan de *Harry Potter*? Si es así, ¿te gustaría estudiar en Hogwarts? Probablemente.

Ahora bien, ¿te gusta *Akira*? En tal caso, ¿te gustaría vivir en las violentas calles de Neo-Tokio? Ni por todo el oro del mundo, ¿verdad?

El corredor del laberinto

Cualquier historia de ficción que suceda en una sociedad dura e insoportable ya podría considerarse distópica, pase en un fantástico mundo imaginario o en la Edad media. Pero, por lo general, hay un consenso no escrito aceptando que el género se centra sobre todo en historias ambientadas en el futuro. Un futuro a veces inminente y a veces lejano, en el que todo ha ido a peor y la sociedad se ha echado a perder. Cuando pensamos en distopía, a nadie le vienen a la cabeza los ejércitos de orcos de Tolkien, la ocupación nazi de *Casablanca* o las fuerzas imperiales de Darth Vader, pero a todos se nos aparece la imagen de Harrison Ford persiguiendo Replicantes bajo la lluvia.

Para un autor, ya sea novelista o guionista de cine, la distopía es un género jugoso y lleno de posibilidades. Permite hacer una crítica del presente mediante la alegoría pesimista de un futuro imaginario. Se suelen contar historias de este tipo para advertir de los peligros a los que nos encaminamos. Películas como *Waterworld* (1995) sirven para concienciar de la contaminación que está afectando a los casquetes polares. El auge del poder conservador y la deshumanización que provoca fueron las bases que llevaron a Alan Moore a escribir esa obra maestra que es *V de Vendetta* (1982-89).

Una distopía no te muestra el mundo que es. Te muestra el mundo que puede llegar a ser si no te pones las pilas y haces algo para evitarlo.

Fascinación

Por un montón de motivos, el género distópico siempre ha causado una gran fascinación entre el público, consiguiendo que no haya pasado de moda en los últimos cien años. Las películas y libros sobre futuros escalofriantes nos advierten de lo terrorífico que podría llegar a ser nuestro mundo, sí, pero también nos llenan de alivio cuando vemos que todavía no estamos tan mal.

Es por eso que la distopía nunca se queda anticuada. Lo básico del género se respeta, su espíritu se mantiene inmutable, pero a la vez evoluciona y varía. Se va enriqueciendo, igual que todos aquellos géneros lo bastante interesantes para no estancarse. *Los juegos del hambre* (2008) mantiene el espíritu general de *Metrópolis* (1927), pero es a la vez espectacularmente distinta.

¿Pero es que nadie piensa en los niños?

No es extraño que en los últimos años haya habido un boom tan fuerte del género distópico en los libros para adolescentes y en sus adaptaciones fílmicas. Cada vez tenemos más acceso a la información, conocemos mejor los problemas que nos rodean, ya sean sociales o medioambientales, y los aprendemos desde más temprana edad. La preocupación de los jóvenes por la sociedad actual es creciente y eso se refleja de forma clara en la literatura y el cine que consumen.

Si hace más de medio siglo los chavales se enganchaban a sagas literarias como *Las crónicas de Narnia*, dejándose transportar a mundos mágicos y divertidos, ahora la tendencia de los más jóvenes se enfoca hacia obras como *El corredor del laberinto* o *Los 100*, mucho más apocalípticas y centradas de lleno en lo distópico.

La distopía es fantasía y es realidad. Es advertencia y es alivio. Es terror y a la vez fascinación.

Por eso, nunca pasará de moda.

V de Vendetta

Blade Runner

WAR IS PEACE
FREEDOM IS SLAVERY
IGNORANCE IS TRUTH

1984

LUGARES COMUNES

A veces, cuesta determinar si una obra de ficción puede considerarse distópica o es simple ciencia-ficción genérica. Para poder distinguir si lo es, hay ciertos puntos comunes en las distopías. Temas y situaciones que se repiten de una obra a otra aunque sea con variaciones.

___El futuro va a llegar

L a mayoría de distopías se ambientan en un supuesto futuro. Muchas veces se nos dice el año exacto –*Blade Runner* sucedía en el año 2019, *Los 100* comienza en el 2149– y a menudo es un número redondo sumado al año en que se escribe la obra –50 o 100 años en el futuro, por ejemplo–.

1984 se escribió en 1948, con lo que Orwell sólo tuvo que dar la vuelta al número del año en el que estaba, potenciando la sensación de inmediatez de la historia –aunque no se lo publicaron hasta 1949, estropeándole un poco la broma–. Algo que se hizo incluso más obvio cuando la mítica película basada en el libro se estrenó el propio año en que sucedía. En otras ocasiones, se expresa la fecha de una forma más vaga, como en *Robocop*, en la que sólo se nos dice que sucede en el futuro próximo.

UNIVERSOS DISTÓPICOS

Jöse Sénder

Fahrenheit 451

Corrupción, control y cultura

Destaca el tema recurrente de un gobierno oscuro y malvado que oprime a la población y se aprovecha del ciudadano, sin respeto alguno por la vida humana. Suelen ser historias de un carácter marcadamente progresista, en las que se critican temas como el capitalismo, la religión o las grandes corporaciones.

Como bien expone el portal académico *Read, Write, Think*, el control extremo del pueblo en una obra distópica viene de cuatro posibles fuentes: el gobierno, las corporaciones económicas, la tecnología o la religión.

En una historia utópica, en la que la sociedad es perfecta y la gente es feliz, siempre será necesaria la existencia de una amenaza, de alguien que intenta romper la utopía y pone en peligro a los demás. Porque sin conflictos, sin problemas, no hay una historia que contar. En cambio, en una distopía no necesitas un peligro extra, porque el villano, el conflicto en sí, es el propio mundo que se describe.

La sociedad de la Alemania nazi de los años cuarenta se suele usar como el referente más claro, a veces de forma alegórica, a veces literal como en *El hombre en el castillo* de Philip K. Dick. La lucha de clases es una constante sobre la que giran estas obras.

La cultura siempre es amenazada por los poderosos y defendida por los protagonistas, con el ejemplo más evidente en la quema de libros de *Fahrenheit 451* de Ray Bradbury.

Cuando el destino
nos alcance

Contamíname

La mayoría de historias distópicas tienden a suceder en grandes urbes grises y con-
taminadas, sin el menor asomo de vegetación. La deforestación, la lluvia ácida o
la polución son algunas de las constantes que se dan en gran parte de las obras del
género. Los personajes viven aislados en un mundo industrial y oscuro, lejos de la
naturaleza, si es que ésta aún existe.

A veces se habla de la extinción de los
animales por culpa del hombre, como
sucede en *Cuando el destino nos alcance*
(1973), en la que el gobierno proporciona un misterioso alimento sintético para
sustituir la carne animal.

John Hurt en *1984*

Alienación

El héroe de la historia suele ser una persona anónima y gris que vive alienada
sin notarlo siquiera, bajo la opresión del
sistema distópico que le roba su individualidad. Hasta que un buen día, por
supuesto, despierta y se da cuenta de lo
que ocurre a su alrededor. Es el caso del
personaje de John Hurt en *1984* o de Jonathan Pryce en *Brasil* (1985).

UNIVE
RSOS
DISTÓ
PICOS

Jöse Sénder

____Domo arigato, Mister Robotto

Androides que piensan y amenazan con extinguir la vida humana. Personas conectadas a sus máquinas que se aíslan del mundo exterior. Tecnologías muy avanzadas que podrían ayudar al mundo, pero cuyo mal uso acaba por destruirlo en lugar de mejorarlo. Robots que les quitan el trabajo a los humanos. Máquinas que destruyen la naturaleza. Sociedades construidas en metal y circuitos que ya se han olvidado de los árboles y los ríos.

Las obras distópicas que se centran en el mal uso de la tecnología suelen hacer gala de un punto de vista un tanto ludita.

Alita: Ángel de combate

Elysium

___Dis...Tópico

Hay que tener siempre en cuenta que estos lugares comunes del género distópico pueden llegar a convertirse en clichés si no se hace un esfuerzo por darles la vuelta. Estamos ya hartos de ver películas de este estilo en las que el ambiente es siempre lluvioso y lleno de niebla. La aparente utopía que al final resulta ser una distopía podía chocar al principio, pero ahora ya nos la vemos venir de lejos.

El protagonista que es perseguido por pensar de forma distinta es inevitable a la hora de dar el mensaje de la obra, pero también es un cliché muy obvio. Como también lo es la división social llevada al terreno físico, en que los ricos viven en un lugar alto y reluciente y los pobres en uno bajo y roñoso –el cómic *Alita: Ángel de combate*, la serie *3%*, la película *Elysium*–. Y eso por no hablar del habitual final feliz en que la valentía del individuo consigue romper la distopía y salvar al mundo.

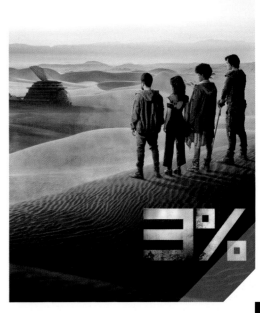

Lo bueno y lo malo

Sea como sea, el género distópico tiene sin duda puntos fuertes que lo hacen memorable, como la inmensa diversidad de problemas sociales que se pueden tratar y la vasta cantidad de formas de explicarlos. Las distintas metáforas que se usan para ilustrar cada preocupación dan pie a películas y libros muy distintos. Además, la estética visual del entorno imaginario siempre es curiosa y puede llegar a ser variada, rica y fascinante.

Pero también hay unos pocos puntos débiles, como el peligro de caer en el simple cliché, el inevitable maniqueísmo cuando se intenta dar un mensaje moral o la tendencia a copiar de forma demasiado descarada el aspecto visual de los grandes clásicos como *Blade Runner*.

Al final, una obra de ficción distópica siempre va a tener que girar en torno a estos puntos comunes y sus clichés. Pero el saber darles la vuelta a los tópicos, narrar la historia de forma original e interesante, es lo que hace que destaque y no se convierta en otra copia más. Es lo que distingue a una obra emblemática de otra que olvidamos a los cinco minutos de terminarla.

Y, por suerte, hay un buen montón de las primeras.

1997: Rescate en Nueva York

TOP 10
HÉROES DISTÓPICOS

- **Rick Deckard**, el caza-androides (Harrison Ford en *Blade Runner*, 1982).
- **Número Seis**, el espía renegado (Patrick McGoohan en *El Prisionero*, 1967-68).
- **Malcolm Reynolds**, el forajido (Nathan Fillion en *Firefly*, 2002-03).
- **Andrew "Ender" Wiggin**, el niño soldado (*El juego de Ender*, 1985).
- **Max Rockatansky**, el guerrero de la carretera (Mel Gibson en *Mad Max*, 1979).
- **V**, el justiciero enmascarado (Hugo Weaving en *V de Vendetta*, 2005).
- **Snake Plissken**, el criminal al rescate (Kurt Russell en *1997: Rescate en Nueva York*, 1981).
- **Thomas "Neo" Anderson**, el virus viviente (Keanu Reeves en *Matrix*, 1999).
- **Wade "Parzival" Wells**, el niño-rata heroico (Tye Sheridan en *Ready Player One*, 2018).
- **Shotaro Kaneda**, el cani con carisma (*Akira*, 1988).

LAS PRIMERAS DISTOPÍAS

Precursores del género

Por adelantado

El futurismo distópico se considera un subgénero dentro del amplio mundo de la ciencia-ficción, lo que sitúa sus obras en los siglos XX y XXI. Pero eso no significa que no tenga, como todos los géneros, algunas obras precursoras. Novelas de tiempos anteriores a la ciencia-ficción que ya sentaron las bases de lo que acabaría siendo el género mucho tiempo después.

Hay cuatro obras literarias de los siglos XVIII y XIX a las que podríamos llamar las primeras proto-distopías, que se adelantaron a su tiempo y crearon un nuevo género con mucha antelación.

Los viajes de Gulliver

Gulliver's Travels, Jonathan Swift, 1726.

Quien más quien menos, todos hemos leído o al menos visto alguna adaptación al cine de la mítica saga de novelas del párroco irlandés Jonathan Swift. Mediante la fantasiosa historia de un marinero viajando por distintas islas imaginarias y conociendo a razas de criaturas fantásticas, Swift aprovechó para hacer una mordaz sátira de la naturaleza humana muy rompedora para su época.

Viaje con nosotros, le puede gustar

En cada libro, Gulliver visita una extraña civilización cuyas formas de gobierno son parodias muy evidentes de los defectos de la sociedad actual –bueno, la que era actual para Swift, ya me entiendes–.

- En Lilliput priman la autoridad y el poder monárquico por encima de todo, son autoritarios y mandones. Cualquier chorrada insignificante –como, por ejemplo, por qué extremo hay que empezar a comerse un huevo– provoca grandes cismas y tensiones políticas en la sociedad.

- El reino de Balnibarbi –con esa ciudad voladora cuyo nombre es mejor no pronunciar en nuestro idioma– es una sociedad culta y avanzada, obsesionada con la ciencia y las artes, pero el no buscar una aplicación práctica a sus estudios hunde al país en la ruina.

- La isla de Luggnagg está poblada por inmortales, pero en lugar de gente joven y vital son todos ancianos decrépitos, a los que se declara legalmente muertos cuando cumplen los ochenta años y luego no saben qué hacer con sus vidas.

- La sociedad de los Houyhnhnms –pobre del actor que tenga que pronunciar su nombre en una película– se compone de caballos parlantes muy inteligentes que desprecian y marginan a los muy inferiores Yahoos, humanos con la mente de un troglodita. A día de hoy, la palabra *yahoo* en inglés se usa como insulto para referirse a alguien con escasa inteligencia, a raíz de esta obra.

Criticando sin cortarse

Swift usaba sus libros para hacer una obvia crítica a la sociedad burguesa de la época. Hablaba de la corrupción política y social mediante historias ambientadas en sociedades ficticias, lo que un par de siglos más tarde sería el puntal básico del género distópico. Sus distopías eran muy exageradas y obvias, aunque no más que algunas de las de hoy en día. Porque uno de los puntos más divertidos de la distopía es que no hay ninguna necesidad de ser sutil.

El cura enrollado

Curiosamente, a Swift se le ha considerado a menudo un precursor del anarquismo, pese a su posición eclesiástica, porque criticaba a todas las formas de gobierno por igual y destacaba sus fallos y la imposibilidad de ser feliz bajo ninguna de ellas. Por no mencionar la sorprendente crítica al machismo en sus libros, algo chocante en un cura nacido en el siglo XVII.

_____El último hombre

The Last Man, Mary Wollstonecraft Shelley, 1826.

Un siglo después de *Los viajes de Gulliver*, la legendaria autora de *Frankenstein* lanzaría la que podríamos llamar la primera distopía futurista. Cien años exactos. ¿Casualidad? Probablemente, pero eso no quita que el dato sea curioso.

La novela está ambientada en el año 2073 y habla de cómo la corrupta monarquía británica llega a su fin y se instaura por fin una república, pero al pueblo no le da tiempo a disfrutarla porque entonces, vaya por dios, llega el apocalipsis climático.

Mira lo que me he encontrado

El último hombre no es la primera novela en utilizar el recurso narrativo del Found-Footage para darle más épica a una historia, aunque el lector sepa de sobras que es mentira –esto ya pasaba en *Don Quijote*–. Pero la forma en que lo hace la reina del terror decimonónico es muy interesante. En la introducción, nos cuenta que exploró unas viejas cuevas y encontró unas profecías de Sibila, el oráculo de la antigua Grecia, que explicaban cómo acabaría el mundo y que ella se limitó a novelizar. Y nosotros elegimos creérnoslo, como hicimos con *El proyecto de la bruja de Blair*, porque así es más divertido.

Biografía muy libre

Los tres protagonistas están claramente basados en ella misma, su difunto marido el poeta Percy Shelley y su también fallecido amigo Lord Byron. Mary quería publicar una biografía de su esposo, pero el padre de éste se lo prohibió –si ahora da miedo llevarle la contraria al suegro, imagínate en el siglo XIX–, así que decidió escribir una fantasiosa novela sobre el fin del mundo, como pretexto para narrar los últimos años de la vida de su esposo. El personaje central, Lionel, es el único superviviente del apocalipsis y Mary lo utiliza para expresar sus propios sentimientos tras perder a las dos personas que eran toda su vida.

El plot twist mucho antes de Shyamalan

El libro presentaba ya algunos rasgos claros de lo que sería el género distópico, como la corrupción del gobierno –en este caso, de la corona británica– y cómo éste acaba hundiéndose por sus propios defectos. Critica ferozmente a la sociedad inglesa, muestra a la monarquía como malvada y nociva y a la república como la utopía

Grandes logros
DE MARY W. SHELLEY:

Escribir *Frankenstein*, una de las novelas más exitosas de la Historia. ✔

Arrasar en la literatura del siglo XIX siendo mujer. ✔

Prácticamente inventar la distopía. ✔

perfecta. Aunque lo más curioso es su estructura: comienza como un drama de intrigas palaciegas y de repente, a mitad de la novela, empiezan a aparecer plagas víricas y desastres naturales debidos al mal hacer del hombre, convirtiéndose por sorpresa en una historia post-apocalíptica.

Pese a estar ambientado en el futuro, no existe el componente tecnológico que hay en la mayoría de historias de ciencia-ficción. No hay máquinas voladoras ni autómatas. Mary Shelley imaginó una sociedad futura muy similar a la de su propia época, sin avances científicos a tener en cuenta, simplemente más decadente y corrupta.

El libro termina cuando los desastres climáticos y el retorno de la peste bubónica extinguen a la humanidad y sólo el protagonista sobrevive. Se hace amigo de un perro abandonado y se dedica a vagar el resto de sus días por los continentes desiertos, en un movimiento que casi podría parecer una precuela de *Soy leyenda*.

Cuando brille el sol

El hecho de que Mary Shelley considerase un simple eclipse solar como catástrofe apocalíptica sugiere que podría haberse inspirado en el famoso desastre climático de 1816 –apodado "el año sin sol"–, cuando la erupción de un volcán cubrió de ceniza los cielos de gran parte del planeta durante meses, provocando la muerte de cosechas en muchos países y la consiguiente hambruna global.

El último hombre es una distopía en dos partes –primero política, luego medioambiental– con un final pesimista digno del mejor romanticismo del siglo XIX. Servía como crítica al gobierno inglés y a la vez como válvula de escape del dolor personal de Shelley, una de las más grandes escritoras jamás habidas.

Mary W. Shelley

_____París en el siglo XX

Paris in the Twentieth Century, Jules Verne, 1863.

Verne es conocido por acertar en muchas de sus predicciones sobre el futuro. A veces, simplemente, porque los científicos de muchas décadas después se inspiran en sus locas ideas para crear sus aportaciones al mundo. Otras veces, por simple y pura genialidad. Una persona con tal capacidad de observación del desarrollo histórico bien puede calcular el ritmo al que se producirán los nuevos cambios en la sociedad.

Este libro, considerado la obra perdida de Verne, fue escrito en 1863, pero su editor se negó a publicarlo por su visión pesimista del futuro, tan distinta a lo habitual en otras obras del escritor. Salió a la luz al fin en 1994 y chocó a todo el mundo con sus predicciones tan exactas.

Mucho trabajo y poca cultura hacen de Verne un tipo aburrido

La distopía que muestra es puramente cultural. Una sociedad obsesionada con la tecnología, que ha olvidado por completo el arte y la cultura, donde lo único que importa es el negocio. Su protagonista, como se convertiría en costumbre en el posterior género distópico, es un romántico con ideas artísticas que siente que no enca-ja en una vida gris y aburrida, centrada en el trabajo y en la ciencia pero que ignora el alma humana.

Lo que más destaca en esta historia, en lugar de otros temas que serán más habi-tuales en el género, es el puro y duro aburrimiento. No hay tragedias, no hay guerras, no hay tiranías políticas terroríficas, sólo el hastío de una vida vacía de arte. Algo que parece una mezcla imposible entre el romanticismo más denso y cargante de Goe-the con la pura y divertida distopía del siglo XX. La dependencia extrema del ser hu-mano hacia lo tecnológico y cómo esto le resta autosuficiencia es el otro tema clave.

El milenarismo va a llegar

El acierto de las predicciones de Verne en este caso no se debe a que los adalides de la ciencia se inspirasen en él, porque nadie leyó la novela hasta 1994. Esta vez, simplemente lo clavó. Es quizás el punto clave que une el género distópico con el tipo de libros que escribía Verne: aventurar posibles desarrollos del futuro y muchas veces acabar acertando. Agárrate fuerte, porque éstas son todas las cosas que vati-cinó en un solo libro:

- Los coches con motor de combustión interna –y, como apéndice, las gasoline-ras y el asfaltado de las calles–.
- La silla eléctrica.
- Las armas de destrucción masiva.
- El fax.
- Una red de trenes urbanos subterráneos muy similar al metro actual.
- Las alarmas de seguridad.
- La música electrónica y el sintetizador.
- El surgimiento del movimiento feminista a principios del siglo XX.
- *"Un sistema de computadoras que se envían men-sajes unas a otras a través de calculadoras que convierten la información en electricidad".* ¿Hola? ¿Eres tú, Internet? Que alguien avise a los ochenta, he llamado a los ordenadores *"computadoras".*

Jules Verne

29

UNIVE
RSOS
DISTÓ
PICOS

José Sénder

La máquina del tiempo

The Time Machine, H.G. Wells, 1895.

Sí, sabías que iba a salir éste, ¿verdad?

Un hito de la literatura, el primer libro en el que aparece el concepto del viaje en el tiempo. De hecho, incluso la propia expresión *"máquina del tiempo"* para referirse al vehículo proviene de esta obra y a día de hoy se utiliza en cualquier película sobre viajes temporales. Desde la cabina de Bill y Ted hasta la TARDIS o la plataforma del Doctor Muerte, todas son máquinas del tiempo.

La archiconocida historia de un inventor de la Inglaterra victoriana que crea una máquina que le permite viajar al futuro nos lleva al año 208.701. Allí, una supuesta sociedad utópica resulta ser una distopía en que la raza de los Eloi explota a la de los Morlocks, que viven bajo tierra en condiciones inhumanas manejando la maquinaria necesaria para que los otros vivan a cuerpo de rey –lectores de Marvel, ya os podéis imaginar de dónde sacó Chris Claremont el nombre de los mutantes de las alcantarillas de Nueva York–.

Prácticamente, *La máquina del tiempo* fue el origen de lo que ahora ya es un cliché, la primera historia que mostraba una utopía perfecta para luego sorprendernos al descubrir que en realidad era una distopía.

Hombre rico, hombre pobre

Los Eloi y los Morlocks simbolizan la evolución de las clases sociales y a los ricos explotando sin remordimiento a los pobres para vivir a su costa. Wells era un socialista convencido y lo reflejaba en sus obras. La civilización humana en el relato llega a su fin debido a la codicia, la explotación y la falta de empatía hacia el prójimo.

Y, por si este libro no tuviese ya todos los puntos básicos de la literatura distópica –sociedad corrupta, falsa utopía, futuro, metáfora social–, encima llega un momento en que el Viajero visita el fin del mundo y ve la extinción de la última especie con vida –unos

El tiempo en sus manos (1960)

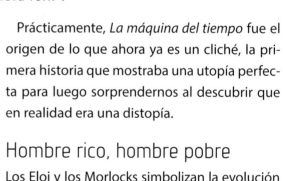

La máquina del tiempo 2002

terroríficos cangrejos gigantes–. Aunque, en este caso, a la Tierra no se la carga el cambio climático provocado por el hombre, sino que muere de forma natural 30 millones de años en el futuro, cuando el Sol se convierte en supernova.

Sólo somos polvo en el viento

Uno de los conceptos más importantes que trata esta novela es el de la poca importancia de la raza humana. Se matan entre ellos, su sociedad decae, se pudre y finalmente se extingue. Pero el planeta sigue girando y la evolución de las especies animales sigue su curso perfectamente, como si los molestos humanos nunca hubieran estado ahí.

Y llegó el bisnieto

Ha habido multitud de adaptaciones de la obra de H.G. Wells, en radio, cine y televisión, pero probablemente la más memorable –pese a ciertos cambios drásticos en el guión– sea la película que dirigió en 2002 su propio bisnieto, Simon Wells, protagonizada por Guy Pearce y Jeremy Irons.

Al fin y al cabo, ¿quién necesita un DeLorean cuando puede tener un aparatoso trineo gigante victoriano?

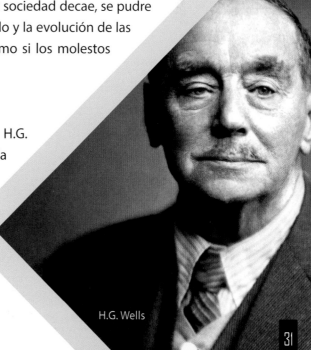

H.G. Wells

TOP 10
HEROÍNAS DISTÓPICAS

- **María**, la robot sindicalista (Brigitte Helm en *Metrópolis*, 1927).
- **Echo**, la esclava cabreada (Eliza Dushku en *Dollhouse*, 2009-10).
- **Katniss Everdeen**, la arquera implacable (Jennifer Lawrence en *Los juegos del hambre*, 2012).
- **Motoko Kusanagi**, la militar con alma (*Ghost in the shell*, 1995).
- **Kara "Starbuck" Thrace**, la piloto espacial (Katee Sackhoff en *Battlestar Galactica*, 2004-09).
- **Max Guevara**, el arma viviente (Jessica Alba en *Dark Angel*, 2000-02).
- **Alita**, la androide buscabroncas (*Alita: Ángel de combate*, 1993).
- **Clarke Griffin**, la comandante de la muerte (Eliza Taylor en *Los 100*, 2014-presente).
- **Rebeca Buck**, la psicópata con un tanque (*Tank Girl*, 1988-presente).
- **Nilin**, la guerrera de la memoria (*Remember Me*, 2013).

Metrópolis

LOS SIETE MAGNÍFICOS

Los autores más emblemáticos

H ay cientos de autores, tanto novelistas como cineastas, que se han dedicado a crear historias distópicas para atraparnos en sus locos mundos de caos y paranoia –y otros que, bueno, lo han intentado–.

Pero por encima de todos destacan siete escritores, los siete puntales básicos que iniciaron el género, le dieron forma e hicieron posible que alcanzara el nivel de interés e impacto popular al que ha acabado llegando.

____PHILIP K.DICK

1928-1982.

Estaba claro quién se merecía encabezar esta lista, ¿verdad? Uno de los escritores fundamentales del siglo XX, de los pocos cuya obra alcanzó niveles de fama y prestigio al nivel de otros maestros del siglo como pudieran ser J.R.R. Tolkien, Stephen King, H.P. Lovecraft o Terry Pratchett. Un autor que era más filósofo y analista sociopolítico que otra cosa, lo que dotaba a sus obras de mucha más dimensión que las de la mayoría de sus coetáneos.

Dick es grande

No inventó la distopía, pero se la hizo suya y la sublimó con sus obras más legendarias, hasta que llegó un punto en que era imposible distinguir el género del autor: Dick es la distopía y la distopía es Dick. Es el autor del género cuyas obras han sido adaptadas a cine o televisión más veces.

Dick siempre será recordado como uno de los más grandes escritores contemporáneos, aunque quizás no tanto por su criterio a la hora de poner títulos.

El hombre en el castillo

NOVELA. *The Man in the High Castle*, 1962.

La más perfecta y demoledora obra de P.K. Dick es esta alucinante distopía en la que, en lugar de un futuro como se suele acostumbrar, se muestra el presente de una realidad alternativa. Una en la que los nazis ganaron la Segunda Guerra Mundial y las potencias del Eje se repartieron el mundo como si fuera una pizza, sometiéndolo al régimen de terror que podríamor haber sufrido si Rusia no hubiera aplastado a las tropas de Hitler.

Como Abrams, pero bien

Queda patente por primera vez una realidad innegable de la novela distópica: las historias de sus protagonistas sólo son excusas para mostrarnos cómo funciona ese terrible mundo. Una serie de personajes, algunos de ellos relacionados y otros no, que viven sus propios dramas personales como pretexto para que Dick pueda explicarnos con todo lujo de detalles cómo se desarrolló esa sociedad fascista tan aterradora y cómo la viven sus habitantes.

A criticar se ha dicho

Dick habla del racismo, del totalitarismo y del retorno de la esclavitud. Expone que el nazismo no guarda ninguna relación con el socialismo, pese a que el partido de Hitler usara ese nombre para parecer más atractivo a sus seguidores. Algo muy arriesgado por parte del escritor, teniendo en cuenta la aversión de la sociedad americana de los sesenta hacia el comunismo y la obstinación con que intentaban relacionarlo con los nazis.

Uno de los puntos más importantes es que, bajo el pretexto de criticar cómo sería una sociedad nazi, Dick plantea en realidad que la sociedad capitalista actual tampoco es mucho mejor, aprovechando para hacer una brillante crítica social encubierta. Y es que qué mejor forma de venderles a los americanos una crítica a su propia sociedad que fingir que estás poniendo a parir a los alemanes.

El libro dentro del libro

Brilla esta obra por su uso del metalenguaje. Crea un MacGuffin que hace avanzar la trama en forma de un libro ficticio, que es

Lo más
emblemático:
La langosta se ha posado.

Qué aporta:
La idea de que quizás la
distopía somos nosotros.

a la vez un reflejo del propio libro que estamos leyendo. Los personajes están ob-sesionados con una misteriosa novela titulada *La langosta se ha posado*, que narra una realidad alternativa en que la guerra la ganaron los Aliados en lugar del Eje. Es decir, nuestra realidad. Consigue que lleguemos a plantearnos si el mundo domi-nado por los nazis es el real y somos nosotros los que vivimos en la distopía de *La langosta se ha posado*, si en realidad el verdadero hombre en el castillo es el propio Philip K. Dick.

Sin ciencia no hay paraíso

"No hay ciencia en la obra", dice uno de los personajes, refiriéndose al libro ficticio. *"No se trata del futuro. El tema de la ciencia-ficción es el futuro, en particular un futuro donde la ciencia ha avanzado todavía más. El libro no tiene esas características."* Con esto, nos está dejando claro que el libro –tanto el que leen los protagonistas como el que estamos leyendo nosotros– no es una típica historia de ciencia-ficción, sino mucho más que eso. Es un análisis de la sociedad. Es una advertencia al lector sobre lo que podría haber sido y a la vez sobre la escasa diferencia que hay entre ello y nuestra ya de por sí distópica realidad.

Curiosidades

- Dick quiso escribir una secuela en los setenta, pero según él mismo decía, lo pasaba muy mal al *"volver a sumergir su mente en ese mundo de nazis"* y nunca pasó de redac-tar dos capítulos.
- El libro ha sido adaptado a una serie de televisión en Amazon que cuenta entre su casting con Alexa Davalos o Rufus Sewell –conocido por protagonizar otra legenda-ria distopía, *Dark City* de Alex Proyas–.
- Según la sección de agradecimientos del libro, Dick se inspiró en varias novelas de ciencia-ficción especulativa como *Lo que el tiempo se llevó* –Ward Moore, 1953–, pero también en *Los diarios de Goebbels* y en la filosofía taoísta.
- En la serie, el camión que conduce Joe es de la compañía ficticia Lariat, la misma de los coches de alquiler que conducían Mulder y Scully en *Expediente X*.

Blade Runner

PELÍCULA. Ridley Scott, 1982.

El libro *¿Sueñan los androides con ovejas eléctricas?* fue escrito por Dick en 1968, pero su adaptación al cine en 1982 de la mano de Ridley Scott causó muchísimo más impacto.

Aunque en la novela se menciona también una guerra nuclear y la casi total extinción de los animales, la película se centra sobre todo en la parte que explora la robótica y la metafísica del alma humana. Mediante la historia de un no especialmente simpático policía que se encarga de asesinar a androides fugados de la justicia, se incide en el tema de dónde termina una inteligencia artificial programada y empieza la consciencia de un ser humano real.

El villano somos todos

Como en toda historia sacada de la prodigiosa mente de Dick, las grandes corporaciones económicas, la opresión y las sociedades corruptas son los grandes villanos de la historia. Una sociedad en que la ciencia ha avanzado tanto que tenemos robots como sirvientes, pero que ha descuidado completamente el planeta hasta dejarlo al borde de la destrucción. Se menciona, al igual que en *El hombre en el castillo*, la colonización de otros planetas, aunque en el caso anterior se debía al afán de expansión del imperio germánico y en este a la necesidad de huir de un planeta contaminado y moribundo.

¿Yo, robot?

El tema central, la duda de qué es humano y qué no lo es, de si existe algo que diferencie claramente a una inteligencia artificial de una *"real"*, se ve reforzado por la sensación de paranoia de que cualquiera podría ser un Replicante y no saberlo. Algo que queda claro cuando empezamos a sospechar que el propio protagonista es uno de ellos y ni siquiera se ha enterado. Para reforzar esta ambigüedad, esta incertidumbre sobre qué es humano y qué es robot, nunca se llega a dar una respuesta clara sobre si Deckard es un Replicante o no. Y no es recomendable buscar la respuesta en foros de internet si no quieres que te estalle la cabeza.

Blade Runner llegó a mucho más público que *¿Sueñan los androides con ovejas eléctricas?* –cabe preguntarse si el título más corto y menos rebuscado tendría algo que ver–. Se ha convertido prácticamente en la obra de referencia del género distópico, sus temas metafísicos y su ambientación visual han sido largamente imitados pero rara vez igualados.

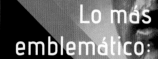

Lo más emblemático:
La escena de Rutger Hauer bajo la lluvia.

Qué aporta:
Ser la base estética y metafísica a imitar por la mayoría de películas ciberpunk posteriores.

Curiosidades

- El efecto que mediante espejos otorga un brillo anaranjado a los ojos de los Replicantes se llama Proceso Schüfftan y se creó en 1927 para *Metrópolis*.
- La película se ha reestrenado siete veces con distintos montajes, hasta que Ridley Scott se quedó satisfecho al fin con el que llamó *El montaje definitivo* –de momento, vaya–, una versión con un ritmo narrativo mucho más dinámico y que eliminaba mucha paja innecesaria.
- El primer montaje duraba cuatro horas.
- Algunos paneles de control en los vehículos eran atrezo reutilizado de *Alien, el octavo pasajero*.
- Una de las películas de ciencia-ficción más referenciadas en incontables obras posteriores.

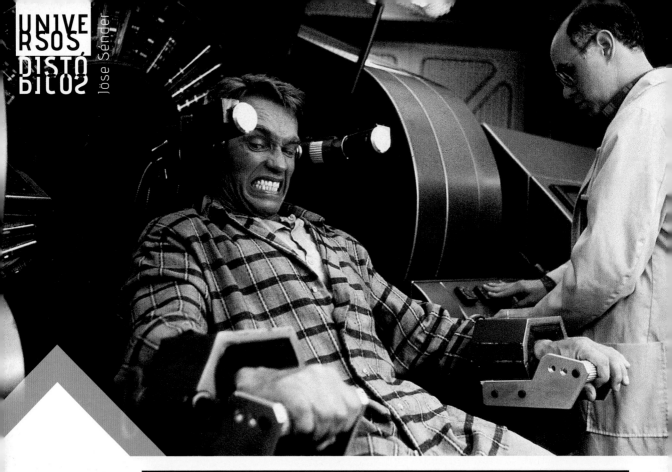

Podemos recordarlo por usted al por mayor

RELATO CORTO. *We Can Remember It For You Wholesale*, 1966.

Probablemente el título de este relato corto publicado por Dick en la revista *The Magazine Of Fantasy & Science Fiction* no te diga nada, más allá de lo bien que le habría ido contratar a una agencia de *naming*. Pero si te digo que fue adaptado al cine por Paul Verhoeven en 1990 bajo el título *Desafío total*, seguramente ya te suena más. Una historia sobre recuerdos falsos que se entremezclan con los verdaderos bajo el dominio de una siniestra corporación económica, hasta que es imposible saber cuál es cuál.

Haz memoria

En esta historia, Dick vuelve a teorizar sobre su constante temática de la dificultad para distinguir entre lo que es real y lo que no. En este caso, en lugar de centrarse en el alma humana, se decanta por los recuerdos y lo engañosos que pueden resultar. La historia puede parecer fuera del género distópico al principio, pero poco a poco vamos observando cómo la corporación que crea los recuerdos falsos los utiliza para controlar la personalidad de la gente en un mundo que está bajo su dominio.

Qué aporta:
La paranoia sobre lo que
es real y lo que no.

**Lo más
emblemático**:
En su adaptación, los efectos manuales
de stop-motion tan conseguidos.

Curiosidades

- La adaptación de 1990, pese a los cambios drásticos en su guión, y para ser una película de acción, respeta el espíritu metafísico del original y procura que el espectador tenga dudas en todo momento acerca de lo que es real y lo que es un falso recuerdo.
- El título fue homenajeado por Neil Gaiman en uno de sus mejores relatos cortos, *Se lo podemos hacer al por mayor*.
- La adaptación combina el stop-motion manual con el CGI.
- Dan O'Bannon, guionista de la película, empezó junto a John Carpenter en *Estrella oscura*. Ha sido guionista de otros clásicos de la ciencia-ficción como *Alien, el octavo pasajero*, *Screamers: Asesinos cibernéticos* e incluso ha escrito historias cortas para la legendaria revista de ciencia-ficción *Heavy Metal*.

El informe de la minoría

RELATO CORTO. *The Minority Report*, 1956.

O tro de sus más célebres relatos cortos, en el que una unidad especial de policía detiene a gente por crímenes que aún no han cometido, ayudados por unos mutantes con poderes precognitivos.

Con esta historia, Dick examina el concepto del destino inamovible y el derecho de un gobierno totalitario a actuar en base a sospechas en lugar de actos. ¿Puede existir de verdad el libre albedrío si se supone que el futuro ya está escrito? Décadas antes de *Donnie Darko*, esta historia breve ya se planteaba esta duda.

Quedas detenido, por si acaso

Pura distopía dickiana, con su sociedad controladora hasta extremos de paranoia, su crítica social al exceso de vigilancia gubernamental y su protagonista alienado que de repente despierta al descubrir la cruda realidad de la que ha sido partícipe –en este caso, el propio jefe de la unidad de policía encargada de arrestar a presuntos futuros criminales–.

Curiosidades

- En 2002, Steven Spielberg adaptó esta historia al cine con Tom Cruise y Colin Farrell. Como viene sucediendo en la mayoría de adaptaciones de Dick, se convirtió en una película de acción, aunque es bastante fiel en su base al relato original, añadiendo subtramas pero sin variar el núcleo narrativo.
- En 2015 apareció una secuela en forma de serie de televisión, de muy escaso éxito, cancelada a los diez capítulos. Entre el casting destacaban conocidos rostros televisivos como el de Nick Zano –Steel en *DC's Legends of Tomorrow*– o el de Wilmer Valderrama –Fez en *Aquellos maravillosos setenta*–.
- La saga *Civil War II* de Marvel en 2016 parte del concepto base de este relato.
- También se adaptó a videojuego en 2002, con el nombre *Minority Report: Everybody Runs* –aunque en España se eliminó el subtítulo–.

Como siempre, Dick hace que el lector se plantee preguntas sobre qué es lo correcto. Una de sus mayores virtudes como escritor es precisamente ésa, que aunque te esté dando una idea, una forma de ver el mundo en base a la suya, a la vez te está planteando ambigüedades que te hacen dudar desde la primera página hasta la última.

Lo más emblemático:
El momento en que el propio opresor se convierte en víctima.

Qué aporta:
El debate moral sobre el castigo preventivo.

UNIVE
RSOS
DISTÓ
PICOS

Jöse Sénder

Una mirada a la oscuridad

PELÍCULA. *A Scanner Darkly*, Richard Linklater, 2006.

D e nuevo una novela de Dick, en este caso de 1977, cuya adaptación al cine es más conocida que el libro original. Una epidemia de drogadicción destruye millones de vidas y un policía se infiltra entre los adictos, pero la droga y la tecnología dividen su cerebro en dos. Ambientada en una distopía policial de vigilancia extrema, la historia plantea dudas sobre la verdadera identidad del ser humano y, como sucedía con *Desafío total*, si los recuerdos son lo que realmente conforma la persona que somos.

Dime cómo vistes y te diré quién eres

Los sistemas de vigilancia son una constante en muchos de los trabajos de Dick. En este caso, los policías visten un "*traje mezclador*" que cambia su apariencia física para infiltrarse sin ser reconocidos, pero si unimos estas alteraciones físicas con los cambios en la memoria inducidos por las drogas… exacto, paranoia de identidad y paradojas mentales al más puro estilo del bueno de P.K.

Dibujos extraños mucho antes de Archer

La película tuvo un gran impacto más por su aspecto visual que por su historia, ya que está grabada mediante la técnica de rotoscopia –dibujos animados encima de actores reales–, dándole un aire extraño y mágico a la obra. Keanu Reeves, Winona Ryder, Robert Downey Jr y Woody Harrelson conforman el elenco estelar de esta adaptación, bastante fiel al original dentro de lo que cabe.

Lo más emblemático:

La espectacular animación.

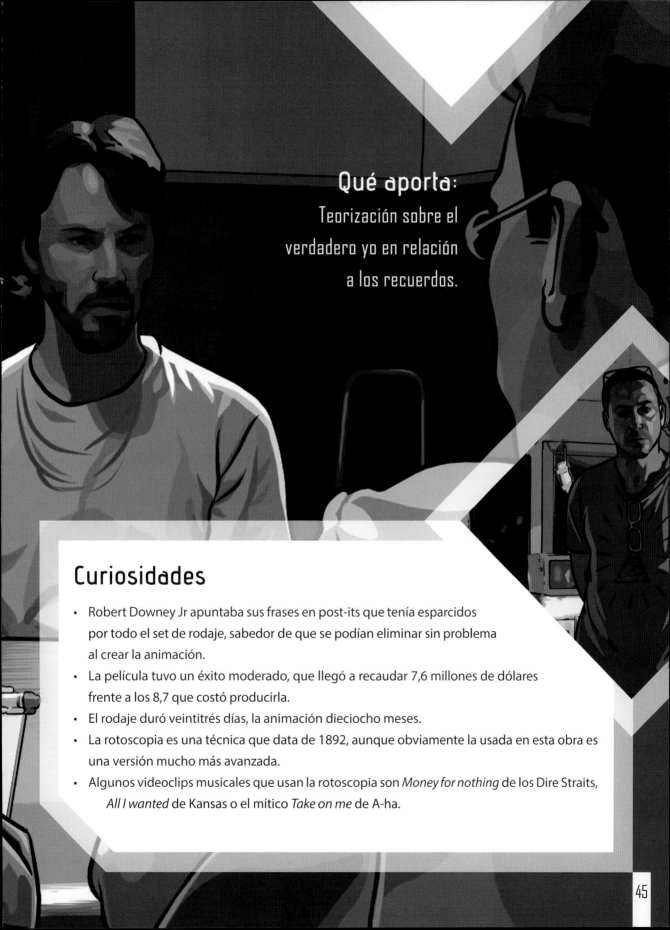

Qué aporta:
Teorización sobre el verdadero yo en relación a los recuerdos.

Curiosidades

- Robert Downey Jr apuntaba sus frases en post-its que tenía esparcidos por todo el set de rodaje, sabedor de que se podían eliminar sin problema al crear la animación.
- La película tuvo un éxito moderado, que llegó a recaudar 7,6 millones de dólares frente a los 8,7 que costó producirla.
- El rodaje duró veintitrés días, la animación dieciocho meses.
- La rotoscopia es una técnica que data de 1892, aunque obviamente la usada en esta obra es una versión mucho más avanzada.
- Algunos videoclips musicales que usan la rotoscopia son *Money for nothing* de los Dire Straits, *All I wanted* de Kansas o el mítico *Take on me* de A-ha.

Electric Dreams

SERIE DE TV. 2017-2018

La adaptación más reciente del maestro de la distopía es esta serie de televisión formada por historias auto-conclusivas, no relacionadas entre sí. Sigue la larga tradición de series de este estilo, como *La dimensión desconocida*, *Más allá del límite*, *Cuentos asombrosos* o *Black Mirror*, sólo que en este caso cada historia está inspirada en un relato corto de Dick.

Una serie de una sola temporada, con diez capítulos basados en una selección de historias de Dick.

Tenemos distopías para todos los gustos

Cada episodio explora una realidad distópica diferente, desde regímenes autoritarios poblados por telépatas hasta un futuro dominado por drones. Los temas dickianos habituales son tratados en profundidad, desde el examen de la conciencia robótica hasta la opresión militarizada de la policía y las empresas capitalistas.

Como suele suceder en toda serie de estas características, cada capítulo es un mundo, algunos mejores y otros peores. Pero por lo general la calidad narrativa es muy alta, el aspecto visual impecable y hace justicia al gran escritor en el que se inspiran sus historias.

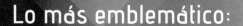

Lo más emblemático:
El precioso diseño de sus créditos
de apertura.

Qué aporta:
Acercar al maestro Dick al mundo
de las series auto-conclusivas.

Curiosidades

- Por aquí han pasado estrellas como Anna Paquin, Steve Buscemi, Greg Kinnear, Geraldine Chaplin o Bryan Cranston, que es además productor de la serie.
- El título de la serie es un claro homenaje al relato *¿Sueñan los androides con ovejas eléctricas?*
- La canción de los créditos iniciales es de Harry Gregson-Williams, responsable también de bandas sonoras como la del videojuego *Metal Gear* o la franquicia *Shrek*.
- Los créditos iniciales resultan muy llamativos al mezclar su preciosismo visual con una estética retro, como si se hubieran hecho en la época de Dick.
- Anna Paquin y Terrence Howard co-protagonizan el episodio *Real Life*. Ambos han interpretado también a superhéroes de Marvel, ella a Pícara en la saga *X-Men* y él a Máquina de Guerra en la primera entrega de *Iron Man*.

UNIVERSOS DISTÓPICOS

Jöse Sénder

____ALDOUS HUXLEY

1894-1963

Mucho más que un escritor. Filósofo, humanista y poeta, este camaleón británico fue nominado siete veces al premio Nobel de literatura. Sus obras mostraban un punto de vista del mundo claramente pacifista y volcado en la justicia social.

Su trabajo como novelista distópico no fue tan prolífico como el de Dick: muchas de sus obras son tratados de filosofía y, de las que son novelas, muchas no tienen nada que ver con la distopía y se mueven más en el ámbito de la sátira política. Tampoco ha sido adaptado al cine tan a menudo, pero su influencia ha sido también enorme y muy imitada a posteriori.

Es usted todo un poeta

Uno de sus rasgos más curiosos es su tendencia a titular sus libros con frases sacadas de poemas de algunos de sus poetas favoritos. Se puede afirmar que, aunque sus novelas no fueran tan exitosas como las de Dick, al menos sus títulos eran mucho más llamativos.

Alicia en el país de las distopías

Colaboró también como guionista de Hollywood en algunas producciones clásicas como *Más fuerte que el orgullo* –adaptación de *Orgullo y prejuicio* en 1940– o *Alma rebelde* –adaptación de *Jane Eyre* en 1944–. Incluso escribió la primera versión del guión de *Alicia en el país de las maravillas* para Disney en 1951, pensada por él para mezclar imagen real y animación, combinando la historia real de Lewis Carroll con la fantasía de su libro. Aunque si el guión era tan intenso como sus libros –en palabras del propio Walt Disney, Huxley era "un fanático de Alicia"– no es de extrañar que lo acabasen rechazando.

Un mundo feliz

NOVELA. *Brave New World*, 1932.

Sin duda, la obra más famosa de Huxley y uno de los pilares básicos del género distópico, incluso antes del *1984* de Orwell o el *¿Sueñan los androides con ovejas eléctricas?* de Dick.

En su primera novela, la sátira política *Los escándalos de Crome* –*Crome Yellow*, 1921– ya dejaba caer la idea de que algún día podríamos llegar a un futuro lleno de incubadoras generando nuevos humanos en un mundo en que se habría erradicado el concepto de familia. Apenas era un breve comentario de uno de sus personajes, pero Huxley nunca dejó de darle vueltas a esta idea tan loca que se le había ocurrido. Once años después, al fin la plasmó en su novela más legendaria, sobre una falsa utopía en que el gobierno produce a los humanos en incubadoras y los adoctrina desde pequeños para encajar en una clase social concreta, asegurando que así todo el mundo es feliz. Se tomó su tiempo para pensárselo bien.

Curiosidades

- En el prólogo de una de las reediciones de la novela, Huxley comentaba cosas que le habría gustado cambiar si pudiera volver atrás y reescribirla. Estos cambios acabaron tomando forma en su última novela, *La isla* –*Island*, 1962–, una historia utópica que servía como contrapunto totalmente opuesto a *Un mundo feliz*.

- Huxley aseguraba que empezó con la idea de parodiar las obras utópicas de H.G. Wells, siempre demasiado optimistas y bienintencionadas. Sin darse ni cuenta, acabó escribiendo una de las distopías más célebres mientras intentaba burlarse de las utopías wellianas de principios de siglo.

- Como en toda buena novela de ciencia-ficción distópica, el escritor vaticinó con éxito algunos avances de la ciencia que se harían realidad décadas más tarde. En este caso, la reproducción asistida y el condicionamiento de la conducta en psicología.

- Ha sido adaptada a teatro, radio y dos telefilmes, una en 1980 y una en 1998. Ambas contaban con un reparto desconocido, aunque en la segunda versión aparecían Daniel Dae Kim y Leonard Nimoy. Ridley Scott, por si no le bastaba con *Blade Runner*, quiso también adaptar esta novela al cine en 2009, pero al final la cosa quedó en nada.

UNIVERSOS DISTÓPICOS

Jöse Sénder

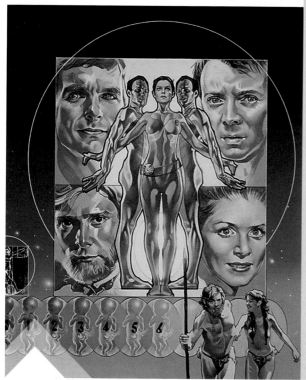

Un mundo feliz
(1980)

Sonríe o te la cargas

Huxley explora así la idea de una sociedad en la que se te obliga a ser feliz lo quieras o no, como una crítica a la superficialidad de la gente que se empeña en aparentar una vida perfecta de cara al exterior –y esto ya ochenta años antes de la creación de Instagram–. Los protagonistas reclaman su individualidad, su derecho a ser infelices si así lo escogen, porque una sociedad que les impone la felicidad como única opción niega también su capacidad de decidir.

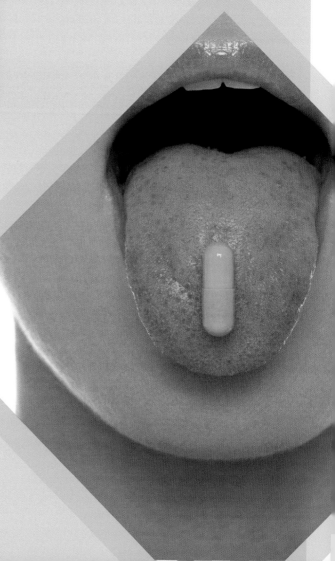

Lo más emblemático:

El giro extremo de guión.

Qué aporta:

Es la gran obra de falsa utopía distópica.

Mono y esencia

NOVELA. *Ape and Essence*, 1948.

Mucho menos conocida que la anterior, pero muy importante para la historia de la distopía. Un mundo destruido mediante armas nucleares y poblado por una nueva especie de simios inteligentes –¿os suena, fans de Charlton Heston?–, organizados ahora en una sociedad atrasada y con la mano más bien suelta en lo relativo a sacrificios rituales.

Doctor Zaius, Doctor Zaius

En esta fascinante obra, Huxley utiliza a los simios como parodias de la sociedad humana del siglo XX, para tantear los conceptos del exceso bélico norteamericano y de la destrucción mutua asegurada entre grandes potencias. Además de aprovechar para criticar duramente la sociedad totalitaria, la incultura y la imposición religiosa como tres partes inseparables de un mismo problema. Los neozelandeses, únicos supervivientes de la guerra nuclear, son los protagonistas a través de cuyos ojos el lector observa el horror que ha consumido el resto del mundo.

Lo más emblemático: Toda la parte religiosa pone la piel de gallina.

Qué aporta: La idea de utilizar primates como metáfora de la sociedad humana.

Curiosidades

- Parodia la escalada armamentística de las grandes potencias mundiales del siglo XX.
- Como no podía ser menos en una obra de Huxley, el libro termina citando un poema de Percy Bysse Shelley, algo que ya deja bastante claro por dónde corre la ideología política del autor.
- Aunque *El planeta de los simios* –Franklin J. Schaffner, 1968– no sea una adaptación de esta novela sino de la homónima escrita por Pierre Boulle en 1963, ha habido mucha elucubración acerca de si el escritor francés se inspiró en la obra de Huxley a la hora de crear un mundo poblado por simios parlantes que simbolizaban a la corrupta especie humana.
- Chatto & Windus, la editorial británica que publicó *Mono y esencia*, también publicó los trabajos de H.G. Wells.

Jöse Sénder

GEORGE ORWELL

1903-1950

Un autor que no necesita presentación, pero qué demonios, se la merece de todos modos. Periodista, crítico, escritor, abierto defensor del socialismo democrático.

Combatió de forma voluntaria en el bando republicano de la Guerra Civil Española con las Brigadas Internacionales, experiencias que luego recogería en su libro *Homenaje a Cataluña* (1938). Su trabajo se caracteriza por una fuerte crítica social y un desprecio a las doctrinas totalitarias.

Este simpático genio es, después de Philip K. Dick, el autor más relevante en el género distópico.

Rebelión en la granja

NOVELA. *Animal Farm*, 1945

L os animales de una granja se rebelan contra el granjero borracho que los oprime y explota. Con un planteamiento tan sencillo y en apariencia divertido, Orwell ahonda en la Revolución rusa de 1917, nos muestra su opinión sobre cómo se gestó, cómo se llevó a cabo y cómo el ansia de poder de uno de sus líderes la echó a perder.

La novela es una nada disimulada sátira anti-estalinista. Orwell siempre fue un convencido del leninismo y la revolución contra el sistema burgués, pero detestaba a Stalin, al que consideraba un dictador megalómano que había ensuciado y deformado el comunismo de Lenin. Lo que él llamaba "la corrupción estalinista de las ideas socialistas originales".

Qué aporta: La utilización de animales para satirizar sobre la sociedad humana.

Política animal

El autor siempre criticó las sociedades fascistas y abogó por los derechos del trabajador, pero cuando consideró que el sistema con cuyas ideas simpatizaba también era corrompido, no tuvo reparo en escribir una novela poniéndolo a caer de un burro –o de un cerdo, en este caso–. Los personajes son claras alegorías a políticos reales. Mientras el granjero malvado representa a la monarquía zarista, los cerdos que protagonizan la historia aluden a Lenin, Stalin, Trotsky, Molotov y Mayakovsky.

Hace todo lo que hace un cerdo

Conforme avanza su caída al lado oscuro, el cerdo Napoleón cada vez se parece más a los humanos y menos a los animales, hasta que acaba dejando de lado sus ideas revolucionarias y aliándose con los granjeros a los que antes desafiaba. Al final, el resto de animales de la granja ya ni siquiera son capaces de distinguir a Napoleón de un humano, en una alegoría de cómo Stalin traicionó las ideas de Lenin y se acabó convirtiendo en otro zar más.

Éste es uno de los casos en que una distopía no tiene por qué estar ambientada en el futuro, sino que puede pasar en nuestro presente, aunque sea en una realidad alternativa de animales parlantes. Lo importante es que muestre una sociedad desgarradora que nos haga sentir empatía hacia sus sufridos habitantes. Y en eso, *Rebelión en la granja* acierta de lleno.

UNIVERSOS DISTÓPICOS — Jóse Sénder

Seamos francos

Según el propio Orwell, su tiempo en España observando el horror del franquismo y, en sus palabras, "con qué facilidad la propaganda totalitaria puede controlar la opinión de gente culta en países democráticos" fue lo que le motivó a escribir esta novela.

Porque al final, no se trata sólo de una crítica al estalinismo, sino a todas las sociedades opresivas que utilizan propaganda social para hacer creer al ciudadano que están de su lado y aprovecharse de él, a cualquiera que en opinión de Orwell pervierta ideas políticas en una búsqueda egoísta de poder.

Lo más emblemático:

La frase "Todos los animales son iguales, pero algunos animales son más iguales que otros".

Curiosidades

- Fue adaptada en 1954 a una película de animación.
- En 1999 se adaptó a un telefilme de imagen real con un reparto de oro: Kelsey Grammer, Ian Holm, Julia Louis-Dreyfus, Patrick Stewart, Julia Ormond, Pete Postlethwaite y Peter Ustinov.
- También ha servido de inspiración para otras películas de temática similar como *Chicken Run: Evasión en la granja* (Peter Lord y Nick Park, 2000) o *Fantástico Mister Fox* (Wes Anderson, 2009).
- En el prólogo, Orwell asegura que la idea se le ocurrió en la Guerra Civil Española, cuando vio a un niño dando latigazos a un caballo.
- Le costó mucho encontrar editorial donde publicarlo, debido al miedo generalizado de perjudicar la débil alianza entre el Reino Unido y la URSS. Algunas de las que le rechazaron fueron Gollancz –su editor habitual– o Faber and Faber. Al final, lo publicó Secker and Warburg.

1984

NOVELA. *Nineteen Eighty-Four*, 1948.

La novela distópica por excelencia, el icono más célebre del género, el más venerado, el más aclamado e inevitablemente el más imitado –con perdón de *Blade Runner*–. Una sociedad controlada hasta el mínimo detalle por el misterioso Gran Hermano, a través de la Policía del Pensamiento y de cámaras en la calle y los hogares. Aunque no consiguió publicarlo hasta 1949, su intención era que saliera a la venta en 1948 para hacer hincapié en la similitud con su título, que es por lo que he elegido mencionarlo con dicha fecha.

El espejo del público

Orwell utiliza esta historia para teorizar sobre la desinformación, la manipulación mediática, las mentiras de los políticos, la censura, la vigilancia extrema y el lavado de cerebro. Su mensaje, sobre una opinión pública tan alienada que incluso llega a aplaudir a quien nos explota y a agradecer ser oprimida, no pasa de moda ni ocho décadas después. Nos muestra un lavado de cerebro del pueblo mediante lo que él llama Neolengua, una forma de obligar a aceptar que todo aquello que diga el líder es real, por contradictorio que sea. El lema principal de su ficticia Oceanía es *"Guerra es paz, libertad es esclavitud, ignorancia es fuerza"*.

Tantea la idea de Crimen de Pensamiento, una especie de antecedente lejano de la Ley Mordaza. A los habitantes se les inculca desde niños

el odio hacia los extranjeros, el desprecio al pensamiento individual y el culto a la ignorancia como forma de ser felices, mientras que la cultura y la inteligencia son perseguidas de forma radical.

Y es que, cuando el pensamiento es delito, la imaginación es revolución.

Colándose en el diccionario

Muchas de las expresiones y conceptos que Orwell creó para la obra han acabado calando en el imaginario colectivo: "*El Gran Hermano te vigila*" es una frase de uso común entre teóricos de la conspiración –además de haber propiciado la creación de cierto programa de televisión del que mejor no hablaremos–. "*Dos más dos son cinco*" es otra de ellas. El adjetivo "*orwelliano*" se ha vuelto de uso común a la hora de referirse a estados opresivos y controladores, a la manipulación de la historia y al totalitarismo.

Un final nada hollywoodiense

Como novela distópica, es interesante no sólo por todos los temas sociales que trata, sino sobre todo porque se deshace del cliché del final feliz en que el ciudadano vence al sistema, un tópico que resta fuerza a la advertencia que se intenta transmitir. *1984* acaba mal. Los malos ganan, como en la vida real. De esta forma, Orwell se asegura de que su advertencia sea más clara y directa: ten cuidado, porque si permites que el estado tenga tanto poder sobre ti, llegarás a un punto en que ya no podrás volver atrás.

Orwell's dreams are made of this

Su adaptación más famosa se estrenó el propio año 1984, con banda sonora de Eurythmics y protagonizada por el siempre espectacular John Hurt. Su interpretación, como siempre, pone la piel de gallina y provoca cierto picor misterioso en los lagrimales. Curiosamente, también interpretaría décadas después a la versión del Gran Hermano de Alan Moore, el gran villano de *V de Vendetta*, en un muy evidente homenaje a la película.

A día de hoy, es prácticamente imposible volver a leer la novela sin visualizar al añorado Hurt en cada página.

Qué aporta: Una crítica de la opresión social que sigue destacando a día de hoy por encima de innumerables obras posteriores.

Lo más emblemático: El Gran Hermano te vigila.

Curiosidades

- Orwell estuvo a punto de titular el libro *El último hombre en Europa* –un guiño a la ya mencionada novela de Mary Shelley–, pero al final se decantó por llamarlo *1984*, para dar una mayor sensación de inmediatez, de que aquello podía suceder unas pocas décadas después.
- El libro ha sido prohibido numerosas veces desde que se publicó, siendo tachado por algunos de los gobiernos más opresivos como propaganda subversiva.
- Según la editorial Penguin, desde que dio inicio la presidencia de Donald Trump, las ventas del libro han aumentado en un 9.500%.
- Los derechos de la obra son ya de dominio público en algunos países –Australia, Canadá, Argentina, Sudáfrica y Omán– y lo serán en la Unión Europea en 2020.
- Se publicó como apéndice a la novela el ensayo *Los principios de la Neolengua*, que detallaba la deformación idiomática del Partido.

UNIVERSOS DISTÓPICOS

Jóse Sénder

___ROBERT A. HEINLEIN

1907-1988

Heinlein tocó un amplio abanico de subgéneros de la ciencia-ficción, siendo el creador de lo que luego se llamaría Ciencia-Ficción Dura: una rama que busca una extremada precisión científica y lógica que le dé mucha más credibilidad. Algo que podía apoyar con creces, habiendo sido ingeniero aeronáutico antes de ser escritor.

Sus ideas políticas eran muy provocativas para la época y las plasmaba en sus novelas, tanto en las que eran distópicas como en las que no. Criticaba siempre la economía, la política y la represión, abogando por el inconformismo y la libertad de pensamiento.

Maestro del libro

En 1974 la SFWA –Asociación de escritores de ciencia-ficción y fantasía de Estados Unidos– lo eligió como el primer Gran Maestro, un título destinado a los autores más influyentes en la sociedad. Luego se llevarían este honor otras grandes figuras como Arthur C. Clarke, Isaac Asimov, Ursula K. Le Guin, o Michael Moorcock.

Maestro de la lengua

Heinlein acuñó términos que luego se han usado de forma habitual, como Ficción Especulativa, Marine Espacial o Cadena de Favores –pay it forward–. Además, imaginó algunos avances e inventos que más tarde otras personas acabarían haciendo realidad, como el colchón de agua, el diseño gráfico digital o incluso el mismísimo teléfono móvil.

Maestro de la filosofía

Fue el primero en postular la teoría filosófica del Solipsismo Panteísta: cualquier cosa que pueda ser imaginada por un escritor acaba existiendo en algún rincón del multiverso por la pura fuerza creativa de la imaginación. Esta idea se convertiría décadas después en el centro temático de la narrativa de Neil Gaiman y Terry Pratchett.

Algunas de sus más emblemáticas novelas de ciencia-ficción no distópica son *Más allá del horizonte, El granjero de las estrellas, Amos de títeres, Forastero en tierra extraña* o *Starship Troopers* –llevada al cine en 1997 por Paul Verhoeven–. Mención especial al magistral relato corto de metafísica cuántica y paradojas temporales *Todos ustedes, zombis*, que te recomiendo encarecidamente que devores si puedes encontrarlo.

La luna es una cruel amante

NOVELA. *The Moon Is a Harsh Mistress*, 1966.

P ese a que *Starship Troopers* es la novela más famosa de Heinlein, *La luna es una cruel amante* es sin duda la más relevante en el ámbito distópico. Gira entorno a una revolución del proletariado en la Luna, que ha sido reconvertida en una prisión por un gobierno totalitario.

¡Y la Luna!

En esta distopía observamos de nuevo estados tremendamente crueles y controladores. La sociedad lunar ocupada a la fuerza por un estado invasor sirve a Heinlein para criticar el imperialismo y la anexión de países por la fuerza. El autor hace gala de su ideología libertaria, además de aprovechar para arremeter duramente contra el racismo y el puritanismo religioso americano. Heinlein no se andaba con rodeos.

Fortaleza infernal

Es a la vez la primera obra de ficción en la que un autor se imaginó un enorme hábitat real reconvertido a la fuerza en una terrorífica prisión, algo que se repetiría con frecuencia en futuras décadas, en películas como *1997: Rescate en Nueva York* –John Carpenter, 1981– o *Escape de Absolom* –Martin Campbell, 1994–.

You say you want a revolution

El hecho de que los protagonistas logren vencer a su opresor y evitar el desastre ecológico, pero que el nuevo estado también se corrompa, obedece a las ideas anarquistas de Heinlein. Sostenía que la libertad es muy frágil y siempre acaba siendo destruida si hay leyes y gobiernos de por medio. Al igual que Orwell, hace eco de la Revolución rusa y de cómo algo que empieza ayudando al pueblo puede corromperse si un megalómano se hace cargo. Es por eso que utiliza tantas expresiones rusas en el dialecto lunar.

Almuerzos gratis

Quizás lo más memorable de esta novela sea el uso de la expresión TANSTAAFL, un acrónimo de *"There's no such thing as a free lunch"* –no existe tal cosa como un almuerzo gratis–.

> **Lo más emblemático:** La expresión TANSTAAFL.

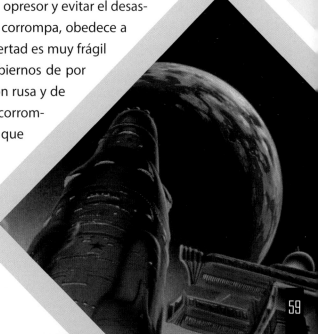

Este refrán popular que Heinlein acuñó, y que a día de hoy es usado de forma normal en el idioma inglés, expresa la idea de que el ser humano es codicioso y nadie da nada a cambio de nada.

Una de las distopías más redondas que se han escrito, en cuanto a su análisis político de la sociedad real mediante una imaginaria y, sobre todo, por la brillante forma en que transmite la sensación de angustia que viven los personajes.

Qué aporta:

La crítica no sólo al estado opresor sino también al héroe revolucionario que luego se acomoda y se corrompe.

Curiosidades

- Ganador del premio Hugo en 1967.
- Heinlein tenía tendencia a que algunos personajes de sus libros apareciesen como cameos en otros cuando menos te lo esperabas, creando una especie de primer cosmos de ficción compartido, mucho antes del MCU. Aquí aparece un momento Hazel Meade Stone, una de las protagonistas de su novela *The Rolling Stones* (1952).
- Bryan Singer empezó a trabajar en una adaptación para cine en 2015, según informaba el diario *The Guardian*, pero parece que el proyecto quedó estancado y nunca se volvió a mencionar.
- Linux tiene un asistente virtual llamado Mycroft en honor al ordenador autoconsciente de Heinlein. Éste, a su vez, tomaba su nombre como homenaje al hermano de Sherlock Holmes.
- Heinlein ganó un total de cuatro premios Hugo por sus novelas.

Ciudadano de la galaxia

NOVELA. *Citizen of the Galaxy*, 1957.

La historia de un adolescente vendido como esclavo en el espacio y su duro viaje de vuelta a casa para derrotar a los corruptos que se han adueñado de la empresa de su familia.

No te fíes de nadie

Ciudadano de la galaxia es una distopía brillante sobre diversas sociedades –la esclavista, la comerciante y la militar– en la que unas parecen más avanzadas y bondadosas que otras, pero al final resultan ser igual de nocivas para sus oprimidos habitantes. Los Comerciantes Libres salvan al protagonista del yugo de sus amos, pero luego resultan ser igual de represivos. Las corporaciones empresariales de la Tierra supuestamente luchan contra el esclavismo, pero sólo lo hacen de cara al público, porque en realidad les interesa que siga funcionando. Con esto, el autor lanzaba una vez más su anárquico mensaje de que todo gobierno es corrupto por definición.

Niños, futuro

Con ésta y otras de sus novelas para un público adolescente –como *Orphans in the Sky* de 1963–, Heinlein creó el subgénero de la **distopía juvenil**, mucho antes de que llegasen a nosotros *Los juegos del hambre* o *El corredor del laberinto*. Sabía que los jóvenes también se preocupan por la sociedad que les rodea y, aunque no consuman libros de temas tan densos como los de sus distopías más adultas, se podían crear otros más específicos para su franja de edad pero que también trataran estos temas y les ayudaran a informarse.

Más de la mitad de sus novelas están pensadas para un público juvenil. De estas, unas cuantas son distopías muy inteligentes y bien hiladas que, al contrario que algunos autores posteriores, no tratan a los adolescentes con condescendencia por el mero hecho de ser jóvenes. Es posible que Robert A. Heinlein tomase por tonta a la sociedad organizada. Pero jamás a los niños.

Lo más emblemático:
Las desventuras espaciales del protagonista.

Qué aporta:
Acercar la distopía a un público juvenil.

Curiosidades

- El título originalmente iba a ser *The Chain and the Stars*.
- En una primera versión, el libro era mucho más adulto y mucho más extenso, pero Heinlein lo recortó y suavizó antes de enviarlo a la editorial Charles Scribner's Sons.
- Publicó de forma serializada una versión más adulta en la revista *Astounding Science Fiction*, de septiembre a diciembre de 1957.
- Los trabajos de Heinlein han sido ampliamente estudiados por la organización académica The Heinlein Society.
- Heinlein ganó un total de cuatro premios Hugo por sus novelas.

_____URSULA K. LE GUIN

1929-2018

Es una pena que entre los grandes pioneros de la distopía sólo una fuera mujer. Se debe sin duda a que el género surgió a principios del siglo XX, en una época socialmente mucho más atrasada, en que la inmensa mayoría de los escritores que lograban triunfar eran hombres. De ahí que los grandes precursores del género distópico sean todos masculinos. Pero Le Guin consiguió hacerse un nombre entre ellos, abriendo el camino a otras autoras que vendrían después, aportando muchísimo a la literatura distópica y sobre todo a su vertiente juvenil.

No le resultó fácil e incluso alguna vez tuvo que llegar a firmar sólo con sus iniciales para que los lectores no supieran que era una mujer. Pero llegó a abrirse paso hasta convertirse en una de las autoras más relevantes de la segunda mitad del siglo XX y los inicios del XXI.

Aunque su trabajo más conocido sea la saga de fantasía *Terramar*, la mayor parte de su obra se decantaba más hacia la ciencia-ficción y a menudo a acercar la distopía a un público joven.

El ciclo Hainish o ciclo Ekumen

SERIE DE NOVELAS. 1966-1996.

Esta extensa saga consta nada menos que de siete novelas, cuatro novelas breves y trece relatos cortos, todos ambientados en el mismo universo ficticio. Un universo en que todos los planetas de la galaxia, incluida la Tierra, descienden de una antigua especie alienígena llamada Hain.

El batiburrillo espacial

Como la propia Le Guin ha recordado en varias ocasiones, no se trata de una historia continuada, sino de diversas historias ambientadas en el mismo universo y época, pero en distintos planetas. Los únicos cruces, siguiendo la estela de Heinlein, consisten en secundarios de unas novelas que aparecen como cameos en otras, para dar una sensación de coherencia interna.

La excusa de la multitud de facetas y vertientes ideológicas de los Hain y la variedad de sociedades a que ha dado lugar sirve a la autora para poder repasar diversas formas de organización social y política en los planetas que forman su cosmos. Algunas son utópicas, otras distópicas. Ursula K. Le Guin utiliza esta fantástica variedad de sistemas de gobierno para analizar y criticar a la sociedad. Los cuatro temas constantes en su obra se muestran aquí en todo su esplendor: pacifismo, ecologismo, feminismo y anarquismo.

Esta sí, esta no

La escritora tiende a mostrar sociedades que han fracasado y ahora viven en constantes distopías insoportables debido al capitalismo, el elitismo y el patriarcado, en contraposición a otras mucho más felices y fructíferas que optaron por la comunidad, el cuidado del planeta y la paz. La Tierra, como es habitual en este género –y como seguro que ya te lo estabas viendo venir–, se muestra como una de las fallidas.

Los gemelos golpean dos veces

La saga en sí no se centra exclusivamente en distopías, siendo tan variada como es, pero algunas de sus entregas sí lo hacen. *Los desposeídos: una utopía ambigua* de 1974 es probablemente la más rica de estas novelas en cuanto a su análisis social. Se ambienta en dos mundos gemelos. Uno

Lo más emblemático: El libro *Los Desposeídos*.

UNIVE
RSOS
DISTÓ
PICOS

Jöse Sénder

de ambos, Urras, está dividido en dos opresivas sociedades distópicas, de las que una es un capitalismo patriarcal feroz y la otra una dictadura totalitaria, en constante guerra entre ellas. El segundo planeta, Anarres, se basa en el anarcosindicalismo.

Como es de esperar en un libro de Le Guin, la sociedad anarquista vive en una mayor paz y felicidad que sus contrapartidas represivas, tiene muchísimos más avances sociales y tecnológicos, es en definitiva una utopía. Mediante el viaje de un científico de Anarres a Urras y sus consiguientes desventuras allí, la autora juega a mostrarnos el chocante contraste entre ambas culturas.

Qué aporta:

Acercar por primera vez el feminismo a la literatura distópica.

Curiosidades

- Una de sus imágenes simbólicas es el uso de la luz y la oscuridad, no como representantes del bien y el mal absolutos, sino como dos partes imprescindibles para el equilibrio.
- La crítica describió en su momento la novela del ciclo Hainish *La mano izquierda de la oscuridad* como la primera aportación de Le Guin al feminismo.
- Ursula K. Le Guin acuñó el término *"ansible"* en esta saga para referirse a la tecnología ficticia que permite la comunicación instantánea de una galaxia a otra, con mensajes que se envían más rápido que la luz. El nombre fue utilizado más tarde por Linux –*una vez más*– para uno de sus softwares.
- En las primeras entregas de la saga, se hace hincapié en la existencia de la Ley del Embargo Cultural, muy parecida a lo que más tarde sería la Primera Directiva en *Star Trek*. Le Guin se adelantó por poco, su ley ficticia aparece en sus novelas de 1966 mientras que la Primera Directiva no aparecería en *Star Trek* hasta el episodio *El retorno de los Arcontes*, en febrero de 1967.
- Heinlein ganó un total de cuatro premios Hugo por sus novelas.

La rueda celeste

NOVELA. *The Lathe of Heaven*, 1971.

En esta extraña novela, un hombre tiene el poder de cambiar el pasado con sus sueños y suególatra psicólogo se aprovecha de él, conduciéndole a soñar cosas concretas para cambiar la realidad a su antojo, creando realidades cada vez más y más distópicas.

De mal en peor

La historia transcurre en el año 2002, en una sociedad que sufre hambrunas por la superpoblación que está anegando el planeta. Curiosamente, dicha superpoblación es de siete mil millones de humanos, aproximadamente la que tenemos en 2019. Da miedo, ¿eh? Esta primera realidad que nos muestra ya es de por sí distópica, pero lo interesante es que, conforme un hombre demasiado pagado de sí mismo va intentando arreglarla por los motivos equivocados, las distopías que se suceden cada vez son más duras.

El yin y el yan

El protagonista, George Orr, representa al hombre de a pie que intenta arreglar el mundo como puede –al principio nos cuenta que el mundo fue arrasado por una guerra nuclear en 1998 y él soñó que volvía a estar bien, cambiando el pasado–.

El doctor Haber, por el contrario, simboliza al supuesto filántropo y buen samaritano que intenta ayudar a la humanidad, pero que en realidad todo lo hace movido por su ego. Con la excusa –más para engañarse a sí mismo que a los demás– de salvar el planeta, va adquiriendo cada vez más poder hasta que se convierte en el dueño del mundo y empieza a creerse Dios. Las sociedades que crea son cada vez más retorcidas y peligrosas, porque así funciona su mente. Incluso cuando cree estar acabando con el racismo, al unir a todas las razas en una sola, lo que hace es crear una eugenésica raza superior.

Tecnosueños

La obra habla sobre el exceso de poder y las mentiras que cuentan los que quieren cambiar el mundo a su gusto, pero sobre todo las que se cuentan a sí mismos. Le Guin era una taoísta holística y creía firme-

> Lo más emblemático: La escalofriante raza gris.

La rueda celeste
(1980)

mente en que la naturaleza es sabia, que hay que dejar que siga su curso sin intentar alterarla con la tecnología humana, porque eso sólo llevaría al desastre.

El hecho de que en su historia alegórica esa "*tecnología*" sea en realidad los sueños de un hombre con poderes es probablemente una alusión a la mitología de los aborígenes australianos, que llamaban "*Tiempo del Sueño*" al mito de la creación y creían que la realidad a nuestro alrededor era creada por los sueños de un ser superior durmiente.

Qué aporta:

La sucesión de varias realidades distópicas en aumento para poder compararlas entre sí.

Curiosidades

- En 1980 se adaptó la obra a un telefilme protagonizado por un joven Bruce Davison –le recordarás por la serie *Harry y los Henderson* o como el senador Kelly en la saga *X-Men*–. Los efectos visuales eran del todo a cien, pero la historia era muy fiel.
- En 2002, el año en el que transcurría la historia original, se hizo otro telefilm, en este caso eliminando lo más difícil de rodar, como la raza gris o la invasión alienígena, dando lugar a una película sencillita pero resultona. El reparto lo formaban Lukas Haas, James Caan y Lisa Bonet.
- El protagonista se llama George Orr, presumiblemente como homenaje a George Orwell.
- Los capítulos comienzan con citas de H.G. Wells, Victor Hugo y sabios taoístas.
- Se serializó de marzo a mayo de 1971 en la revista *Amazing Science Fiction Stories*.

__RAY BRADBURY

1920-2012

Uno de los más influyentes escritores del siglo XX, que además era también guionista de cine, en películas como *Moby Dick* en 1956. Aunque su verdadera pasión era la fantasía, que llevaba escribiendo desde niño, su devoción por H.G. Wells le llevó a probar suerte también con la ciencia-ficción distópica, por la que acabó siendo recordado. Decía que no quería predecir el futuro, sino prevenirlo, prácticamente la base de la literatura distópica.

El primer señor

La forma de ver el mundo de este autor era realmente paradójica. Por un lado, sus escritos tendían a abogar por la cultura y la libertad de expresión, pero por otro era un conservador muy extremo, algo que choca por completo con el concepto habitual de un escritor distópico. No solamente era un fanático religioso que aseguraba que Dios le había elegido para ser un gran escritor, sino que incluso culpaba de los problemas sociales a la raza negra o al colectivo homosexual por reclamar derechos humanos, alegando que venían a cortar la libertad y que había que frenarlos.

Más que libros

Algunas de sus historias cortas fueron adaptadas en los cómics *Historias de la Cripta* y él mismo acabó presentando la serie de televisión basada en sus relatos, *The Ray Bradbury Theater*. La SFWA creó en su honor el Premio Ray Bradbury al guión cinematográfico.

UNIVERSOS DISTÓPICOS

Jose Sénder

Las crónicas marcianas

COLECCIÓN DE RELATOS. *The Martian Chronicles*, 1950.

No, no hablo de cierto programa español de los noventa cuyo recuerdo aún nos arranca sudores fríos, sino de la primera "*novela*" de Bradbury. Y digo "*novela*" entre comillas porque fue más bien un batiburrillo de relatos unidos para formar un libro.

Cachito a cachito

Bradbury estaba desesperado porque nadie compraba sus cuentos cortos, hasta que un benévolo editor le propuso reescribirlos para unirlos en un mismo libro. Así nació su primer éxito, una historia río hilando relatos auto-conclusivos sobre la colonización de Marte por parte de los humanos, que huían de una Tierra distópica arrasada por bombas atómicas. El ser humano llega a Marte, erradica casi por completo a los marcianos mediante la varicela, terraforma el planeta y se instala allí.

Marte tenía un precio

La colonización de Marte refleja la Conquista del Oeste, desde un punto de vista práctico y frío. Por un lado, Bradbury admite que los nativos americanos no tenían ninguna culpa y que masacrarlos para robarles las tierras fue cruel. Pero por otro, deja clara su opinión de que era lo que había que hacer por el bien mayor.

Prejuicios marcianos

En uno de los capítulos se habla de la inmigración negra y de cómo los supremacistas blancos intentan detenerla. Una dura crítica contra los prejuicios raciales de la América de los años cincuenta, muy chocante para un libro escrito por Bradbury, pero hay que tener en cuenta que cuando lo escribió aún era joven. El papel de la mujer en sus *Crónicas marcianas*, en cambio, sí que es meramente accesorio y los escasos personajes femeninos que aparecen tienen como único objetivo en la vida encontrar un marido que les diga qué hacer. El Test de Bechdel era el papel higiénico de Bradbury.

Pese a estos defectos, habituales en la época, es una lectura muy interesante.

No cambies de canal

La distopía en Marte es puramente climática, un árido desierto en el que no crece la vida vegetal y que se nutre mediante canales artificiales para traer a la civilización el agua de los casquetes polares. Bradbury tomó la idea de las primeras observaciones telescópicas del siglo XIX, que aseguraban que sobre la superficie del planeta rojo po-

Curiosidades

- Los marcianos tienen piel marrón, ojos amarillos y pelo rojo. Sin embargo, sus habilidades sobrenaturales –son metamorfos y telépatas– recuerdan a las del Detective Marciano de DC Comics, muy probablemente inspirado en el libro de Bradbury.
- En esta novela ya comienza a dar unas primeras pinceladas sobre el tema de la censura y la quema de libros por parte del gobierno, lo que luego sería el tema central de su obra más famosa, *Fahrenheit 451*.
- *Las crónicas marcianas* se ha adaptado al cine, una vez en Rusia y dos veces en Uzbekistán. En 1979, la BBC produjo una miniserie para televisión escrita por Richard Matheson –el autor de *Soy leyenda*– y protagonizada por Rock Hudson.
- Bradbury citó como influencias los libros de la *Serie marciana* de Edgar Rice Burroughs –protagonizados por el icónico John Carter de Marte– y los cómics de *Tarzán*.

Lo más emblemático:

El exterminio marciano.

Qué aporta:

La disección histórica de la Conquista del Oeste mediante una obra de ciencia-ficción metafórica.

dían verse enormes líneas que parecían canales. La verdadera distopía política y social está en la Tierra de la que huyen los colonizadores, a punto de ser devastada por una guerra nuclear. La distopía no estaba en Marte. Se la traen los humanos, que acaban convirtiendo el planeta en otra Tierra imperfecta.

Fahrenheit 451

NOVELA. 1953.

"*La temperatura a la que arde el papel*", explica el subtítulo del libro. En un futuro terrible, el gobierno ha ilegalizado los libros y ha creado un cuerpo de Bomberos que se dedican a quemarlos.

Los libros son lo primero

En este caso, la distopía es cultural, como símbolo de los gobiernos fascistas y su represión de la libertad de pensamiento. Bradbury podía tener ideas muy arcaicas, pero siempre fue un gran amante de la cultura y nada le molestaba más que la represión de ésta. Le daba igual si venía de Hitler que del senador McCarthy, incluso aunque éste último fuera bastante cercano a su ideología en todo lo demás. Le daba igual si un libro era de su agrado político o no. Al fin y al cabo era cultura y toda la cultura debía ser respetada y protegida de los organismos de censura.

Donde dije digo, digo fuego

Pero también depende un poco de en qué época le preguntasen. Cuando era más joven y abierto de mente, afirmaba sin tapujos que la novela era una alegoría a los peligros de la caza de brujas de McCarthy. Pero, conforme se iba haciendo mayor, su forma de ver el mundo se iba volviendo más cercana al macartismo. Hasta el punto en que décadas después negaba que el libro simbolizase lo que él mismo había dicho en un primer momento y aseguraba –de forma inexplicable para cualquiera que haya leído la novela– que era una simple crítica a cómo ver la televisión hace daño al hábito de la lectura.

Otros temas que trata la obra son la felicidad forzada –la obligación de parecer felices de cara al exterior para hacer quedar bien al gobierno, como en *Un mundo feliz* de Huxley– y la persecución sistemática del intelectual en una sociedad que premia la ignorancia. Una prematura crítica al bullying escolar, que siempre va en detrimento de los alumnos de mayor nivel académico.

Qué aporta:

La defensa de la cultura por encima de todo.

Lo más emblemático:
El concepto en sí y el subtítulo del libro que lo explica.

Curiosidades

- Bradbury escribió el libro entero en tan solo 18 días.
- François Truffaut dirigió su primera adaptación al cine en 1966.
- En 2018, HBO estrenó una nueva adaptación fílmica protagonizada por Michael B. Jordan, al que parece que le gusta todo lo relacionado con fuego y antorchas.
- En 2004, Michael Moore parodió el título de la novela para su documental *Fahrenheit 9/11*, que según él era "*la temperatura a la que arde la libertad en manos del gobierno de George W. Bush*". A Bradbury le enfureció sobremanera que se usara el título de su libro para una narración tan contraria a su forma de pensar y hasta se negó a aceptar las reiteradas disculpas de Moore.

ORSON SCOTT CARD

1951

El último de los siete puntales de la distopía y una de las dos excepciones a la norma no escrita de que todos los escritores distópicos tienden a ser progresistas. Bradbury y Card son probablemente los dos únicos autores de este género conocidos por sus visiones ultraconservadoras.

Escritor, crítico y profesor, además de creador audiovisual –la serie de televisión *Extinct*–, guionista de cómics –*Ultimate Iron Man*– y el único que sigue vivo de esta lista. Criado en una comunidad mormona muy cerrada y firmemente arraigado en las creencias de ésta, siempre ha declarado públicamente su admiración hacia George W. Bush.

Haciendo amigos

Su punto más controvertido es su condena de la homosexualidad. Miembro oficial de la Organización Nacional del Matrimonio, un grupo religioso que intenta impedir el matrimonio gay en Estados Unidos. Esta actitud le ha causado problemas en lo laboral: el estudio Lionsgate, que adaptó al cine *El juego de Ender*, hizo una declaración oficial a *Entertainment Weekly* en 2013 distanciándose de las polémicas opiniones expresadas por el autor en los medios y no volvió a trabajar con él. DC Comics le encargó una saga de Superman, pero el dibujante asignado al proyecto, Chris Sprouse, se negó a trabajar con él por sus ideas homófobas. La propia DC, pese a su conservadurismo cercano a las ideas de Card, decidió cancelar el proyecto por miedo a la controversia mediática.

¡Cuidado, un mono con tres cabezas!

Un dato poco conocido sobre Orson Scott Card es que fue el encargado de escribir los divertidísimos insultos para el videojuego *Monkey Island* en 1990. Cualquiera que haya disfrutado del legendario juego recuerda por encima de todo las hilarantes y surrealistas frases ofensivas de sus personajes. Es además un fan confeso de la serie *Firefly* de Joss Whedon y hasta aparece en el documental de 2006 *Done the Impossible*, que habla del fenómeno fan que siguió a la serie y que logró que se continuase con la película *Serenity*.

El juego de Ender

NOVELA. *Ender's Game,* 1985.

Distopía juvenil militarizada. El éxito del libro le llevó a convertirlo en una saga que, de momento, lleva diecisiete novelas y once relatos cortos. Porque a Card, una vez que le das cuerda, no hay quien le pare.

La historia de un niño prodigio reclutado por el ejército para combatir a la temible raza alienígena de los Insectores, el lavado de cerebro al que le someten y cómo le convierten en una máquina de matar, ya es archiconocida. Dentro del subgénero de la distopía juvenil, ésta es una de las más brillantes, que pese a su narrativa sencilla y lineal para un público adolescente, trata temas complejos y filosóficos, además de tener unos diálogos especialmente inteligentes. Su temática ha inspirado a libros posteriores, como el reciente y alucinante *The Light Brigade* de Kameron Hurley en 2019.

Guerra y... ¿paz?

Una distopía puramente militar, que critica la política de sacrificar unas vidas para salvar otras, el trato inhumano a los soldados para convertirlos en máquinas de matar y la anteposición de los objetivos militares a la protección de la vida humana. Está muy presente el debate

moral sobre si es ético seguir golpeando a un enemigo ya vencido, aunque sea con el pretexto de evitar futuras represalias. Una crítica alegórica a la Primera Guerra Mundial –hasta usa la famosa expresión histórica "la guerra para acabar con todas las guerras"– y a las bombas atómicas lanzadas en Japón durante la Segunda.

Lo más emblemático: El giro final.

Podría hacer esto todo el día

Ender es el arquetipo heroico de la distopía juvenil: el niño inconformista que responde una y otra vez a la autoridad en vez de doblegarse y que piensa de forma lógica y aguda. Hace frente siempre al bullying pese a ser un canijo, como una especie de Capitán América Junior.

Rodando

La adaptación cinematográfica de 2013 –con Harrison Ford y Ben Kingsley– es bastante fiel al libro original, aunque eliminando algunas subtramas secundarias. Visualmente es alucinante, con un diseño de arte conceptual a cargo de David Levy y Robert Simons que deja la boca abierta. Las escenas de animación 3D en las que Ender se sumerge en un "videojuego mental" son simplemente deliciosas para los sentidos.

Curiosidades

- El término "ansible" para referirse a la tecnología que envía mensajes más rápido que la luz está sacado de Los Desposeídos de Ursula K. Le Guin. En la novela de Card, se comenta como guiño que "alguien lo sacó de un libro antiguo".
- En la película, las naves espaciales de los Insectores son visualmente muy similares a la nave Moya de la serie Farscape.
- La saga de Ender ha sido adaptada al cómic por Marvel desde 2008 en adelante, con dibujo de Pasqual Ferry y Pop Mhan entre otros. También tuvo su adaptación al manga en 2014.
- Elon Musk trabajó como consultor de tecnología para la película.
- Un rumor popular afirma que Orson Scott Card predijo internet, pero él mismo lo desmiente, demostrando que el libro es posterior. Lo único que admite haber vaticinado es que, cuando internet se abriese al público, se volvería muy relevante en política.

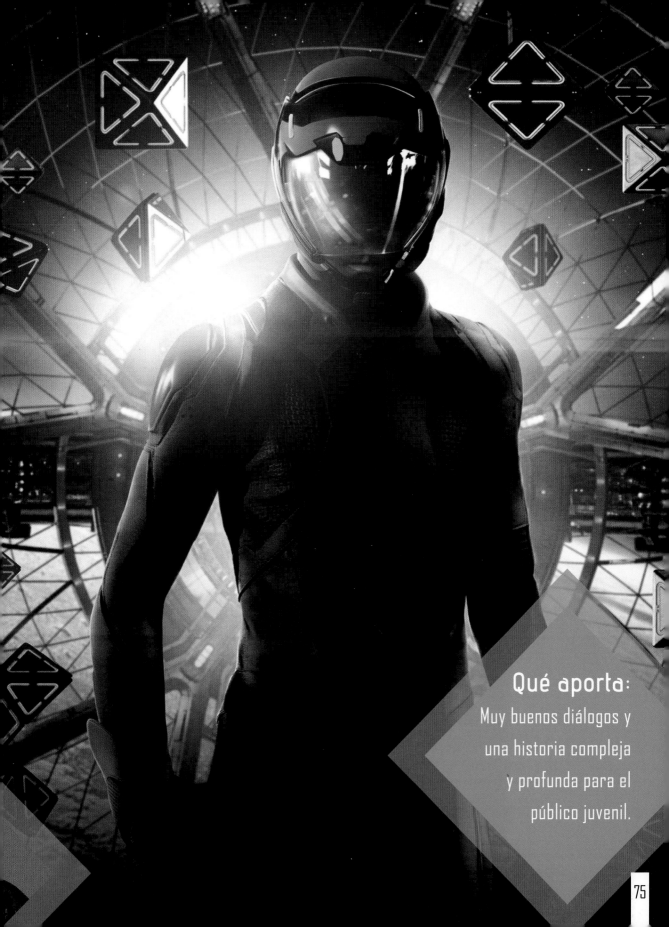

Qué aporta:
Muy buenos diálogos y
una historia compleja
y profunda para el
público juvenil.

Hugo Weaving en *Matrix*

TOP 10
VILLANOS DISTÓPICOS

- **Roy Batty**, el Nexus-6 (Rutger Hauer en *Blade Runner*, 1982).
- **Agente Smith**, el antivirus (Hugo Weaving en *Matrix*, 1999).
- **Tetsuo Shima**, el loco poderoso (*Akira*, 1988).
- **Gran Hermano**, el villano conceptual (*1984*, 1948).
- **Simon Phoenix**, el psicópata del futuro (Wesley Snipes en *Demolition Man*, 1993).
- **Doctor Zaius**, el gorila con estudios (Maurice Evans en *El planeta de los simios*, 1968).
- **Aunty Entity**, la amazona del desierto (Tina Turner en *Mad Max: Más allá de la cúpula del trueno*, 1985).
- **Uber-Morlock**, el feote con mala baba (Jeremy Irons en *La máquina del tiempo*, 2002).
- **Cráneo Rojo**, el fuhrer de Estados Unidos (*El viejo Logan*, 2008).
- **Clarence Boddicker**, el Red Forman asesino (Kurtwood Smith en *Robocop* (1987).

EL TIEMPO ESTÁ LOCO

Distopías climáticas

L a inmensa mayoría de historias distópicas combinan varios elementos, por ejemplo en *¿Sueñan los androides con ovejas eléctricas?* el tema central es la robótica, pero el desastre ecológico está de fondo.

Aunque haya varios conceptos que forman la distopía, la historia suele girar en torno a uno que destaca más, ya sea la opresión social, la vigilancia o el apocalipsis.

Y, por supuesto, en una sociedad cada vez más preocupada por el daño que hacemos a nuestro planeta, el medioambiente es el tema central en muchas de estas obras. A este subgénero dentro de la distopía se le ha acabado llamando Cli-Fi –diminutivo de "Climate Fiction" o ficción climática–.

Jöse Sénder

_____Cuando el destino nos alcance

PELÍCULA. *Soylent Green*, Richard Fleischer, 1973.

E n esta genial película basada de forma muy libre en la novela *¡Hagan sitio! ¡Hagan sitio!* –Harry Harrison, 1966–, nos encontramos con un mundo destrozado y casi sin animales por culpa del efecto invernadero, en que la gente se alimenta de una pasta sintética llamada Soylent Green que, como descubrirá al final un horrorizado Charlton Heston, no es lo que parece.

El impacto del Soylent Green

Cuando el destino nos alcance tiene todos los elementos que le podemos pedir a una buena obra distópica. Un planeta moribundo por culpa de la contaminación. Un gobierno mezquino que manipula al pueblo. Un héroe que es parte del sistema y de repente abre los ojos y deja de serlo. Una conspiración terrible que amenaza a la vida humana. Charlton Heston. Y encima transcurre en el año 2022, que ya lo tenemos a la vuelta de la esquina.

Pero no es otra película del montón. Su impacto siempre será recordado y su potente trama ha sido imitada hasta la saciedad en cientos de obras menores, que pasan sin la mitad de gloria que ésta. La historia provocó un gran revuelo entre el público en su momento, haciendo que brillara con luz propia entre muchas otras obras futuristas de la época.

Qué aporta:

Un gran rigor científico en el cálculo del cambio climático.

Cuando lo antiguo sigue de moda

Aunque su estreno encontrase el momento perfecto en la década de los setenta, con el auge del movimiento ecologista, sigue estando de rabiosa actualidad casi medio siglo después. Con el cambio climático en su pleno apogeo y la escasez de recursos en el mundo, casi podríamos decir que estamos muy cerca de un "*mundo Soylent*". Así que, por si acaso, lee bien los ingredientes de la comida envasada antes de consumirla.

Quizás sea exagerado decir que Fleischer fue un visionario que vaticinó cómo iba a ser el mundo casi cinco décadas después. Pero probablemente con unas mínimas dotes de observación pudo suponer hasta qué punto llegarían la superpoblación, el hambre y el calentamiento global. Además, contaba entre sus consultores técnicos con varios ingenieros medioambientales con tal de adecuar más la historia a algo plausible.

Al fin y al cabo, *Cuando el destino nos alcance* es una película que podemos ver a día de hoy –y además disfrutándola mucho– y pensar "*anda, pues no iba tan desencaminado*". Charlton Heston, que por lo general no se puede decir que sea un Lawrence Olivier, está especialmente espléndido en su actuación.

Curiosidades

- La frase "*¡El Soylent Green es gente!*" fue votada la número 77 de las 100 frases más míticas de la historia del cine según el Instituto del Cine Americano.
- Harry Harrison, autor de la novela, no estaba nada contento con los cambios en la película. Según la leyenda urbana, se presentó en el rodaje y, sin mediar palabra, se puso a repartir copias del libro. Eso sí, al final acabó admitiendo que el título de la película era mucho mejor que el que le había puesto él.
- La banda de rock Green Day tomó su nombre en honor a esta historia –aunque con un doble significado, ya que también hace alusión a la marihuana en jerga californiana–, en la que aparece varias veces la frase "*Tuesday is Soylent Green Day*" –el martes es el día del Soylent Green–.
- La película ha sido ampliamente versionada e incluso parodiada en series de diversos géneros como *Futurama*, *Buffy cazavampiros*, *Sobrenatural* o *Los Simpson*.
- En 2011, Metro Goldwin Mayer sacó a la venta unas galletas verdes llamadas Soylent Green. No tuvieron mucho éxito.

_____Waterworld

PELÍCULA. Kevin Reynolds, 1995.

Cuatro años después de su obra magna *Robin Hood: Príncipe de los ladrones*, Kevin Reynolds vuelve a reunirse con su tocayo Kevin Costner para esta distopía climática que, aunque no será recordada como un hito en la historia del cine, es entretenida y un interesante ejercicio del género. Un héroe arquetípico debe encontrar el último resquicio de tierra firme que queda en un planeta que es un inmenso océano, debido al deshielo de los casquetes polares.

Detallismo marinero

Aunque el guión es sencillito y no destaca por su esfuerzo en la construcción de personajes, como película de acción es divertida. Su diseño visual y dirección artística son muy interesantes, con mucho mimo en los detalles, desde la ropa o la maquinaria hasta el más mínimo elemento de atrezo, que parecen contar historias paralelas mucho más complejas que la principal.

Somewhere beyond the sea

Critica el impacto medioambiental y el fanatismo religioso, representado por esa sociedad atrasada y supersticiosa, plagada por una endogamia extrema, que adora al "*gran diluvio que creó el mundo*". Comercian con reliquias antiguas que para nosotros son chorradas, parodiando lo absurdo del concepto físico del dinero. Las criaturas submarinas imposibles sugieren que podría haber temas relacionados con la radiación.

Taquilla sumergida

Hasta el estreno de *Titanic* en 1997, *Waterworld* era la película más cara jamás rodada. Para construir sus decorados se agotó todo el acero de las islas hawaianas. El rumor extendido en Hollywood asegura que, por si no era ya lo bastante caro, Costner exigió al equipo de efectos digitales que le quitasen las entradas del pelo, algo carísimo de hacer en 1995 –si te fijas en los planos más cercanos del rostro del actor, esa zona se ve algo borrosa–. Mucho gasto, teniendo en cuenta el batacazo en taquilla, pero la venta en vídeo fue mucho más fructífera y ayudó a recuperar la inversión.

Qué aporta: Todo el trasfondo de la historia está cargado de muy buenas ideas.

Un rodaje pasado por agua

Los horrores del rodaje ya forman parte de la leyenda negra de Hollywood. Los sets construidos en medio del Pacífico no tenían lavabos y había que coger un ferry para poder ir al excusado en una barcaza anclada cerca de Hawaii. Jeanne Tripplehorn y Tina Majorino casi mueren ahogadas –los fans de *Veronica Mars* damos gracias de que no fuera así–. A la pobre Tina, que sólo tenía diez años, le picaron tres medusas y el equipo la acabó apodando "Jellyfish Candy" –caramelo para medusas–. Joss Whedon, contratado para hacer correcciones puntuales a la sexta versión del guión, tuvo que trasladarse al set en lo que luego describió como *"sus siete semanas en el infierno"*.

Miradme, estoy haciendo cosas

El punto negativo de esta película, coinciden la mayoría de críticos –y hasta el propio director–, es el protagonista. Pese al buen hacer de Kevin Costner, su personaje resulta demasiado plano y unidimensional. Un estereotipo de héroe antipático que teóricamente llega a enternecerse y adquirir sentimientos. Teóricamente. Una de las cosas que más molestó al director fue que el personaje esté ahí sólo para lucirse una y otra vez, de una forma excesiva. Incluso en los escasos momentos en que no aparece en pantalla, el resto de personajes se limitan a comentar lo mucho que le admiran, como si fuera Poochie el Perro Rockero

Lo más emblemático:

Las frases demoledoras de Dennis Hopper.

de *Los Simpson*. Reynolds acabó por dimitir a mitad del rodaje y dejó la dirección en manos de Costner, declarando que "así puede trabajar a la vez con su actor y director favoritos: él mismo".

Del resto del reparto, destacan el siempre genial Dennis Hopper interpretando al villano Diácono y la jovencísima Tina Majorino, cuyo buen trabajo sorprende para alguien de su edad.

El resultado es una película irregular, con una historia más bien flojita, pero con un diseño visual espectacular y un *background* muy interesante. Una mezcla curiosa con trazas de *El temible burlón*, *Mad Max 2*, un cómic de Namor y un western de Leone. Una fantasía acuática que hizo las delicias de cualquier surfero de los noventa.

Curiosidades

- El piloto de avión que les ataca a mitad de la película es Jack Black.
- La historia recuerda mucho a una novela gráfica francesa de 1988, *Aquablue*.
- El nombre de la niña protagonista, Enola, es "*alone*" al revés, además de una referencia al famoso avión *Enola Gay*.
- La ciudad sumergida en el fondo del océano que visitan los protagonistas es Denver.

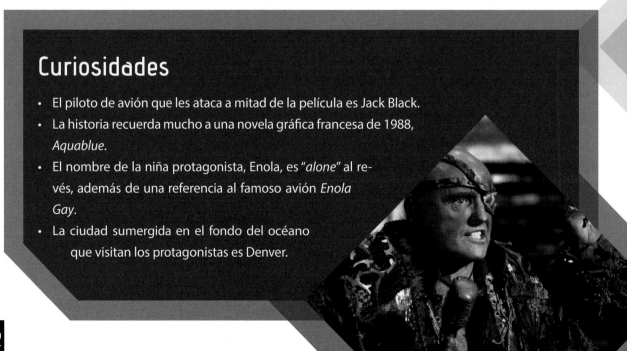

El mundo sumergido

NOVELA. *The Drowned World*, J. G. Ballard, 1962.

Considerada precursora del subgénero Cli-Fi. La Tierra sumergida bajo el agua por culpa del deshielo y lo poco que queda de la humanidad aguantando en ciudades protegidas por diques.

It's evolution, baby

Ballard siempre fue un amante de la psicología, pero también de la biología. Esta obra no es sólo metafísica, psicológica y existencial. Además, describe con mucha pasión la evolución de la fauna y flora, cómo han cambiado las formas de vida debido al clima. Los anfibios y los reptiles se han desarrollado de forma enloquecida y ahora están por todas partes. Incluso el ser humano empieza a avanzar en su próximo paso evolutivo, que en este caso se da mediante la aparición de sueños místicos que nos conectan con el planeta.

No somos nadie

La novela nos habla de cómo se intenta inútilmente reconstruir una sociedad destrozada por el desastre. La acción se ambienta en lo que queda de Londres, ciudad donde creció el propio Ballard, en una crítica alegórica a la decadencia y mala gestión del lugar. La insistencia del autor en lo mucho que se han adaptado algunos animales y en lo poco que pueden hacer los humanos para salvar el mundo es una burla al habitual antropocentrismo, explorando la diminuta importancia de los humanos en la escala del planeta.

Lo más emblemático: La idea de los diques para salvar a la humanidad.

Qué aporta: Metafísica compleja a un nivel más allá de lo común.

Curiosidades

- Una de las pocas historias en las que el cambio climático se debe a causas naturales y no al mal comportamiento de la humanidad –al contrario que en otras novelas Cli-Fi del mismo autor como *La Sequía* en 1964–.
- En 2010, *Time Magazine* la nombró una de las 10 mejores novelas post-apocalípticas de la Historia.
- Dos de las novelas de Ballard han sido adaptadas al cine: *El imperio del sol* por Steven Spielberg y *Crash* por David Cronenberg.
- El periodista Will Self escribió en el diario *The Telegraph* que Ballard era el mejor escritor británico de finales del siglo XX.
- Ballard declaró en un artículo de 1962 para *The Woman Journalist* que *El mundo sumergido* combinaba sus recuerdos de las dos ciudades en las que había vivido, Shangai y Londres.

José Sénder

Señales de lluvia

NOVELA. *Forty Signs of Rain*, Kim Stanley Robinson, 2004.

La primera entrega de la trilogía *Ciencia en la capital* es uno de los mayores éxitos del subgénero de la ciencia-ficción dura iniciado por Heinlein. Explora el calentamiento global y no lo hace en un mundo futurista, sino en el presente, en una América dominada por un George W. Bush, que se niega a prestar atención a los peligros del cambio climático hasta que ya es demasiado tarde.

Despacito, pero al grano

En realidad, en la novela no pasa gran cosa a nivel físico hasta el final, cuando se desata toda la locura climática –que luego se desarrollará de forma mucho más trepidante en las dos entregas posteriores de la saga–, pero es una lectura muy interesante. Nos muestra poco a poco cómo se va desarrollando el inevitable cataclismo y cómo lo viven las personas que lo ven venir sin poder hacer nada por evitarlo. Cuando llega el desastre ambiental es cuando comienza la distopía al estilo clásico.

Héroes de la ciencia

Robinson tiene tendencia a utilizar siempre como protagonistas a científicos y a todo aquél que represente la cultura, a los que ve como los verdaderos héroes de nuestra sociedad, en contraposición a sus villanos habituales: el gobierno y las figuras de autoridad. En este caso, los buenos son un grupo de científicos, pero curiosamente también algunos monjes budistas de un país imaginario llamado Khembalung.

Curiosidades

- Nominado en 2004 a los British Science Fiction Awards y en 2005 a los Locus Awards.
- Robinson escribió la *Trilogía de Marte*, una saga de ciencia-ficción a menudo catalogada como didáctica, entre 1992 y 1996.
- Otra trilogía célebre del autor es la de *Las tres Californias*, de 1984 a 1990, que presenta tres futuros alternativos para Orange County, California. Este hombre lo hace todo de tres en tres.
- Publicó su tesis doctoral de filología inglesa *Las novelas de Philip K. Dick*, curiosamente el año 1984. Estaba claro que tenía que acabar dedicándose a la distopía.
- En 2008, *Time Magazine* le nombró Héroe del Medioambiente.

¿Cambio, qué cambio?

La obra tiene un componente de ciencia-ficción dura, en cuanto a que se centra mucho en explicar con todo detalle cómo se gesta el desastre climático y cuáles son las situaciones reales que pueden llegar a darse. Pero, como en toda obra distópica, también hace gala de una fuerte crítica social, denunciando la inactividad de los gobiernos ante los peligros que afectan al medioambiente y cómo lo único que hacen es empeorarlos día a día. La negación burócrata del calentamiento global es el gran villano de esta historia. ¡Ay, Bush, qué buenas novelas nos diste sin saberlo!

Lo más emblemático: El cataclismo final.

Qué aporta: Uno de los más importantes acercamientos que se han hecho de una historia de ideología marcadamente anticapitalista y anárquica al mundo *mainstream*.

UNIVERSOS DISTÓPICOS

Jöse Sénder

El día de mañana

PELÍCULA. *The Day After Tomorrow*, Roland Emmerich, 2004.

Pese a ser una película de un director de *blockbusters* como Emmerich, encierra algunos conceptos interesantes. Basada en el libro *The Coming Global Superstorm* de Art Bell y Whitley Strieber –autor del clásico *El Ansia*–, *El día de mañana* es el epítome del clásico cine de catástrofes de los domingos por la tarde, pero con un fuerte componente ecologista.

Intensito de hielo y fuego

Nos cuenta que, por paradójico que suene, el calentamiento global puede desembocar en una nueva era glacial –debido a la alteración de la Corriente del Atlántico Norte–, que podría ser lo que extinguió a los dinosaurios y que está a punto de repetirse por culpa de la polución. Los detalles científicos sobre el hecho desastroso están documentados en ciencia real, pero súper-acelerados en pos de la espectacularidad. En este caso, en lugar de ciencia-ficción dura, podríamos hablar de ciencia-ficción intensita.

Sin paños calientes

Se critica la política medioambiental de Bush –esto era una constante en las obras ecologistas de la época– y cómo su gobierno ignora cualquier hecho que no le reporte ganancias económicas, incluso un desastre inminente que pueda aniquilar a la humanidad. Hasta el punto en que uno de los personajes principales, el vicepresidente Kenneth Walsh, es una caricatura de Dick Cheney –algo que el propio Emmerich admite abiertamente–.

Porque eso es lo que tiene Emmerich, la ausencia total de sutileza. La trama es muy similar a la de *Señales de lluvia*, pero narrada de una forma más torpe y salpicada de efectismo. La constante de dar valor al héroe científico y cultural frente al villano burócrata y despreocupado se mantiene, pero la forma de explicarlo es mucho más tosca. "Podemos sobrevivir a una nueva edad de hielo, siempre y cuando aprendamos de nuestros errores", resume Dennis Quaid la película en una redundante línea de diálogo.

Hazle caso al listo

La apología de la cultura y la ciencia queda muy clara en las discusiones que tienen algunos personajes atrapados en una biblioteca. El cliché más básico de las películas de catástrofes, el de los secundarios que se dejan llevar por la histeria colectiva y sólo empeoran las cosas, se usa aquí para reforzar la idea de que es necesario escuchar al científico que sabe de lo que habla. Sólo sobreviven los que respetan al intelectual.

UNIVERSOS DISTÓ BICOS

Jöse Sénder

U-ese-a, u-ese-a

Dejando a un lado el mensaje ecologista y la crítica a Bush, Emmerich se centra como siempre en crear imágenes muy llamativas: Tornados que hacen que lluevan coches, gente congelándose en cuestión de segundos, un barco circulando por el centro de Nueva York, bolas de granizo del tamaño de una cabeza –signo de la histeria colectiva por los aerolitos de principios de los 2000, que todos habíamos olvidado ya–. Como de costumbre, lo que más preocupa a Emmerich es la destrucción del simbolismo americano y lo muestra con su mayor miedo: la Estatua de la Libertad sepultada por la nieve y una bandera estadounidense que deja de ondear al viento.

Voy cruzando el frío

A destacar, dos momentos inolvidables de la película. Uno es el punto de crítica social en que los estadounidenses se ven obligados a emigrar ilegalmente a México y van

Curiosidades

- • Emmerich tiene por costumbre rodar escenas en que se destruyen símbolos estadounidenses para impactar al espectador, como la Casa Blanca estallando en *Independence Day* o la Estatua de la Libertad sepultada en esta obra.
- • En la primera versión del guión, Sam iba a tener once años, pero Emmerich lo cambió porque quería a Jake Gyllenhaal para el papel.
- • Trey Parker y Matt Stone, creadores de *South Park*, consiguieron una copia de la película antes de que se estrenara y empezaron a planear una película idéntica plano por plano, pero con marionetas en lugar de actores. Se iba a titular *The Day After the Day After Tomorrow*. Al final, sus abogados les convencieron de que no lo hicieran y se conformaron con parodiar la película en un capítulo de su serie.
- • Marshall Shepherd, meteorólogo de la NASA, declaró que aunque la película era nefasta en cuanto a exactitud científica, la aprobaba por su trabajo de conciencia medioambiental. La postura oficial de la agencia ha sido la misma a partir de entonces.

cruzando el río –con permiso de Tam Tam Go–, hasta que Estados Unidos perdona la deuda externa a toda Latinoamérica a cambio de refugio. El otro, el ataque de los lobos en el barco que, si bien totalmente gratuito, resulta visualmente genial y un más que obvio homenaje a la escena de la cocina de *Parque Jurásico*. Los efectos están muy logrados y el CGI sigue resultando espectacular incluso quince años después, algo que hoy en día es poco habitual.

La película no será recordada entre las más grandes del cine, pero tiene muy buenas ideas en el ámbito científico, grandes imágenes chocantes y un gran elenco de actores entre los que destacan Dennis Quaid, Ian Holm y sobre todo Jake Gyllenhaal. La pobre Emmy Rossum podría haber llegado a ser una de las grandes sensaciones de Hollywood gracias a esta película, si no se hubiera embarcado en ese mata-carreras que fue *Dragonball Evolution*.

Lo más emblemático:
El barco cruzando el centro de Nueva York.

Qué aporta:
Una dura crítica social nada habitual en los *blockbusters* de catástrofes.

UNIVE RSOS DISTÓ DICOS

Jöse Sénder

The Rain

SERIE DE TV. Jannik Tai Mosholt, 2018 en adelante.

Esta serie tiene el honor de ser la primera superproducción danesa para Netflix y está cosechando éxitos de audiencia muy a tener en cuenta. Un misterioso virus mortal que se transmite a través de la lluvia arrasa Dinamarca. Súmale una malvada corporación militar moviendo los hilos del mundo y ya tenemos un producto estrella del género.

No son zombis, son infectados

Esta maravilla visual nos muestra los extremos a los que puede llegar la gente desesperada en un mundo destrozado, el salvajismo y las reacciones límite cuando la única forma de conseguir comida y agua es matarse unos a otros. A veces los humanos hambrientos se comportan de forma muy parecida a los zombis de las películas de Romero. Una de esas historias en que la situación llamativa que nos engancha sirve para luego poder ahondar en la psique de los personajes y en cómo afecta a sus vidas el horror que les rodea, como pasaba con *Perdidos* o *Walking Dead*, pero con personajes interesantes y bien escritos. Cada capítulo combina la acción presente con *flashbacks* que te muestran el origen de uno de los personajes, pero siempre en relación con la trama actual y sin hacerse pesado ni carente de interés –toma nota, Abrams–.

Una mezcla entre narrativa americana y europea

La serie está muy lograda, con alta calidad de imagen y de guión. La atmósfera es opresiva y asfixiante, el desconcierto ante ese peligroso mundo lo vivimos a la par que los protagonistas. Sí, el ritmo es pausado al estilo escandinavo, muy lejos de series vertiginosas y cargadas de adrenalina –como *24*, *Prison Break* o *Los 100*, en las que pasan cosas a cada segundo–, más cercana a la extrañeza narrativa nórdica de *The OA*. Pero es misteriosa, intensa y adictiva, consiguiendo que nos quedemos pegados a la pantalla hasta que llegan las escenas más cañeras. Lo único negativo que se puede decir de la dirección es que en algunas de estas escenas de acción se abusa un poco del corte a negro intermitente para dar sensación de caos y lo que se consigue es que parezca un tráiler.

Aire, que chispea

La lluvia vírica por culpa de científicos sin escrúpulos es una clara alegoría sobre la polución humana que afecta al clima y la lluvia ácida derivada de ello. ¿Por qué lluvia? Podrían haber hecho una serie sobre cualquier otro fenómeno climático visualmente más espectacular, sí. Pero recordemos que Dinamarca es un país con un clima de lluvia constante, así que una serie en que si llueve puedes morir es un potente impacto para cualquier espectador escandinavo. Un poco como si en España nos dijeran que nos van a matar el sol y las tapas.

Curiosidades

- El título de cada episodio es una prohibición o una orden: "*No salgáis*", "*No entréis en la ciudad*", "*No os separéis de vuestros amigos*", "*Evitad el contacto*". Y en cada capítulo, sin excepción, los protagonistas desobedecen la orden del título.
- Jannik Tai Mosholt, creador de *The Rain*, es también guionista de la exitosa serie drama-comedia danesa *Rita*, de 2012 a 2017.
- Se dice que en Dinamarca no hay una cultura del insulto y la palabrota demasiado arraigada y que sus palabras obscenas son escasas y no muy espectaculares, por lo que tienden a usar las de otros idiomas. Si te atreves a ver la serie en versión original, en ocasiones puedes oír a los protagonistas decir tacos en inglés o incluso en español. Y ver a un danés gritando "*joder*" es, cuanto menos, divertido.
- En junio de 2019 se anunció en la cuenta oficial de Twitter de la serie que terminará con su tercera temporada en 2020.

TOP 10
MOTIVOS DE PELÍCULA PARA EL APOCALIPSIS

- **El cambio climático** (*Cuando el destino nos alcance, El día de mañana*).
- **La evolución de los primates** (*El planeta de los simios, Mono y esencia*).
- **Una invasión alienígena** (*Defiance, Titan A.E., Neon Genesis Evangelion*).
- **El alzamiento de los zombis** (*La noche de los muertos vivientes, The Walking Dead*).
- **A los vampiros se les va de las manos** (*Soy leyenda*).
- **El holocausto nuclear** (*Los 100, Terminator, Hora de aventuras*).
- **Una epidemia mortal** (*12 monos, The Rain*).
- **El terrorismo** (*Dark Angel, Continuum*).
- **La infertilidad** (*Hijos de los hombres, El cuento de la criada*).
- **Dios** (*Apocalipsis* de Stephen King, *Juerga hasta el fin*).

The Walking Dead

CALLAR Y OBEDECER

Distopías opresivas

Más del 50% de las historias distópicas giran en torno al tema del gobierno opresivo que asfixia y pisotea al ciudadano, como un claro reflejo de la forma de ver el mundo de los escritores y lo que piensan del mundo en el que viven. A veces dan más peso a la opresión gubernamental y a veces a la policial, aunque suelan complementarse mutuamente.

A menudo, los otros temas que se utilizan –el cambio climático, el apocalipsis, los robots– sirven como mera excusa para poder examinar cómo se organiza una sociedad extrema y así poder criticar a la actual a través de ella. Y aunque en otras ocasiones se dé más relevancia al tema ecológico o al metafísico, hay muchísimas obras que se centran en lo puramente político.

La fuga de Logan

PELÍCULA. *Logan's Run*, Michael Anderson, 1976.

Esta legendaria película, basada de forma muy libre en la novela homónima de 1967, es una de las primeras que vienen a la memoria cuando hablamos del cliché de la falsa utopía que luego resulta ser una distopía. Una ciudad hedonística en la que al llegar a los 30 años debes someterte a una ceremonia llamada Carrusel que te transporta a una ciudad mejor. Sí, lo has adivinado, es mentira: en realidad te matan con rayos láser para controlar la superpoblación.

El conformista inconforme

Cómo no, en esta distopía tenemos a un protagonista, interpretado por Michael York –al que recordarás por *Cabaret* en 1972 o como Johnny Mentero en *Austin Powers: Misterioso agente internacional* en 1997–, que al inicio puede resultar un tanto insoportable para el espectador, pero que a lo largo de la trama despierta y se da cuenta de que ha estado contribuyendo a la maldad de un estado injusto. A través de los ojos de Logan, comprendemos que la falsa utopía nos habla de los peligros de creer ciegamente en lo que te dice el gobierno y de lo insostenible que es un estado del bienestar que promete diversión eterna sin trabajar a cambio de ella.

Como el sol cuando amanece

El mensaje es muy claro: es mejor ser libre que ser perfecto. Es mejor envejecer y hacer frente a las inclemencias del tiempo que vivir recluido en una mentira. Cuando el gobierno promete darte cosas sin que tengas que aportar nada, en realidad te está mintiendo y lo que vas a aportar es mucho más que lo que vas a recibir. *La fuga de Logan* critica el conformismo extremo y a la vez el egoísmo de una sociedad individualista que antepone su diversión al bien común, aunque eso signifique cargarse el mundo por tal de no tener que preocuparse en cuidarlo. El hecho de que la ciudad esté visualmente diseñada como si fuera un centro comercial potencia también la crítica al consumismo.

Lo más emblemático:

Las gemas en la palma de la mano que van cambiando de color según tu edad, o el malvado robot de cartulina y celo.

Qué aporta:

Una película que a día de hoy nos puede parecer visualmente ridícula, pero que supuso un antes y un después y ha sido imitada hasta la saciedad.

Curiosidades

- Varios críticos y analistas de cine coinciden en que el –visualmente ridículo– robot Box que aparece en la película sirvió de inspiración a George Lucas para Darth Vader.
- La serie de televisión de 1977, con una sola temporada, ha sido repetida en multitud de cadenas año sí y año también durante las últimas cuatro décadas. El *Verano azul* de las distopías.
- También en 1977, Marvel publicó una adaptación en forma de miniserie de cómic, dibujada por el legendario George Pérez.
- En la novela original, la edad máxima permitida en la ciudad de Sueño Profundo era de 21 años pero, según los comentarios de la edición en DVD, se cambió a 30 en la película porque tener un reparto de actores tan jóvenes era poco realista.
- El nombre de los Relojes de la Vida en la novela era Flores de Palma, un juego de palabras entre una flor real y el hecho de que estuvieran en la palma de la mano.

UNIVE RSOS, DISTO PICOS

José Sénder

El señor de las moscas

NOVELA. *Lord of the Flies*, William Golding, 1954.

E ste libro clásico del Nobel de Literatura William Golding comenzó como un fraca-so de ventas, pero acabó por convertirse en un *best seller* que ha sido de lectura obligada en colegios durante más de medio siglo. Un grupo de niños británicos atrapados en una isla desierta intenta reconstruir la sociedad como buenamente puede, convirtiéndose de forma bastante acelerada en una distopía de opresión, salvajismo y violencia extrema.

Cosas de chiquillos

Mediante esta asfixiante historia, Golding hace una alegoría de los horrores de la so-ciedad al más puro estilo de la literatura distópica, pero sin necesidad de irse a un fu-turo imaginario, sino aquí y ahora –o en el aquí y ahora de los años 50, al menos–. Los niños de más edad oprimen a los más pequeños en una clara sátira de la diferencia de clases sociales. La novela habla de la pasión del ser humano por la violen-cia, de lo fácilmente que puede caer en el salvajismo y de los peligros del ansia de poder que destruye la paz y el débil equilibrio so-cial. Critica duramente el pensamiento colectivo de las masas asustadas y su inevitable conversión en turbas enloquecidas. Los niños temen a una bestia desconocida que mata a inocentes, pero en realidad la bestia son ellos mismos.

Otras moscas que necesitan señor

Este mítico libro ha sido muy imitado a posteriori, y no sólo en el memorable capítulo de *Los Simpson* "*Das Bus*" –en serio, ¿hay alguna distopía que esta gente no haya parodiado?-. Una de sus versiones apócrifas más recientes y brillantes es la serie de cómics indie *The Woods*, de James Tynion IV y Michael Dialynas para Boom! Studios. La serie añade ciencia-ficción, metafísica y aventuras con monstruos, pero su base es la misma, la del grupo de adolescentes que se queda varado en un entorno hostil –en este caso, una luna alienígena– y crea una sociedad distópica que refleja la nuestra mientras intenta organizarse para sobrevivir. A ese respecto, la serie de televisión *Los 100* también puede considerarse muy influenciada por este clásico de la literatura.

Lo más emblemático:

La cabeza de cerdo a la que adoran.

Qué aporta:

Lo escalofriante de utilizar a niños en un relato tan crudo.

Curiosidades

- La obra ha sido adaptada al cine tres veces: una en Inglaterra en 1963, otra en Filipinas en 1975 y otra en Estados Unidos en 1990, ésta última protagonizada por Balthazar Getty.
- La montaña de Castle Rock que aparece en el libro inspiró el nombre de la productora cinematográfica de Rob Reiner.
- Stephen King también es muy fan de esta novela y hasta ha creado la ciudad ficticia de Castle Rock, que aparece en varias de sus obras, como homenaje.
- Golding ganó el Premio Nobel de Literatura en 1983, lo que el Diccionario Oxford de Biografía Nacional describe como "*una elección inesperada y contenciosa*".
- Algunas bandas musicales que han compuesto canciones inspiradas en *El señor de las moscas* son U2, Iron Maiden o Blues Traveler.

_____Metrópolis

PELÍCULA. Fritz Lang, 1927.

Resulta curioso que la obra más emblemática del expresionismo alemán –un estilo que se decantaba casi siempre hacia el terror y el thriller– sea una distopía futurista, cien por cien ciencia-ficción. En una ciudad industrial en que los ricos aplastan a los pobres, el hijo del millonario al mando se enamora de la líder sindical y juntos intentan unir a la clase obrera para luchar contra el fascismo, pero sus enemigos la convertirán a ella en robot.

Metropía

Esta primigenia obra legendaria ya contiene todo lo necesario para dejarnos claro que se trata de una distopía pura y dura, siguiendo la estela de la por entonces reciente *La máquina del tiempo*. Un protagonista, Freder Fredersen –qué nombre tan de superhéroe, ¿verdad?– que es parte del sistema corrupto pero que acaba por rebelarse contra él. Una división social representada de forma física –los ricos viven en altas torres, los pobres bajo tierra como los Morlocks–. Una crítica social contemporánea disfrazada de historia imaginaria.

Mensaje cristalino

Y es que *Metrópolis* habla de la industrialización, de la producción en masa y del peligro que supone para el trabajador, que pierde su individualidad y se deshumaniza. Advierte duramente contra el fascismo, algo muy valiente por parte del director, teniendo en cuenta que se rodó en la Alemania de los años veinte —bueno, por entonces la República de Weimar, para ser exactos—, en plena primera posguerra mundial. En su momento recibió duras críticas por su ingenuidad y su falta de sutileza a la hora de dar un mensaje que se consideró maniqueo, pero al fin y al cabo ésa es una de las señas de identidad de la distopía y uno de los rasgos que la hacen tan divertida y fascinante. El mensaje de la película, como sucedía a menudo en la época, aparecía de forma literal en el último intertítulo: *"El mediador entre la cabeza y las manos debe ser el corazón"*.

Qué aporta: Casi todo el lenguaje narrativo cinematográfico contemporáneo nació en esta obra.

Mucho antes del CG1

Visualmente es espectacular, como todo el expresionismo alemán. Decorados futuristas –retrofuturistas, si la miramos ahora– impresionantes. El aspecto visual de la robot María ya se ha convertido en un símbolo clásico del cine fantástico y de género que todos recordamos. Los efectos especiales eran innovadores y alucinantes para la época: trucos de espejos para encajar a actores reales en maquetas diminutas, movimientos imposibles de cámara rodados mediante columpios. Un hito ampliamente estudiado en historia del cine, debido a sus métodos rompedores y a su importante contribución al desarrollo del método narrativo contemporáneo. Ahora bien, la película es muda y dura dos horas y media, así que sólo es recomendable para grandes amantes del cine.

Lo más emblemático: El diseño visual de la robot María.

La pataleta literaria

Curiosamente, H.G. Wells odiaba esta película con todo su corazón y escribió una durísima crítica sobre ella para el *New York Times* en abril de 1927. Decía que era la película más estúpida que había visto jamás, que estaba llena de tópicos e ingenuidad. La acusaba de contener algunas ideas *"copiadas"* de sus propios libros y de carecer de originalidad o pensamiento independiente. Básicamente, trataba al director y la guionista como a tontos. Afortunadamente, la Historia no le daría la razón al despechado novelista y *Metrópolis* será siempre recordada como una de las más grandes obras de los orígenes del cine.

Curiosidades

- Osamu Tezuka, conocido autor de *Astro Boy*, publicó en 1949 un manga llamado *Metrópolis*, que recordaba muy levemente a la película original. Fue adaptado a una película de anime en 2001.
- Ha sido ampliamente homenajeada en la música, ya sea en videoclips, letras de canciones o portadas de discos, por artistas que van desde Queen o Lady Gaga hasta Motörhead, Madonna o Sepultura.
- En el cómic *La liga de los hombres extraordinarios* de Alan Moore aparece una ciudad alemana llamada Metrópolis, que homenajea de forma muy clara a esta película y a otras del expresionismo alemán como *El gabinete del doctor Caligari*.
- Fritz Lang fue uno de los grandes representantes del expresionismo alemán. Su obra más conocida, además de *Metrópolis*, fue *M, el vampiro de Düsseldorf*, en 1931, protagonizada por Peter Lorre.
- El emblemático póster de la película fue diseñado por Heinz Schulz-Neudamm. Se vendió en el 2000 por 357.750 dólares, entrando en el ranking de los 10 pósters de películas más caros de la Historia.

____Idiocracia

PELÍCULA. *Idiocracy*, Mike Judge, 2006.

Aunque la distopía suela ser un género que tiende hacia la seriedad y la profundidad dramática, películas como ésta nos recuerdan de vez en cuando que también se puede narrar en forma de comedia loca e hilarante. Dos personas bastante mediocres despiertan de la criogenización en un futuro dominado por idiotas que lo llevan al borde de la destrucción.

Lo más emblemático: El presidente Terry Crews.

Reproducción desistida

La película postula textualmente la idea de que *"la evolución favorece a los idiotas"*, porque éstos se reproducen más. Al principio, tenemos una introducción en que se nos muestra a una pareja inteligente que le da muchas vueltas a si deberían tener hijos o no, mientras que una familia de lo que los americanos llaman *"white trash"* –familias de parque de caravanas al estilo de *Me llamo Earl*– no paran de procrear a lo loco y sin pensárselo. En esta idea se basa toda la trama y explica por qué, 500 años en el futuro, sólo quedarán personas, como diría Terry Pratchett, *"con un cociente intelectual de temperatura ambiente"*.

Ristopía

Lo más divertido de la película es que, aunque presenta una distopía terrible en la que el mundo está abocado a la aniquilación, lo hace de una forma humorística que desata inevitables carcajadas. Los detalles del funcionamiento de esa sociedad son lo mejor de la cinta y no cesan ni un momento. Montañas gigantescas de basura por todas partes porque no saben deshacerse de los residuos; máquinas recreativas para pedir hora en el médico; códigos de barras tatuados para no tener que aprenderse sus propios nombres; un presidente de Estados Unidos que es una estrella del wrestling; un idioma deteriorado en gruñidos y jerga adolescente; hambrunas y muertes por haber decidido regar los cultivos con bebidas energéticas en lugar de agua; un taquillazo en cines que es un plano de 90 minutos de un culo, ganando ocho Oscars, entre ellos el de mejor guión.

Armas de idiotización masiva

Pese a su humor alocado, la película encierra una fuerte crítica social que habla de los peligros ecológicos, del pensamiento masivo y la tendencia de la sociedad a ignorar la ciencia y centrarse en el espectáculo embrutecedor. En este caso, la distopía es obviamente social y gubernamental, sólo que el gobierno, en lugar de ser opresivo y malvado como suele serlo en la mayoría de estas obras, simplemente es idiota.

El club de la comedia

El reparto es una incesante aparición de actores cómicos de lujo, encabezado por el siempre querido Luke Wilson de *Roadies* y Maya Rudolph de *The Good Place*, con secundarios de lujo como Dax Sheppard de *The Ranch*, Justin Long de *La jungla 4.0* o el mismísimo Terry Crews de *Brooklyn Nine-Nine*.

Qué aporta: Acercar la distopía al mundo de la comedia.

Curiosidades

- Pete Hottelet, un diseñador fanático de la película, llevó a la realidad la bebida energética ficticia que aparece, Brawndo, y se ha convertido en una bebida de culto entre los fans.
- El protagonista se pasa media película buscando una máquina del tiempo con la que volver a su época. En un detalle casi imperceptible, cuando huye de la cárcel pasa corriendo junto a un viejo y oxidado DeLorean.
- El título original en la primera versión de guión era *The United States of Uhh-merica*.
- A lo largo del metraje, van apareciendo logos de empresas reales que se han deformado idiotizándose en el futuro, excepto el de las noticias de Fox que está exactamente igual.
- El "*villano*" Beef Supreme está interpretado por Andrew Wilson, el hermano mayor de Luke y Owen Wilson.

_____La naranja mecánica

PELÍCULA. *A Clockwork Orange*, Stanley Kubrick, 1971.

Lo más emblemático:
La escena de Alex con los ganchos en los ojos.

Basada en la novela homónima de Anthony Burgess, la que probablemente sea la más legendaria y aclamada película del maestro Kubrick –y nominada al Oscar a mejor película– es sin duda una terrorífica distopía gubernamental. Un criminal de una futura Inglaterra –Malcolm McDowell– es rehabilitado con un cruel proceso experimental de condicionamiento, que elimina sus tendencias delictivas pero le deja inútil, sin voluntad propia y a merced de la violencia de otras personas.

Violencia... ¿gratuita?

Este clásico del cine, una película altamente violenta y perturbadora, no es para todos los estómagos. Pero su crítica social es aguda e inteligente como pocas. Protesta contra una sociedad autoritaria y represiva que utiliza la excusa del crimen para someter al pueblo. Habla sobre la importancia del libre albedrío y de si es justo eliminarlo, aunque sea en pos de la paz. El protagonista se nos presenta odioso, malvado y corrupto, algo necesario para que Kubrick pueda jugar a mostrar cómo la gente que intenta controlarlo no es mejor que él. En todo momento nos está hablando de cómo una persona malvada se vuelve "*buena*" no por elección propia, por educación o empatía, sino porque se la obliga, en una muy evidente crítica al estado policial.

Qué aporta: El uso de la ultra-violencia e imágenes desagradables para criticar de forma muy inteligente.

¿De qué va esto?

Según el propio Kubrick, *La naranja mecánica* trata sobre *"si la psicología conductista es un arma peligrosa para un gobierno totalitario que puede usarla para imponer un vasto control a sus ciudadanos y convertirlos en poco más que robots"*. El actor protagonista Malcolm McDowell opina que el tema central de la película es *"la libertad del hombre para elegir cómo dirigir su vida sin interferencias del gobierno"*.

Curiosidades

- Mucho antes de que Kubrick se hiciera con la dirección de la película, Burgess vendió los derechos de adaptación por apenas 500 dólares a Mick Jagger, que pensaba rodar una película protagonizada por los Rolling Stones como la banda de Alex. Los cuatro integrantes de los Beatles firmaron una petición para que fuera Jagger quien interpretara a Alex. Dicha carta fue subastada en 2015.
- Anthony Burgess, para no usar jerga adolescente real que pudiera pasar de moda rápidamente, inventó un pseudo-idioma llamado Nadsat, que mezclaba eslavo, inglés y jerga criminal.
- La Oficina Nacional Católica para el Cine la declaró una película *"condenada"* y prohibió su visionado a sus fieles.
- La familia Kubrick recibió serias amenazas por parte de gente descontenta con, paradójicamente, la violencia mostrada en la película.
- Gene Kelly se declaró muy indignado por el uso de la canción *Singing in the rain* en una escena de violación.
- Uno de los secundarios estaba interpretado por David Prowse, más conocido como Darth Vader.

_____THX 1138

PELÍCULA. George Lucas, 1971.

Una ciudad enterrada bajo un mundo exterior inhabitable, androides-policía controlando a la población y uso obligatorio de drogas que suprimen las emociones. En un mundo en que los sentimientos son ilegales, un joven operario de fábrica se rebela enamorándose.

El fracaso que lo petó

La primera obra de George Lucas, producida por Francis Ford Coppola, es una reinvención de uno de sus propios cortos de cuando estudiaba cine, cuatro años atrás. Cuenta con dos grandes estrellas de la época, Robert Duvall –del que se rumorea que le encanta el olor a napalm por la mañana– y el inolvidable Donald Pleasence, que acabaría por convertirse en uno de los actores fetiche de John Carpenter. Uno de los robots, curiosamente, estaba interpretado por Johnny Weissmuller Jr., hijo del mítico actor que interpretara a Tarzán en numerosas películas. Aunque fue un fracaso en taquilla, acabó siendo una obra de culto. Los críticos de la época se quejaban de lo sencillito que era su guión, pero a la vez alababan su cuidado visual. Los decorados se construyeron en un pequeño estudio que era propiedad nada menos que de Elvis Presley. El mismo año, se publicó una novela basada en la película, escrita por Ben Bova –un nombre que casualmente suena como si fuera un personaje de *Star Wars*, ¿no?–.

Lo más emblemático:
El extraño aspecto físico de los personajes.

Compra y calla

"Trabaja duro, incrementa la producción, evita accidentes y sé feliz", repite el gobierno de esta obra de ficción, como un mantra que nos deja claro de qué va la cosa. La película es una fuerte crítica al consumismo y al conformismo de la sociedad de 1970, en la que tener libre

albedrío te tacha de rebelde y de villano. Para hacer esto más evidente, algunos de los diálogos del villano interpretado por Pleasence están extraídos literalmente de discursos reales de Richard Nixon. Lucas aprovecha también para criticar el poder que tiene la religión sobre el estado, mediante la existencia de una religión ficticia en la obra, representada por la imagen de un tal OMM 0000, que es el vivo retrato de Jesucristo –o de Obi-Wan Kenobi, quién sabe–.

¿Referencias? ¿Dónde?

George Lucas es muy amigo de incluir numerosas referencias frikis a otras obras, pero en este caso lo hizo de una forma muy sutil. Guiñaba aquí a dos grandes obras de la distopía en las que se inspiró –sin contar su obvia similitud con *La fuga de Logan*–, de una forma tan leve que era casi imposible de detectar. La celda en la que encierran al pobre THX lleva por número el código postal del SOMA –South Market–, cuando Soma era el nombre de la droga utilizada en *Un mundo feliz* de Aldous Huxley. Todos los extras que aparecen en la película están sacados del centro de rehabilitación para drogadictos Synanon, en el que se ambienta una novela de Philip K. Dick. Si no te lo dicen, ni te enteras.

Curiosidades

- El nombre del protagonista –y título de la película– era el número de teléfono de la habitación de George Lucas en la residencia universitaria cuando estudiaba en la escuela de cine.
- El grupo de rock Toto escribió una canción titulada 99 inspirada en la obra.
- Lucas hace referencia a su primera película en otras obras de su filmografía. La matrícula del coche que aparece en *American Graffiti* es THX 1138, así como una celda que aparece en la primera entrega de *La guerra de las galaxias* o un droide en *La amenaza fantasma*.
- Se rodó una escena de acción en un compactador de basura, pero fue eliminada porque a la productora le pareció que había quedado mal grabada. Lucas no se rindió y reutilizó la idea en… bueno, ya te estás imaginando dónde.
- Como en casi toda obra distópica, el autor predijo algo que luego se haría realidad. En este caso, que algún día habría distintos canales de televisión de contenido temático especializado –noticias, comedia, sexo– en lugar de todo junto en un mismo canal. Algo que era impensable en la década de los setenta.

_____1997: Rescate en Nueva York

PELÍCULA. *Escape from New York*, John Carpenter, 1981.

La ciudad de Nueva York se ha convertido en una cárcel amurallada infestada de criminales muy peligrosos. El carismático héroe Snake Plissken –Kurt Russell- deberá infiltrarse en ella para rescatar al presidente de Estados Unidos, que ha sido secuestrado por los presos. Para asegurar su colaboración, un médico –clavadito al cantante de Hombres G– le inyecta unos nano-explosivos en las arterias, que estallarán si no cumple su misión en 22 horas.

Esta obra de culto cuenta entre su reparto con Lee Van Cleef, Donald Pleasence, Adrienne Barbeau, Isaac Hayes –el Chef de *South Park*–, Ernest Borgnine, Harry Dean Stanton y un cameo de Jamie Lee Curtis como la voz del ordenador.

Distopía dentro y fuera

Carpenter juega a contrastar la locura criminal con la forma de actuar de la policía militar, supuestamente más civilizada, para dejarnos clara su visión de que vienen a ser lo mismo. La sociedad violenta de prisión es evidente, pero la vida en ese Estados Unidos futurista es ya en sí distópica: los motivos del aumento del crimen han sido el hambre y la escisión social, causadas por el propio gobierno. Los policías hablan en todo momento de estar en guerra, considerando a los criminales que ellos mismos han creado como a un soldado enemigo. El protagonista es lo opuesto al héroe arquetípico de distopía: es un rebelde que vive al margen del estado policial distópico, pero que se ve obligado a trabajar puntualmente para ellos.

El amo del terror

Hablar de John Carpenter es hablar de genialidad visual. Sus inconfundibles planos gozan de una composición hori-zontal, en la que abundan momentos de un pequeño personaje ante un impactante fondo que se abre ante nosotros, al estilo de un cuadro del roman-ticismo. La atmósfera es oscura y asfixiante. La representación visual del Nueva York en ruinas es demoledora, con una espectacular maqueta que luego se reutilizaría para *Blade Runner*. Aunque se trate de una película de acción, la planifica-

ción y el tempo son muy del género del terror. La escena de los moradores de los túneles saliendo del suelo parece sacada de una película de zombis, los momentos de Snake caminando en la oscuridad son puro terror carpenteriano. Pero a la vez, tiene una estructura narrativa que recuerda al western, con el héroe solitario enfrentado a un montón de forajidos en un pueblo hostil. Para potenciarlo, reclutó a dos leyendas del western: Lee Van Cleef –*La muerte tenía un precio*– y Ernest Borgnine –*Grupo salvaje*–.

Más grande, más caro y sin cortes

En 1997 se estrenó la secuela, *2013: Rescate en Los Ángeles*. El argumento era casi igual, pero esta vez en Los Ángeles, con mucho mayor presupuesto y espectacularidad. Snake tenía que rescatar a la hija del nuevo presidente –interpretado por el tío Ben de la trilogía *Spider-Man* de Sam Raimi–, el cual era bastante más retorcido, cruel y malvado que el buenazo de Donald Pleasence en la anterior, para dejarnos claro que la distopía no es la cárcel sino Estados Unidos en sí. Como en la anterior, se ve obligado a

Lo más emblemático:

La composición de planos de Carpenter y el "llámeme Serpiente".

trabajar para sus opresores, pero consigue engañarles de forma muy parecida a la primera. Aunque en esta ocasión va más allá y termina activando un pulso electromagnético que destruye toda la tecnología del mundo y lo devuelve a la edad media –un impactante final escrito por el propio Kurt Russell–, sentando las bases de lo que podría haber sido una interesante tercera entrega. El reparto de la secuela incluye a Peter Fonda, Steve Buscemi, Stacy Keach, Pam Grier y Bruce Campbell. Carpenter escribió una tercera parte titulada *Escape from Mars*, pero el fracaso en taquilla de la segunda entrega hizo que ningún productor quisiera comprar la tercera. Se limitó a cambiar el título y al personaje principal, dando lugar a *Fantasmas de Marte* en 2001.

Qué aporta: La mezcla de géneros tan rica y original entre la distopía, el western, el terror y la acción.

Curiosidades

- La escena del helicóptero aterrizando se rodó en realidad en California. Los edificios neoyorquinos que se ven al fondo son *matte paintings* hiperrealistas dibujados por –agárrate– James Cameron.
- Según explica Kurt Russell en una entrevista, una noche durante el rodaje en St. Louis tuvo que alejarse por callejones y nadie podía acompañarle. Se dejó puesto el vestuario de Snake, el parche y las armas de atrezo. En un callejón oscuro, se topó con un grupo de rateros que, en cuanto le vieron, le dijeron *"eh, tío, tranquilo, tranquilo"* y se fueron rápidamente.
- En España, la edición en VHS llevaba un error en la sinopsis y llamaban a Snake *"Snack"*. En la parodia de la película para el cómic *Fanhunter USA*, por Iván Llamas y David Baldeón, se usó ese nombre como guiño al gazapo.
- Según una entrevista al montador de la película Todd C. Ramsay, se hizo un pequeño pase privado del primer montaje para encontrar errores. Fue un adolescente J.J. Abrams –que rondaba por allí porque sus padres eran productores en el mismo estudio– quien propuso eliminar la escena inicial de la detención de Snake y añadir un plano con el cadáver de Maggie, porque la muerte del personaje no quedaba clara.
- Los sonidos de rugidos en la escena del clímax de la secuela los grabó Schindler, el pequeño terrier mascota de Kurt Russell.

_____Brasil

PELÍCULA. *Brazil*, Terry Gilliam, 1985.

L a obra más aclamada del ex Monty Python es esta distopía social que bebe enormemente de Orwell y que cuenta entre su reparto con Jonathan Pryce, Robert De-Niro, Michael Palin, Bob Hoskins e Ian Holm. En un aburrido futuro exageradamente burocrático, un funcionario de tres al cuarto se une al reparador de aire acondicionado Archibald Tuttle –Robert De Niro–, un legendario héroe antisistema que ignora la burocracia y ayuda al necesitado reparando sus ventiladores sin papeleo.

Distopython

Bajo este planteamiento que parece de puro humor absurdo a lo Python, Gilliam nos trae una profunda e inteligente sátira política muy ácida –que el propio director asegura que "no es cínica, sino simplemente escéptica"–. Critica a un mundo ultra-consumista bajo un gobierno totalitario, obsesionado con la publicidad. Explora temas como la burocratización de absolutamente todo, la alienación social o la excesiva dependencia de la tecnología. El gobierno lo controla todo con lupa, pero no deja de cometer errores debidos a su propio intento de abarcar demasiado.

Lo más emblemático:

Esa especie de Super Mario apócrifo que es Robert De Niro.

Qué aporta: Una crítica social distópica, pero centrada en la burocracia y de una forma muy cómica.

Curiosidades

- Gilliam agradece tanto a Orwell la inspiración que el título original para la película iba a ser *1984 y ½*. Otros títulos provisionales durante la fase de pre-producción fueron *How I Learned to Live with the System (So Far)* –*Cómo aprendí a vivir con el sistema (de momento)*– o *So That's Why the Bourgeoisie Sucks* –*Y por eso la burguesía apesta*–.

- Tim Burton declaró haber estudiado mucho el diseño visual de la distopía de Gilliam como inspiración para la estética de su *Batman* de 1989. El director de fotografía de ambas películas era el mismo, Roger Pratt.

- El productor jefe de Universal, Frank Price, no quería sacarla a la luz una vez rodada, porque la consideraba una obra pesimista que no atraería audiencia. Gilliam se dedicó a mostrarla a escondidas a varios críticos importantes de Los Ángeles, que la reconocieron públicamente como la mejor película del año. La presión que esto provocó hizo que Universal la acabara estrenando.

- La película favorita de Frank Zappa.

- El personaje de DeNiro se llama Archibald y su mujer Veronica, en un guiño a los cómics de *Archie*.

___Demolition Man

PELÍCULA. Marco Brambilla, 1993.

Un policía y su archienemigo terrorista son criogenizados en un prisión de los noventa y despiertan 36 años después en una supuesta utopía pacifista que no está preparada para hacer frente al villano.

Lo más emblemático: Las tres conchas.

Hematopía

La sociedad de San Ángeles –una fusión de L.A., San Diego y Santa Bárbara– se presenta como una utopía perfecta en la que ven al siglo XX como una época de barbarie animal. Pero el nivel de delicadeza y puritanismo es tan extremo que se convierte en una especie de distopía de la falta de sangre en las venas. Todo lo malo para la salud es ilegal: tabaco, alcohol, cafeína, carne, chocolate, gasolina, juguetes no educativos, especias, lenguaje soez –uno de los conceptos más memorables de la película es el de las multas por decir tacos–. ¡Hasta se necesita una licencia para quedarse embarazada! La forma de hablar tan relamida de los personajes es divertidísima, con sus *"intensifica tu calma"* o sus *"propicios días"*.

Un mundo... ¿feliz?

En este ejemplo de la pseudo-utopía distópica, el mensaje está claro: una sociedad que prospera de forma tan perfecta para unos pocos siempre lo hace pisoteando al resto. Los paralelismos con *Un mundo feliz* de Aldous Huxley y la inspiración en éste son tan evidentes que

hasta la han puesto su apellido a uno de los personajes, Lenina Huxley –Sandra Bullock–. Para ser una película del 93,
algunos comentarios burlándose del sexismo de la época
resultan muy actuales, como cuando Benjamin Bratt comenta
lo groseros que son Spartan y Lamb al hablarse, pese a ser amigos,
y Lenina le responde "si hubieras leído mi estudio, sabrías que eso era
lo normal entre varones heterosexuales inseguros". El protagonista es pre-
sentado como un verdadero neandertal, pero precisamente como burla hacia
ello. El look del villano Simon Phoenix –Wesley Snipes– es tan icónico que acabó
inspirando al jugador de baloncesto Dennis Rodman, gran admirador de la película.

Curiosidades

- Las referencias a la cadena de comida rápida Taco Bell se cambiaron por Pizza Hut fuera de Estados Unidos, por miedo a que los extranjeros no pilláramos la referencia. Se doblaron las frases en que se menciona la cadena y hasta se modificó digitalmente el logo.
- El novelista húngaro István Nemere acusó a la película de ser un plagio de su novela *Fight of the Dead* de 1986. Un comité de la oficina de derechos de autor demostró que el 75% de la obra es idéntica al libro, pero Nemere no se pudo permitir un abogado lo bastante caro para demandar a Warner Bros.
- En *El último gran héroe*, estrenada el mismo año, Schwarzenegger hacía una broma sobre Stallone protagonizando *Terminator*. En *Demolition Man*, Stallone le devuelve la pulla con un comentario sobre que en el futuro Schwarzenegger será presidente. Algo más gracioso aún porque el chascarrillo vaticinaba el salto del actor austriaco a la política americana muchos años después.
- Hay pequeños detalles de fondo como guiños a otras obras de los actores: un maniquí sol-dado al que Phoenix llama Rambo, un póster de *Arma Letal 3* –el comisario de policía al prin-cipio de la cinta es el mismo que en la famosa saga– o una miniatura del autobús de *Speed*.
- En una escena, Spartan protege a una mujer muy malhablada que no sabemos de dónde ha salido. En la primera versión, esa mujer era su hija, ya adulta, con la que se reencontraba. Pero en los primeros tests de audiencia se consideró de mal gusto que Lenina, su interés román-tico, tuviera la misma edad que su hija, así que se eliminaron todas las escenas en las que aparecía o se la mencionaba excepto ésta.

_____ El prisionero

SERIE DE TV. *The Prisoner*, Patrick McGoohan, 1967.

Y cómo íbamos a hablar de distopías gubernamentales sin mencionar una de las más míticas series de culto de todos los tiempos. Esta aclamada serie británica rodada en Gales, creada y protagonizada por Patrick McGoohan, consta de apenas 17 capítulos que rondan los 50 minutos de duración. Un agente secreto desertor, cuyo nombre nunca llegamos a conocer, es capturado y encerrado en un bucólico pueblo conocido simplemente como La Villa, donde los prisioneros son llamados por números. Número 6, como se rebautiza al protagonista, se pasará la serie intentando escapar de allí una y otra vez.

"El que no habla, vive feliz"

Una alegoría muy bien escrita a la vigilancia extrema del gobierno. La influencia de la obra de Orwell es tan clara y palpable que no se limita a la idea de videovigilancia, sino que incluso se alude a una figura abstracta que podría dirigir la Villa, Número 1, una clara referencia al Gran Hermano. La serie habla del individualismo y los peligros de perderlo a manos de un gobierno opresor, convirtiendo al pueblo en una conformista mente colmena. Se juega mucho con la conspiranoia: al no saber cuáles de los habitantes de la Villa son prisioneros y cuáles son guardias, la paranoia se adueña del protagonista y del espectador. Los habitantes del pueblo-prisión fingen ser felices y encajar, pero lo hacen por puro terror a lo que les pasará si no.

Rompiendo moldes

Al ser una serie anterior a la ruptura del modelo narrativo televisivo llevado a cabo por Joss Whedon en 1997, se puede ver en el orden que apetezca, ya que no hay una continuidad de fondo que se deba respetar y cada capítulo es auto-conclusivo. La planificación y el montaje rebosan psicodelia de los sesenta por todos los poros, apoyada por la estética que hoy llamaríamos retro-futurista –pero que por entonces era sólo futurista–. Las escenas del globo gigante que ataca a la gente, como pasaba con *Estrella oscura* de John Carpenter, resultan un tanto ridículas vistas a día de hoy, pero fuera de esos escasos momentos, la serie es visual y narrativamente fantástica.

"No soy un número, soy un hombre libre"

Patrick McGoohan saltó a la fama por interpretar al espía John Drake en la serie *Danger Man* en 1960 –en España sólo vimos su secuela *Secret agent* de 1964, traducida como *Cita con la muerte*-. Según George Markstein, co-creador de *El prisionero*, la inspiración les vino durante una conversación sobre qué pasaría si algún día Drake decidiera dejar su trabajo. *El prisionero* no es una secuela oficial de *Danger Man* y de *Cita con la muerte* –no podían permitirse decir que John Drake había dejado el servicio secreto, por si más adelante les encargaban nuevos capítulos de la serie original–. Pero Markstein convenció a McGoohan de no mencionar nunca el nombre real del protagonista, para que así los espectadores pudieran imaginarse que lo era si les apetecía. Sobre este tema incide de forma muy interesante Doc Pastor en su libro *Los sesenta no pasan de moda*, que incluye un capítulo entero dedicado a esta mítica serie.

Impacto pop

Una vez cada varios años –o incluso décadas– se da un fenómeno cultural, en forma de libro, película o serie, que influencia enormemente a todo lo que se hace después: *El señor de los anillos, La guerra de las galaxias, Buffy cazavampiros, Doctor Who… El prisionero* ha llegado a convertirse en una de las mayores series de culto que ha influido a la cultura popular como muy pocas. Los autores de *El show de Truman, Expediente X* o *Perdidos* citan a la mítica serie como su referente principal. El pueblecito idílico –o quizás no tanto– de *The Good Place* es un muy obvio guiño a La Villa. La pro-

UNIVERSOS DISTÓPICOS

Jöse Sénder

Lo más emblemático:
Su legendaria escena de apertura.

pia *Doctor Who* está plagada de referencias a *El prisionero*, empezando por la ropa que vestían algunos de los Doctores clásicos –el quinto y el sexto, para más señas–. Hay hasta una saga de Marvel llamada *Punto muerto –Standoff* en el original– que se inspira de forma muy clara en el concepto de La Villa, en este caso llamada Pleasant Hill. Y vale, sí, también parodiaron la serie en un capítulo de *Los Simpson*, pero… ¿es que acaso te sorprende?

Curiosidades

- Algunas de las frases recurrentes de la serie –"No soy un número, soy un hombre libre"; "Nos vemos luego"– han sido usadas innumerables veces como guiño en otras series y películas. McGoohan aparece en varios capítulos de *Colombo* interpretando a distintos personajes. En uno de ellos, hace de un espía renegado muy similar al Número 6 que no deja de repetir su *"be seeing you"*.
- Se rodó en la ciudad galesa de Portmeirion. La casa en la que vivía Número 6 se reconvirtió tras el éxito de la serie en una tienda de recuerdos y merchandising para fans de la serie, que sigue funcionando a día de hoy.
- El propio Patrick McGoohan, 33 años después, puso la voz al Número 6 en el episodio de *Los Simpson* que parodia su serie, *"El ordenador que acabó con Homer"*.
- La revista *TV Guide* la declaró nº 7 de su lista de las 25 series de culto más importantes de todos los tiempos.
- Patrick McGoohan interpretaría al padre de Billy Zane en el clásico *camp* de superhéroes *The Phantom: El hombre enmascarado* en 1996.

Qué aporta: Llevar una idea tan anárquica a un cómic de éxito masivo.

V de Vendetta

SERIE DE CÓMIC. *V for Vendetta*, Alan Moore y David Lloyd, 1982.

Para el que probablemente sea el cómic más aclamado de todos los tiempos por la crítica y el público, Alan Moore se dejó de alegorías y decidió decir lo que pensaba de forma clara y directa. Inglaterra, último país del mundo, está bajo el dominio de la ultraderecha más radical y sólo V, un misterioso terrorista con una máscara de Guy Fawkes, se atreve a plantarles cara.

"Recuerden, recuerden, el 5 de Noviembre"

El gobierno se divide en organizaciones específicas bajo los nombres de Cabeza, Ojos, Orejas, Nariz, Boca y Dedos. Hay hambrunas en las calles, campos de concentración para negros, socialistas y homosexuales. A través de los ojos de Evey, una prostituta adolescente, conocemos pinceladas de la historia de ese mundo y de la del propio V, cómo sobrevivió a un campo de concentración y ahora sólo vive para la venganza y el despertar del pueblo oprimido. Y es que, en palabras de V, *"las ideas son a prueba de balas"*.

UNIVERSOS DISTÓPICOS

Jöse Sénder

Lo más emblemático:
La máscara con la cara de Guy Fawkes.

V de Vaticinio

V de Vendetta habla –sin cortarse ni un pelo– del auge de la ultraderecha y de los peligros que ello conlleva: racismo, misoginia, homofobia, embrutecimiento de la población mediante propaganda fascista, campos de exterminio, vigilancia extrema… en definitiva, en opinión de Moore, de nuestra era. Nos presenta un mundo en que el más loco de todos es en realidad el único cuerdo. Describe de forma cruda y horripilante a sus integrantes como fanáticos convencidos de sus ideales y del bien que hacen al mundo mientras masacran a los que consideran inferiores. *"V de Vendetta es para las personas que no apagan las noticias"*, decía el propio dibujante David Lloyd, cuyo claroscuro minimalista con toques de acuarela le da a la obra toda la potencia necesaria.

A de Anarquía

Alan Moore ha sido siempre un anarquista convencido y lo explica de forma muy sencilla: *"Cuando hablas de anarquismo a la mayoría de la gente, te dicen lo mala idea que es porque la banda criminal más fuerte tomará el control. Que es, básicamente, la situación política actual"*. Él mismo admite que era demasiado joven e ingenuo cuando lo escribió, pero pone la puntilla diciendo que lo más ingenuo era pensar que hacía falta algo tan melodramático como una guerra nuclear para que el fascismo entrara en Inglaterra. Orwell, Huxley, *El prisionero*, las leyendas de Robin Hood, *Fahrenheit 451*, son sólo algunos de los referentes que cita, aunque el más evidente sea *1984*.

W de Wachowski

La adaptación al cine de 2005, dirigida por James McTeigue y escrita por las –por entonces los– Wachowski, es menos dura de digerir. Se suavizan algunas cosas –por ejemplo, Evey pasa de ser una prostituta menor de edad a una periodista de veintitantos, además de que se obvia el lenguaje soez y ofensivo de los policías del régimen–. Aparte de esto, es muy fiel en el desarrollo de la trama y una de las pocas adaptaciones de Moore que hacen justicia al original. El final es mucho más espectacular y emotivo en la película, mientras que en el cómic quedaba mucho más ambiguo y abierto a interpretaciones.
A Alan Moore, por supuesto, le molestó sobremanera que se suavizase tanto la violencia y la crudeza del estado, declarando que *"le habían quitado los colmillos al gobierno fascista"* y que así no se entendía su mensaje.

Curiosidades

- En un reloj analógico, a las 11:05 las manijas forman la letra V. Guy Fawkes fue apresado un 5 de noviembre, o 11-5. Alan Moore es un hombre complejo.
- V no deja de citar a lo largo del cómic a grandes figuras de la literatura como Shakespeare o Mark Twain. Curiosamente, en una escena cita también la letra de *Sympathy for the devil* de los Rolling Stones.
- En la película, se escogió a sir John Hurt para interpretar al líder supremo de los nazis, en homenaje a *1984*. De todos los planos en que aparece a lo largo del metraje, sólo pestañea una vez.
- Aunque el cómic estaba ambientado en 1997, entonces 15 años en el futuro, no hay elementos de ciencia-ficción futurista, potenciando así la idea de que bajo un régimen fascista se acaba el progreso.
- La banda sonora de la película está formada en gran parte por canciones cuyas partituras, al ser observadas por escrito, parezcan formar una letra V.

Elysium

PELÍCULA. Neill Blomkamp, 2013

La segunda película del talentoso director sudafricano Neill Blomkamp –recordado siempre por su alucinante ópera prima *Distrito 9*– es una distopía social que, si bien no hace gala de una trama especialmente original, tiene un trasfondo y trabajo de creación de mundo ficticio muy potente. En un mundo hundido por la superpoblación, un ex ladrón al que un accidente industrial deja moribundo trama un plan para llegar a la estación espacial Elysium, en la que los ricos tienen tratamientos médicos que podrían curarle. Algo que acabará convirtiéndose en una misión mucho más humanitaria y desinteresada de lo que parecía en un principio.

Guerrero de la justicia social

Blomkamp utiliza una vez más la ciencia-ficción con una imagen sucia y decadente para denunciar la desigualdad de derechos entre clases, haciendo hincapié en las bajezas de una sociedad egoísta e inhumana. El director se recrea en mostrarnos las diferencias entre la vida de arriba y de abajo de forma muy visual: en Elysium, los robots son sirvientes, mientras que en la Tierra son los que están al mando y mangonean a los pobres humanos –hasta el sarcasmo es ilegal en esa sociedad opresiva, como descubrirá Matt Damon por las malas–. Los de arriba tienen naves espaciales de última generación y los de abajo, con suerte, conducen coches del año de la pera con acoples al estilo *Mad Max*. La película habla de la superpoblación, así como de la explotación y deshumanización del trabajador por parte de las clases altas. Como siempre en la obra de este cineasta, consigue remover conciencias.

Lo más emblemático:
La estética.

Qué aporta:
La ácida visión de
Blomkamp aplicada al
género distópico.

Curiosidades

- El papel protagonista se ofreció al rapero sudafricano Ninja –integrante del grupo Die Antwoord– y a Eminem. El primero lo rechazó porque le parecía que el papel le venía grande y el segundo porque sólo aceptaba rodajes en Detroit.
- Diego Luna, que interpreta a Julio, afirmó en una entrevista que se preparó para el papel viendo la trilogía clásica de *Star Wars*, algo gracioso teniendo en cuenta que más tarde protagonizaría *Rogue One: Una historia de Star Wars* en 2016.
- La nave espacial de lujo fue diseñada por la compañía de automóviles Bugatti.
- Blomkamp menciona como grandes influencias *RoboCop* de Paul Verhoeven y *¿Teléfono rojo? Volamos hacia Moscú* de Stanley Kubrick.
- La estación espacial Elysium tiene la forma de una estrella de cinco puntas enmarcada en un círculo. Esta forma no es casual y está cargada de simbolismo: para los antiguos griegos, era el símbolo de la salud, para los celtas el de la protección.

_____Southland Tales

PELÍCULA. Richard Kelly, 2006.

La segunda obra del director del clásico de culto *Donnie Darko* es, si cabe, incluso más extraña que la primera. No irías mal encaminado si afirmases que es la película más rara que hayas visto jamás.

Las historias entrecruzadas de varios personajes en cuyas espaldas recae el destino del mundo, en un futuro asolado por una tercera guerra mundial: La estrella del cine de acción Boxer Santaros –Dwayne Johnson-, la actriz porno comunista con poderes psíquicos Krysta Now –Sarah Michelle Gellar- y dos militares gemelos, Ronald y Roland Taverner –Sean William Scott–. Todo bajo la atenta mirada del narrador, un militar enajenado –Justin Timberlake– que se dedica a observar a la población desde una torreta ametralladora.

I got soul but I'm not a soldier...

El reparto lo completa una serie de secundarios de lujo que incluye a Miranda Richardson, Wallace Shawn –Vizzini de *La princesa prometida*–, Kevin Smith, John Larroquette, Amy Poehler, John Lovitz, Christopher Lambert y Jeanine Garofalo. La escena más recordada y aclamada de la película es el número musical lisérgico en que Justin Timberlake interpreta el All these things that I've done de The Killers. Pero, sin duda, lo más sorprendente es la espectacular actuación dramática de Sean William Scott –siempre recordado como el bufón Stiffler en *American Pie*–, que verdaderamente está de Oscar.

Lo más emblemático: La escena musical de Justin Timberlake.

Paradoja y denuncia

El controvertido Richard Kelly vuelve a dejarnos boquiabiertos con una extraña mezcla entre cine *indie* y ciencia-ficción. Como siempre en su breve filmografía, la historia gira en torno a paradojas cuánticas muy complejas y fascinantes. En ella mezcla el drama, la comedia y la aventura, pero sobre todo la sátira distópica. Como en la mayoría de distopías de principios del siglo XXI, la principal crítica social alegórica –aunque en este caso es bastante directa– va dirigida a la administración de George W. Bush. Kelly critica la paranoia antiterrorista que se apoderó de América después del 11-S. El cineasta postula que Bush aprovechó la situación para endurecer el control del ciudadano y recortar las libertades civiles. Nos muestra un futuro cercano en que la vida se ha ido al traste por obedecer al miedo en lugar de a la esperanza.

Fluya la locura, dijo el director de culto

Esta paranoia de la vigilancia está, como no podía ser de otra forma, plagada de referencias a la obra de Philip K. Dick. Algunas son más sutiles y otras mucho más evidentes, como ese momento en que un policía llamado Bookman comenta *"fluyan mis lágrimas"* –el protagonista de la novela de Dick *Fluyan mis lágrimas, dijo el policía* se apellida Buckman–. Según Kelly, la película es *"un extraño híbrido entre las sensibilidades de Andy Warhol y Philip K. Dick"*.

Una historia multiplataforma

Kelly escribió simultáneamente al rodaje tres novelas gráficas que se publicaron a la vez que se estrenaba la película, con intención de crear una vasta historia entrecruzada con muchas ramificaciones. Se creó una web en la que podías interactuar para comprender mejor el cruce entre los cómics y la película, aunque ésta funciona por sí sola sin necesidad de leer lo demás. Las tres novelas gráficas fueron recopiladas en un tomo de 360 páginas, *Southland Tales: The prequel saga*, publicado por Graphitti Designs. Richard Kelly considera a *Southland Tales*, aunque sea la menos conocida de sus obras, la más redonda y de la que más se enorgullece.

Qué aporta:

La locura narrativa de Richard Kelly abocada a la crítica social.

Curiosidades

- La primera película en la que Dwayne Johnson aparece en los créditos con su nombre real en lugar del apodo The Rock, aunque éste también aparece entrecomillado.
- Wallace Shawn declaró que, por más veces que haya visto la película, sigue sin entender nada, pero que aun así le encanta. Lo mismo que nos pasa a los demás.
- Justin Timberlake tampoco la entiende, pero la considera una performance de arte abstracto perfecta.
- La película se divide en tres capítulos titulados en honor a canciones: *Temptation Waits* (Garbage), *Memory Gospel* (Moby) y *Wave of Mutilation* (Pixies).
- En una escena, se puede ver brevemente la cabeza del conejo Frank de *Donnie Darko* en un póster.

UNIVERSOS DISTÓPICOS Jöse Sénder

Qué aporta:

La visión
latinoamericana
de la narrativa
audiovisual en un
producto de alto
presupuesto.

3%

SERIE DE TV. Pedro Aguilera, 2016.

Esta distopía social brasileña es la primera serie original de Netflix rodada en portugués. En un futuro hundido por la pobreza y el hambre, los jóvenes de la zona pobre tienen la oportunidad al cumplir 20 años de pasar una serie de pruebas conocidas como El Proceso. El 3% de participantes consigue superarlas y pasa a vivir en la zona rica, pero las pruebas son crueles, inhumanas e insoportables.

Una historia con muchas capas

3% es una historia sobre venganza, así como también sobre corrupción política, desigualdad social, lucha por la superación personal y misterios por resolver. Su tema central, muy potente y bien explicado, es cómo los ricos y poderosos manipulan a las clases bajas para que crean que ése es su sitio, desconfíen unos de otros y estén agradecidos por la opresión. Los desfavorecidos en la serie se culpan a sí mismos creyendo no ser lo bastante buenos para triunfar en un mundo cruel e injusto, en lugar de culpar de su falta de recursos a los que se aprovechan de ellos. Hay incluso sectas religiosas de pobres que adoran a los ricos del Mar Alto como a dioses. Los del lado rico son crueles, despóticos, se burlan de los del lado pobre, los humillan y manipulan, pero éstos se sienten agradecidos por permitirles someterse al Proceso.

Lo más emblemático:

Lo rebuscado e imaginativo de las pruebas a que se someten los protagonistas.

What a twist!

El estilo de imagen está a medio camino entre el ciberpunk y la crudeza de las favelas brasileñas. Los créditos iniciales son una verdadera gozada visual, recordando ligeramente a los de *Jessica Jones* con toques de *Los 100*. Pero lo mejor de la serie no es tanto su aspecto visual –que también–, sino sobre todo su narrativa, trepidante pero a la vez profunda e introspectiva, cargada de *plot twists* que te vuelan la mente desde el primer episodio. Cada vez que *3%* se asegura de que ya tienes clara una idea, procura desmontártela de inmediato por todo lo alto.

Curiosidades

- Pedro Aguilera asegura que se inspiró para la serie tras leer *Un mundo feliz* y *1984*. No hace falta que lo jure.
- La población real del Brasil actual supone el 3% de la del mundo entero, dejando claro lo alegórico del título y del concepto de la serie.
- Aguilera la rodó por su cuenta como una webserie de tres episodios para YouTube, pero a Netflix le fascinó tanto que decidieron producirla con mucho mayor presupuesto.
- Las escenas del Proceso, con sus grandes pasillos blancos de mármol y ventanales, están grabadas en el estadio Arena Corinthians de Sao Paulo.
- Otro de los trabajos de Pedro Aguilera como guionista fue la comedia *Vida de Estagiário* en 2013, sobre un becario en la peor agencia de publicidad del mundo. Aparece como actor en un capítulo de la serie.

UNIVE
RSOS,
DISTÓ
BICOS   Jöse Sénder

_____El Incal

SERIE DE CÓMIC. Alejandro Jodorowsky y Moebius, 1988.

El legendario Incal Luz, un cristal mágico de infinito poder, es el tesoro más ansiado por todo tipo de sectas e imperios galácticos. El detective de tres al cuarto John DiFool se verá inmerso en esa locura mística y política cuando el Incal caiga en sus manos… ¿por error?

Metafísica metabarónica

Esta celebérrima saga, uno de los mayores éxitos europeos en la historia del cómic, se publicó en la revista francesa de ciencia-ficción *Métal Hurlant* entre 1980 y 1988, recopilándose en tomos al terminar debido a su aplastante éxito de crítica y público. Es la primera historia ambientada en el famoso universo de los Metabarones de Jodorowky. Una mezcla entre *noir*, distopía y misticismo, una fusión entre space-opera y fantasía alocada, con la metafísica profunda habitual en la obra de Jodorowsky. La trama es rebuscada y surrealista, pero a la vez enormemente coherente. Como en otras obras ya mencionadas, las clases sociales de esta distopía se dividen de forma física, con los aristócratas en la cúspide de una ciudad cónica y los mutantes hambrientos en túneles subterráneos al más puro estilo de los Morlocks de H.G.

Lo más emblemático:

Los diseños de paisajes de Moebius.

Wells y Chris Claremont. La denuncia social es aquí muy clara, con la división de clases, las drogas utilizadas para tener sentimientos o la sorprendente ridiculización de la masculinidad tóxica en plena década de los ochenta.

Metáfora y metalenguaje

Toda la obra está plagada de un poderoso simbolismo, tanto esotérico como científico, empezando ya directamente con los nombres de los protagonistas: DiFool hace alusión a la carta *"the fool"* del Tarot, mientras que Animah se refiere al concepto de *"anima"* de la psicología Jungiana. *El Incal* es un viaje de evolución personal del protagonista, desde su origen frívolo hasta la comprensión metafísica de la realidad.

El artista zen

¿Qué decir del arte de Jean Giraud, alias Moebius? Por algo fue uno de los dibujantes más reconocidos y premiados de la Historia del arte secuencial. Visualmente, quita el aliento. Según el propio Jodorowsky, la simbiosis de ideas entre ambos era tal que él esbozaba el argumento y dejaba que Moebius improvisara a partir de éste y cambiase la trama según lo que le apeteciera dibujar, algo que en lugar de dificultar la historia, incluso la mejoraba. En cuanto a la secuela, *Después del Incal*, la dibujaría José Ladrönn, en un estilo mucho más oscuro y reminiscente a *Blade Runner*.

Curiosidades

- El guionista Mark Millar –Kick-Ass, Kingsman, Civil War, Red– describe *El Incal* como *"probablemente la más hermosa pieza de literatura gráfica jamás dibujada"*.
- Jodorowsky estuvo a punto de dirigir una película de *Dune*, pero nunca llegó a hacerse. Esto se narra en el documental *Jodorowsky's Dune* de 2013.
- La gran ciudad enterrada donde vive John DiFool está diseñada reaprovechando los concept arts del proyecto fallido de *Dune*.
- Jean *"Moebius"* Giraud ha trabajado en cine como diseñador conceptual, para películas como *Abyss, TRON, Masters del universo, Los amos del tiempo, Willow, Space Jam* o *El quinto elemento*.
- Moebius vivió en una comuna hippy de Tahití entre 1983 y 1984, algo que influenció mucho su trabajo para *El Incal*.

UNIVE RSOS DISTÓ BICOS

Jóse Sénder

____El cuento de la criada

SERIE DE TV. *The Handmaid's Tale*, Bruce Miller, 2017.

Lo más emblemático:

Las túnicas rojas de las criadas.

Una de las series de mayor éxito del momento, basada de forma bastante fiel en la novela homónima de Margaret Atwood en 1985. Esta distopía sobre el machismo muestra unos Estados Unidos arrasados por una segunda guerra civil y renombrados por los fundamentalistas religiosos vencedores como la República de Gilead. Una dictadura militar teocrática en que la religión más cerrada y prohibitiva esclaviza a las mujeres, que pertenecen a los ricos y son violadas frecuentemente para tener hijos.

Of

La trama habla de forma muy evidente de la misoginia y la cosificación, pero también de los peligros de una sociedad retrógrada basada en el extremismo religioso. En esta nación fanática, se han creado nuevas clases sociales y la mujer está abajo del todo. Se las obliga a vestir de un color que denote su posición social, ya sea como criadas, cocineras, institutrices o amas de casa de clase alta –estas últimas, pese a pertenecer a la clase rica, siguen considerándose inferiores al hombre-. Las esclavas tienen

prohibido tener un nombre propio, a todas se las llama por el prefijo Of– y el nombre de su amo. Un cuerpo de policía secreta, Los Ojos –hola, *V de Vendetta*–, vigila constantemente al ciudadano en busca de cualquier signo de posible rebelión contra la teocracia fundamentalista.

Pasando un mal rato

El cuento de la criada no es para todos los estómagos. Es una historia angustiosa, dolorosa, que te revuelve el estómago con la contemplación de las injusticias extremas que se llevan a cabo y con la similitud alegórica entre éstas y el mundo real. Su sucia y grisácea iluminación contribuye a reforzar esta atmósfera opresiva y desgarradora. La obra tiene el honor de ser la primera serie de la cadena Hulu en ser premiada y la primera de una plataforma de streaming en ganar un Emmy a mejor serie dramática.

Qué aporta:
Una brutal crítica
a la misoginia
en las religiones
abrahámicas

Curiosidades

- Margaret Atwood, escritora de la novela original, es consultora de producción en la serie. Tiene un cameo en el episodio piloto.
- Inspirada, por supuesto, en *1984*, aunque ella misma afirma que casi todo lo que pasa en la trama ya ha sucedido en algún momento de la Historia real de nuestro mundo.
- En la novela no hay personajes negros porque el gobierno cristiano los ha confinado a todos en un campo de concentración, pero en la serie decidieron omitir esta parte para poder contratar a actores y actrices de raza negra.
- Hubo una primera adaptación a cine en 1990, con Natasha Richardson, Faye Dunaway, Aidan Quinn y Robert Duvall, que no tuvo demasiado éxito.
- Joseph Fiennes asegura que su esposa, María Dolores Diéguez, se niega a ver la serie para no cogerle manía, debido a lo desagradable del malvado personaje al que –de forma brillante– interpreta.

____Acción mutante

PELÍCULA. Álex de la Iglesia, 1993.

Lo más emblemático: La máscara de Resines.

Tenía que haber al menos una obra local, ¿no? ¿Y cuál mejor para esta lista que la loca comedia negra de ciencia-ficción con la que debutó el ahora célebre Álex de la Iglesia? En un futuro dominado por los guapos, un grupo terrorista –bastante inútil, todo hay que decirlo– se cuela en una boda de la alta sociedad para secuestrar a la hija de un millonario y reclamar los derechos de los feos. Pero su ladino jefe Ramón –Antonio Resines– tiene planes mucho más oscuros.

Mens sana in corpore tullido

Esta divertida gamberrada, parodia bestial de la ciencia-ficción distópica y sus clichés, se acaba convirtiendo paradójicamente en una gran obra del género. Su guión, muy tonto y lleno de risas. Su aspecto estético, memorable. Aunque a primera vista pueda parecer una película de serie B, se nota un gran cuidado y trabajo a la hora de crear la ambientación de ese mundo futurista y terrible. El estilo es puramente ciberpunk y la estética, sucia y decadente, está muy lograda. Los robots de plástico que actúan como vigilantes de seguridad o sacerdotes dan muy mal rollo y el aspecto de los policías es puro *Juez Dredd*. Además de las grandes interpre-

Qué aporta:
Acercar la ciencia-
ficción distópica al
cine español.

taciones del añorado Álex Angulo, de Fernando Guillén o Jaime Blanch –Salva-
dor de *El ministerio del tiempo*–, destaca la inconmensurable actuación de
Antonio Resines como villano espacial al más puro estilo Darth Vader.
Sus frases, tan absurdas como épicas, no tienen desperdicio, con especial hincapié en su "*Sólo quedamos nosotros, todo el mundo es
tonto o moderno*".

Curiosidades

- La canción principal de la película es del grupo Def Con Dos.
- La película recibió seis premios Goya, dos Ignotus y varios premios en festivales
  de cine.
- En el universo ficticio de la película, la moneda de curso legal es el ECU. En los noventa,
  cuando se empezó a hablar de crear una sola moneda para toda Europa, se propuso
  llamarla así –como acrónimo de European Currency Unit–, pero cuando finalmente se instauró en 2001 se acabó llamando Euro.
- En la versión para la venta en VHS en Inglaterra, se censuraron 12 segun-
    dos de la escena en que un minero *axturiano* tortura a Resines con
      una cuchilla de afeitar.

Los Angeles en *Blade Runner*

TOP 10
LUGARES DISTÓPICOS EMBLEMÁTICOS

- Los Ángeles 2019 (*Blade Runner*).
- Neo-Tokio (*Akira*).
- Nueva York 1997 (*1997: Rescate en Nueva York*).
- La Villa (*El prisionero*).
- Neo-París (*Remember Me*).
- La Australia post-apocalíptica (*Mad Max, Tank Girl*).
- Scrapyard (*Alita: Ángel de combate*).
- TonDC (*Los 100*).
- La Ciudad (*Dark City*).
- Oasis (*Ready Player One*).

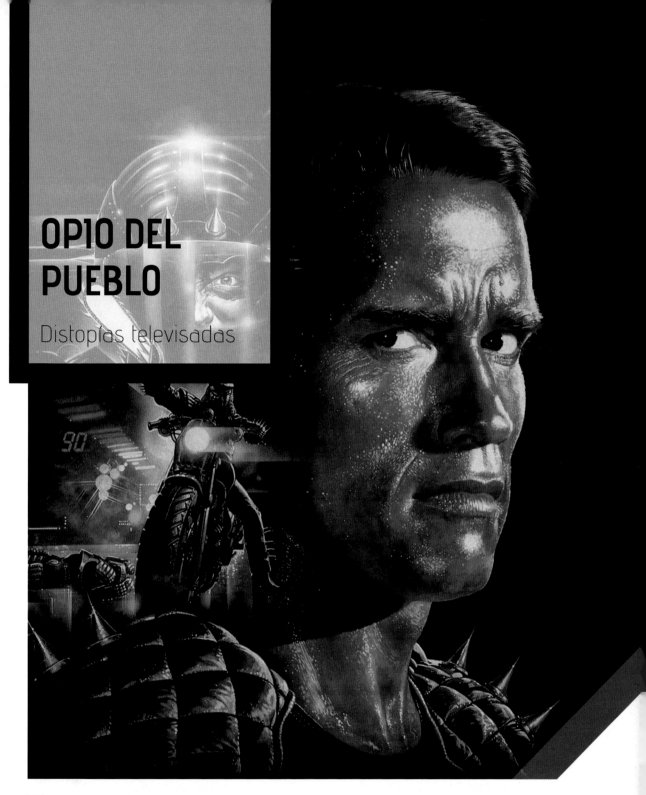

OPIO DEL PUEBLO

Distopías televisadas

Otro tema al que curiosamente se recurre a menudo en la distopía es el uso de la televisión y los medios para mantener sumisa a la población. Suele ser un aspecto secundario, pero hay unas pocas obras dignas de mención que lo utilizan como eje central de su historia.

Jóse Sénder

La carrera de la muerte del año 2000

PELÍCULA. *Death Race 2000*, Paul Bartel, 1975.

En una América dominada por un gobierno totalitario que mata de hambre a la clase obrera, se mantiene calmado al pueblo mediante una carrera anual televisada en la que los concursantes van atropellando a peatones inocentes para ganar puntos. El corredor Frankenstein –David Carradine– participa con la intención oculta de asesinar al presidente, pero el malvado Joe Machine Gun –Sylvester Stallone– intenta asesinarle.

Lo más emblemático:

Los diseños de los coches y el vestuario.

Armagedón al volante

Esta película de serie B producida por el legendario Roger Corman se ha convertido en tal obra de culto que ha dado lugar a cómics, videojuegos y numerosos remakes. Fue la primera película de Carradine después de su serie *Kung Fu* y la que impulsó su salto al cine, además de uno de los primeros papeles importantes tanto para Stallone como para Martin Kove –el villano de *Karate Kid*–. En 2008, Paul W.S. Anderson dirigió un remake protagonizado por Jason Statham, que tuvo dos precuelas y una secuela –directas a DVD–. Pero fue en 2017 cuando Corman volvió a su historia lanzando al fin una secuela oficial llamada *Death Race 2050* y protagonizada por Manu Bennett –Deathstroke en la serie *Arrow*– y Malcolm McDowell.

Pequeño Saltamontes Nodoyuna

La película iba a ser más seria, pero Corman decidió darle el toque de humor que la lanzó al cine de culto. Un humor muy, muy negro. Los participantes de la carrera son tan caricaturescos que casi podríamos hablar de una versión ultra-violenta de *Los autos locos*. Hay nazis, gángsters, cowboys y nombres tan pintorescos como "*Nero the Hero*" o "*Herman the German*". Tiene momentos tan absurdos y a la vez geniales como la escena en que un torero con una capa roja torea un coche, o aquélla en que las enfermeras de un asilo sacan a todos los ancianos en silla de ruedas y los dejan en la calle para que mueran, pero Carradine se desvía para atropellarlas a ellas en vez de a los pobres abuelos. Visualmente es muy barata y parece que lo que se gastaron en customizar los coches de carreras –extremadamente molones– se lo ahorraron en todo lo demás. Pero es entretenida y con el punto de crítica social que caracteriza a toda buena distopía, con ese gobierno opresivo que engaña al ciudadano mediante el pan y circo y luego culpa a un agente externo de todo lo malo que pasa –en este caso, a los franceses–.

Curiosidades

- Corman publicó un cómic en su sello independiente como continuación de la película, en 1995.
- El famoso videojuego *Carmageddon* de 1997 iba a ser parte de la franquicia, debido a la nueva secuela de la película que se iba a estrenar por entonces, pero al cancelarse ésta se le cambió el nombre al juego para alcanzar a más público.
- La película se rodó con solamente 300.000 dólares de presupuesto.
- El famoso crítico cinematográfico Roger Ebert siempre se ha negado a dar menos de media estrella como puntuación a las películas. Con *La carrera de la muerte del año 2000* hizo una excepción para darle cero estrellas.
- George Miller cita esta película como una de sus mayores influencias para *Mad Max*, a lo que Corman responde en una entrevista para *SyFy* que es uno de los mayores honores de su carrera.

Jöse Sénder

_____El fugitivo

NOVELA. *The Running Man*, Stephen King, 1982.

No, no hablo de cierta película con Harrison Ford y un hombre manco, sino de la magnífica novela de Stephen King que aquí se tradujo con el mismo título, pero que no guarda relación alguna.

Una distopía totalitaria en el 2025, donde el mundo está dominado por reality shows ultra-violentos. Para poder pagar el tratamiento de su hija enferma, un hombre desesperado participa en uno de ellos, en el que debe sobrevivir un mes mientras todo un país enloquecido por la sed de dinero intenta asesinarle a cambio de una recompensa. Mientras huye, intentará demostrar públicamente la corrupción del gobierno y el uso de los realities para pacificar y lavar el cerebro a la población.

Las aventuras del joven Stephen King

Una de esas raras veces en que Stephen King se aleja del género del terror, es en este caso un thriller trepidante de ciencia-ficción, pero que a la vez se enfoca mucho en narrar –de forma tan brillante como suele hacerlo King– cómo se vive la asfixiante atmósfera de la opresión gubernamental en un futuro desgarrador. Toca temas como la injusticia social, la corrupción y la manipulación mediática. Un aún joven y combativo King teoriza sobre cómo un estado totalitario, que asegura no tener dinero para alimentar a su pueblo, no tiene problema en gastarse millones en un reality show para mantenerlos entretenidos y que no protesten. Por ende, habla de cómo el pueblo alienado prefiere culpar a uno de los suyos y atacarle que hacer un esfuerzo por entender lo que pasa realmente y rebelarse.

Televisionario

King vaticinó de forma muy inteligente la importancia que acabaría por tener la televisión para la política y las grandes inversiones que haría el gobierno en propaganda televisada. Los reality shows ya existían cuando se escribió la novela, pero no había una saturación tan extrema como la de hoy en día. El escritor supo prever que la evolución de este tipo de programas de baja calidad iba a seguir yendo a más hasta llegar a un futuro en que copasen casi todo el espectro del entretenimiento y, en su opinión, contribuyeran de forma consciente a luchar contra la educación y la alfabetización de las clases bajas.

Nananana nananana, Bachman

El maestro del terror publicó cinco novelas –*El fugitivo* entre ellas– bajo el pseudónimo Richard Bachman. Según él mismo admite en el prólogo a la segunda edición de la novela, lo hizo porque se dio cuenta de que escribía demasiado de prisa y no quería saturar el mercado de libros de Stephen King. Aunque en otras ocasiones ha declarado que lo que quería era comprobar si sus libros seguían siendo atractivos al público de por sí, o si sólo los compraban porque los había escrito él. Afirma que el nombre se le ocurrió rápidamente mientras hablaba por teléfono con su editor, al ver un libro de Richard Stark sobre su mesilla mientras sonaba una canción del grupo de rock canadiense Bachman-Turner Overdrive. Lo usó durante unos años, hasta que un dependiente de librería de Washington llamado Steve Brown sospechó que se trataba de él por su estilo narrativo y lo sacó a la luz.

Lo más emblemático: El clímax en el avión.

Qué aporta: La primera crítica prematura al auge de los reality shows.

Curiosidades

- Adaptada al cine de forma muy libre en 1987, con Arnold Schwarzenegger, eliminando el mensaje de denuncia social y creando un simple producto de acción. La película fue traducida en España como *Perseguido*.
- Los productores George Linder, Rob Cohen y Keith Barish compraron los derechos para la película sin saber que Richard Bachman era en realidad Stephen King.
- Una de las escenas más importantes del libro sucede en el pueblo ficticio de Derry, en el que transcurren otras obras clave de King, como *El cazador de sueños* o *It*.
- Inspiró el reality show de 2016 *The Runner* –por suerte sin matar al participante, sólo capturándolo–, producido por Ben Affleck y Matt Damon que, aunque sean capaces de escribir preciosidades como *El indomable Will Hunting*, a veces también se les puede ir la cosa de las manos.
- En la película, Mick Fleetwood –el mítico baterista y líder de Fleetwood Mac– interpreta a un revolucionario llamado Mick que, por ciertos comentarios que deja caer sobre su música, podemos intuir que es él mismo. Su colega Stevie –interpretado por el hijo de Frank Zappa– fue nombrado en un evidente homenaje a la vocalista del grupo, Stevie Nicks.

Battle Royale

PELÍCULA. Kinji Fukasaku, 2000.

Una vez al año, Japón elige a un curso especialmente rebelde de instituto y se traslada a los alumnos a una isla desierta en la que deberán matarse unos a otros ante cámaras de televisión hasta que sólo quede uno, para atemorizar a los jóvenes delincuentes del país. La escabechina y el horror distópico están servidos desde el primer minuto.

Lo más emblemático:
Takeshi Kitano en un rol villanesco.

Follón Royale

Basada en la novela homónima de 1999 –a su vez muy claramente inspirada por *El fugitivo* de Stephen King–, *Battle Royale* fue objeto de una enorme controversia debido a su crudeza. Ha sido prohibida en varios países, como Corea del Sur, y en muchos otros se ha negado su distribución. El motivo principal es que los personajes –y muchos de los actores– son menores a los que se muestra practicando violencia extrema. Aunque la película intenta denunciar el papel del gobierno en la violencia en televisión, así como la innecesaria crudeza de los reality shows asiáticos, el ala más conservadora del propio gobierno japonés la acusó de fomentar la violencia juvenil, de forma parecida a lo que pasó en los setenta en Inglaterra con *La naranja mecánica* o *Perros de paja*. En Estados Unidos no se estrenó en su momento debido a lo reciente de la masacre de Columbine, pero tuvo un gran éxito mediante copias pirata y acabó estrenándose once años después.

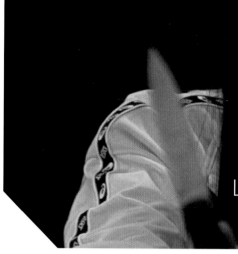

Qué aporta:

La creación de un subgénero dentro de la distopía nombrado en honor a la propia película.

Éxito Royale

Pese a la reacción negativa del gobierno japonés, la película fue nominada a nueve premios de la Academia Cinematográfica de Japón, de los cuales ganó tres. Como suele suceder con películas censuradas y controvertidas –sí, *Escuela de jóvenes asesinos*, te estoy mirando a ti–, acabó por convertirse en una obra de culto que arrasó en todo el mundo con su venta en DVD. Su éxito fue tal que el título de la película se usa ahora como nombre de un género narrativo, consistente en grupos de personas obligadas a luchar entre ellos hasta que sólo quede uno –un género que bien se podría haber llamado *Los inmortales*–. Este argumento se ha utilizado en cómics, series y cine, pero donde más ha triunfado ha sido en videojuegos multijugador.

Curiosidades

- Takeshi Kitano fue elegido para interpretar el director del juego debido a su célebre programa *Takeshi's Castle* –más conocido en España por el… "incorrecto" título *Humor amarillo*–. El director le pidió literalmente que se interpretase a sí mismo.
- Uno de los personajes principales, Chigusa, está interpretada por Chiaki Kuriyama, que haría un papel muy, muy parecido tres años después como Gogo Yubari en *Kill Bill*. No es de extrañar, ya que Quentin Tarantino aseguraba por entonces que ésta era su película favorita.
- Una de las diez películas de mayor recaudación en la historia de Japón.
- Ninguno de los actores utilizó dobles para las escenas de acción.
- Una productora estadounidense estuvo años preparando un *remake*, pero tras el éxito de *Los juegos del hambre* cancelaron el proyecto, por miedo a que el público lo considerase una copia.

El show de Truman (Una vida en directo)

PELÍCULA. *The Truman Show*, Peter Weir, 1998.

Un hombre es criado desde que nace para protagonizar sin saberlo un reality show de éxito mundial, en que se le graba en secreto las veinticuatro horas del día.

Permanezca en sintonía

En este caso la distopía no es un gobierno, sino la propia adicción a la televisión, un mundo capaz de permitir la humillación de un inocente a cambio de simple entretenimiento. La manipulación del individuo es tal que las decisiones que toma Truman están escritas de antemano y se le reconduce sutilmente a seguir el guión mientras cree tener libre albedrío. Esta profunda y compleja obra ha sido considerada a menudo una crítica neo-marxista a las grandes corporaciones que manipulan al consumidor para que compre productos innecesarios y los olvide en cuanto aparezca el siguiente. También ha sido vista por críticos y ensayistas como una alegoría de que, aunque creamos ser libres, en realidad hay gente mucho más poderosa que nos dice lo que debemos pensar. Lo que sí está claro es que, al igual que otras películas de temática similar de la época como *Pleasantville* o *EDtv*, es una dura crítica al consumismo y retrata a una sociedad tan obsesionada con la televisión que está dispuesta a permitir cualquier barbaridad en nombre de ésta.

Lo más emblemático:

El cielo pintado en la pared en la escena del clímax.

Por si no nos vemos luego: buenos días, buenas tardes y buenas noches

Una de las más memorables actuaciones de Jim Carrey, cuando dejó la comedia y se pasó al drama, la película obtuvo tres nominaciones a los Oscar: mejor director, mejor guión y mejor actor secundario –Ed Harris, por supuesto–. El guión es nada menos que de Andrew Niccol, director de *Gattaca*. Escribiendo tan solo un tratamiento de una página, consiguió vender la película, pero Paramount prefirió que la dirigiese alguien más experimentado. Acabó siendo Peter Weir, ya conocido por *Gallipoli*, *Único testigo* o *El club de los poetas muertos*. Niccol tuvo que reescribir el guión dieciséis veces hasta que a Weir le pareció lo bastante alegre, porque lo encontraba demasiado oscuro y deprimente –es decir, distópico–.

El show de Nostradamus

En 2008, la revista de ciencia y tecnología *Popular Mechanics* la describió como una de las películas de ciencia-ficción más proféticas, debido a su acertada predicción de la proliferación de los reality shows. Y sobre todo a la intrusión de éstos en la vida real de las personas, algo que hoy podemos ver en algunos programas cuyos participantes, al igual que Truman, no saben siquiera que les están grabando, como *Restaurante indiscreto* y productos similares.

Qué aporta: Mostrar una distopía basada en el entretenimiento tan cercana al mundo real.

Curiosidades

- En 2008 el psiquiatra Joel Gold hizo público un trastorno derivado de la esquizofrenia paranoide, en que los pacientes creen estar en un reality show. Lo llamó *"Síndrome de Truman"*. Andrew Niccol declaró al respecto *"sabes que has triunfado cuando le han puesto nombre a una enfermedad en tu honor"*.

- Peter Weir quiso poner cámaras en todos los cines donde se proyectara la película y que en un momento dado el proyeccionista cortase y pusiera durante unos segundos un plano del público, para aumentar la sensación de paranoia. Pero esto fue imposible de financiar... *que sepamos.*

- Las calles de la ciudad ficticia de Seahaven tienen nombres de estrellas del cine clásico –Lancaster, Barrymore–, así como también los personajes del show –Meryl, Marlon, Lauren–.

- La trama básica se parece mucho a la de la novela de Philip K. Dick *Tiempo desarticulado*, aunque Niccol afirma haberse inspirado en un episodio de *La dimensión desconocida* titulado *Special Service*.

- Hay un guiño a Pixar en uno de los monitores de Christof, que lleva la etiqueta A113.

V de Vendetta

TOP 10
FRASES INOLVIDABLES

- *"¡El Soylent Green es gente!"* (Charlton Heston en *Cuando el destino nos alcance*, 1973)
- *"¡Los relojes de la vida son una farsa! ¡Y el carrusel una mentira! ¡No hay renovación! ¡Vais hacia la muerte!"* (Michael York en *La fuga de Logan*, 1976)
- *"Todos los animales son iguales, pero algunos animales son más iguales que otros"* (*Rebelión en la granja*, 1945).
- *"Si quieres una visión del futuro, imagina una bota aplastando un rostro humano para siempre"* (Richard Burton en *1984*, 1984).
- *"TANSTAAFL"* (*La luna es una cruel amante*, 1966).
- *"Yo he visto cosas que vosotros no creeríais. Atacar naves en llamas más allá de Orión. He visto rayos-C brillar en la oscuridad cerca de la puerta de Tannhäuser. Todos esos momentos se perderán en el tiempo como lágrimas en la lluvia. Es hora de morir"* (Rutger Hauer en *Blade Runner*, 1982).
- *"¿Va a matarme ahora, Plissken? / Estoy cansado. Más tarde quizás"* (Lee Van Cleef y Kurt Russell en *1997: Rescate en Nueva York*, 1981).
- *"El pueblo no debería temer a su gobierno. Los gobiernos deberían temer al pueblo"* (*V de Vendetta*, 1982).
- *"¡Lo habéis destruido! ¡Yo os maldigo a todos, maldigo las guerras, os maldigo!"* (Charlton Heston en *El planeta de los simios*, 1968)
- *"Que volvamos a vernos"* (*Los 100*, 2014-presente).

TE LO COMPRO

Distopías corporativas

En ocasiones, el clásico gobierno opresor de las distopías es sustituido por una alternativa también bastante común. Me refiero, por supuesto, a las grandes corporaciones económicas que dominan el mundo. En las obras distópicas que se centran en la existencia de estas gigantescas multinacionales desalmadas, a menudo se evita por completo mencionar si existe o no un gobierno político, para aumentar más aún la sensación de poder de las empresas que aterrorizan a nuestros protagonistas.

UNIVE RSOS DISTÓ BICOS — Jose Sénder

Gattaca

PELÍCULA. Andrew Niccol, 1997.

Esta maravilla para los sentidos supuso el debut cinematográfico del que un año después sería el guionista de *El show de Truman*. El reparto de lujo incluye a Ethan Hawke, Uma Thurman, Jude Law, Ernest Borgnine, Tony Shalhoub, Xander Berkeley, Alan Arkin y un cameo de Ken Marino tan breve que si pestañeas te lo pierdes.

En esta distopía genética, los niños son creados in vitro para ser perfectos y cualquiera que tenga el menor defecto –desde la miopía hasta ser zurdo– se considera inferior. Pero a Vincent Freeman –Ethan Hawke– eso no le impide intentar engañar al sistema para cumplir su sueño de ser astronauta.

Te van a pillar

Vincent se dedica a eliminar todo posible resto corporal y a sustituirlos por los de su socio. Su genialidad para el engaño durante este thriller de tanta intensidad emocional se narra con muchísima atención al detalle. El suspense está servido desde el primer momento. "*Ay, que lo van a descubrir*" es la frase que más se repite en la cabeza del espectador mientras se muerde las uñas. Bueno, ésa y "*jo, pobre Jude Law*", porque la verdad es que su personaje nos hace sufrir como nadie. La contraposición de ambos, un hombre de clase baja que consigue ascender y uno de clase alta que cae al abismo, es brillante a la hora de mostrarnos la incertidumbre en sus vidas. Los diálogos son muy inteligentes y la dirección e imagen te dejan con la boca abierta desde el primer minuto hasta el último.

Nietzsche te ocurra

Una interesante crítica a la discriminación laboral "*genoísta*" –basada en la posibilidad congénita de contraer enfermedades–, así como también a la obsesión de la sociedad con alcanzar la perfección genética. También se critica duramente a la política de las agencias de seguros que discriminan a sus usuarios en función de la predisposición genética, subiendo sus cuotas a los que podrían sufrir condiciones médicas. Una crítica, por extensión, a todas las grandes empresas que deshumanizan al individuo. La existencia de algunos aliados del protagonista incluso entre los genéticamente perfectos, como los personajes de Jude Law y Xander Berkeley, sirve para dar el contrapunto optimista: aun en una sociedad corrupta, es posible encontrar a gente buena.

Realismo surreal

Muchas obras que hablan de la ingeniería genética la utilizan solamente como excusa para hacer avanzar la trama, pero en *Gattaca* se profundiza mucho más en el tema, convirtiéndose de verdad en el centro de la historia y no en un mero truco de guión. Al contrario que en obras más luditas, no advierte de *"los peligros de la ciencia"*, sino de cómo el ser humano y las organizaciones económicas pueden corromperla, creando injusticia y desigualdad a través incluso de la ciencia más bienintencionada. De cómo la eugenesia está aceptadísima en la sociedad, de cómo la excusa de *"crear a gente que no pueda ser discriminada por otros"* en realidad contribuye a la propia discriminación.

A veces, las distopías de mundos muy imaginativos pueden pecar de poco creíbles, pero éste no en el caso. *Gattaca* está narrada de una forma tan real que en cierto momento llegas a olvidarte de que ése no es el mundo en el que vivimos. He mencionado antes que la sutileza no es necesaria para el género distópico. Ésta bien podría ser la excepción a esa norma.

Qué aporta: Una brutal crítica a la eugenesia.

Lo más emblemático: Las escenas de preparación de falsas pruebas de Ethan Hawke.

Curiosidades

- La campaña de marketing incluía un falso anuncio de ingeniería genética para bebés, colgado como si fuera un anuncio real en numerosos medios como el *Washington Post*. Mucha gente creyó que era real y llamó muy emocionada. Ay, los noventa.
- La NASA la votó en 2011 como la película de ciencia-ficción más científicamente precisa jamás rodada, seguida por *Contact* (1997), *Metrópolis* (1927), *Ultimátum a la tierra* (1951), *La mujer en la luna* (1929), *El enigma de otro mundo* (1951) y *Parque Jurásico* (1993).
- Los carteles que aparecen de fondo a lo largo de la película están escritos en esperanto.
- Hay muchas referencias a la genética, desde el nombre GATTACA –formada por letras utilizadas en el genoma– hasta la estructura helicoidal de la escalera en casa de Jude Law, imitando una cadena de ADN.
- Hay una escena eliminada en que se intuye que Caesar –Ernest Borgnine– sabe la verdad sobre Vincent desde el principio.

____Dollhouse

SERIE DE TV. Joss Whedon, 2009-10.

Una poderosa corporación secreta alquila al mejor postor a sus Dolls, personas cuyos recuerdos han sido borrados y cada semana se les introducen unos nuevos de quita-y-pon. Pero una de ellas, Echo –Eliza Dushku–, está empezando a cobrar conciencia de sí misma y a cuestionarse su amor programado hacia la empresa.

Whedonadas

Uno de los productos menos exitosos del proclamado Rey de los Frikis, pero uno de los más inteligentes. Eliza Dushku y Joss Whedon idearon juntos la trama. Entre su batallón de guionistas, cuenta una vez más con su principal colaboradora, Jane Espenson, que empezó en *Buffy cazavampiros* y acabó de guionista jefa en *Jessica Jones*. En el reparto también brillan varios de sus actores fetiche, además de la propia Dushku: Fran Kranz –*La cabaña en el bosque*-, Dichen Lachman –*Agentes de SHIELD*-, Summer Glau y Alan Tudyk – ambos de *Firefly*– o Alexis Denisof –*Ángel*, *Los Vengadores*–.

Lo más emblemático: La muletilla recurrente "¿Me he quedado dormido?"

¿Quieres cierre? Pues dos tazas

20th Century Fox le encargó una sola temporada e insistió mucho en que le diera un final cerrado, cosa que hizo, pero dejando algún pequeño cabo sin atar para que los fans exigieran a la cadena nuevas temporadas, como suele pasar con las series del bueno de Joss. Dicho y hecho. *"Si hubiéramos cancelado una serie de Whedon, probablemente a la mañana siguiente habríamos tenido 110 millones de e-mails de sus fans"*, declaró el director de Fox. Para la segunda temporada, exigieron que esta vez sí cerrase del todo el final, así que Whedon, en un movimiento de verdadero troll, cerraba bien la historia y de repente incluía un epílogo que no venía a cuento de nada, en el que llegaba el Apocalipsis y destruía la Tierra, presumiblemente como una burla a las exigencias de Fox.

¿Me he quedado dormido?

Al principio, no parece ambientada en una sociedad distópica, ya que la organización es secreta y el mundo fuera de ella parece el real. Pero ése es el mensaje de la serie: ¿Y si ya existe una distopía secreta que controla el mundo y ni nos hemos dado cuenta? El tema principal es la empresa sin escrúpulos que lleva a cabo trata de blancas, esclavitud y manipulación del individuo. La idea de Dushku y Whedon era centrarse más en denunciar la prostitución, pero a Fox le parecía un tema demasiado controvertido y pidió que lo suavizaran y lo enfocaran hacia la parte de thriller. *Dollhouse* habla de la dificultad para rebelarte cuando has sido literalmente programado para adorar a tu empresa, en una fuerte alegoría de que todos estamos manipulados para amar a nuestros explotadores. El esclavismo consentido es el debate moral central, en que el tratante parece incluso preocuparse por su esclavo, pero es simplemente un lavado de cara –y de cerebro– a la explotación de toda la vida.

Curiosidades

- Los Dolls tienen nombres de letras del alfabeto fonético de la OTAN: Echo, Delta, Charlie, Alfa, Víctor, Sierra…
- *Dollhouse* y *Fringe* formaban parte de una iniciativa de Fox llamada Remote-Free-TV –tele sin mando a distancia– en que se reducía al mínimo la cantidad de intermedios en las series.
- La historia continuó en forma de cómics escritos por su hermano Jed Whedon.
- Eliza Dushku saltó a la fama en *Mentiras arriesgadas* de James Cameron, luego consiguió su papel más legendario como Faith Lehane en *Buffy cazavampiros* y ha seguido actuando en cine y televisión, con éxitos moderados como *Dollhouse* y fracasos como *Tru Calling*.
- Whedon tuvo muchas diferencias entre lo que él quería contar y lo que la cadena le permitía. En una conferencia en 2009, declaró *"queremos incomodar a la gente, pero quizás no tanto a nuestros jefes"*.

Lo más emblemático:
Su música.

____Repo! The Genetic Opera

PELÍCULA. Darren Lynn Bousman, 2008.

Un alucinante musical grunge gore de ciencia-ficción distópica indie. Sí. Todo eso junto.

Una corporación futurista proporciona carísimos trasplantes de órganos que alargan la vida, pero si uno de sus clientes se retrasa en el pago entra en acción el Repo Man –el siempre magistral Anthony Head–, un asesino a sueldo que abre en canal al moroso en cuestión y recupera el órgano trasplantado.

Cuesta un riñón... literalmente

Esta extraña y fascinante película es una adaptación del musical homónimo de Broadway, dirigido en 2002 por Darren Smith y Terrance Zdunich. Según Smith, la inspiración para la obra le vino a finales de los noventa, cuando uno de sus mejores amigos estaba en bancarrota y el banco estaba empezando a embargarle todas sus cosas. Smith comenzó a plantearse un terrible futuro en que aquello fuese a más y se llegara a un extremo en que hasta los órganos vitales fueran propiedad del poder económico, lo que le llevó a escribir el musical como homenaje a su amigo. Porque de eso habla esta ópera-rock, del nivel de control de las grandes empresas sobre la vida de sus clientes y de quién está al servicio de quién en realidad.

Con cuatro duros y un montón de esfuerzo

Visual y musicalmente espectacular, una de esas joyitas de culto desconocidas que agradecerás haber descubierto. A primer vistazo, nunca adivinarías lo barata que fue. ¡Si hasta hay un cameo de Joan Jett! El problema es que el estudio Lionsgate pretendía que fuera una película directa a DVD e invirtió muy poco dinero. Pero los creadores se esforzaron en hacer lo mejor posible con aquel presupuesto, rodando con muy pocas personas, tomando cada uno de ellos un montón de tareas distintas y cobrando sueldos muy bajos para sacar la obra adelante. Cuando el estudio vio lo que habían logrado hacer con tan poco, decidieron estrenarla en cines. Pero al ser una película tan *indie*, con un gasto mínimo en promoción, los niveles de audiencia iniciales fueron modestos, lo que desbarató el plan de rodar una precuela y una secuela. Según el propio Bousman, lo mejor de la película es que va dirigida a una audiencia punk, gótica y *underground* en general, muy distinta al público más *mainstream* de los musicales de siempre. De ahí que eligiese el estilo grunge para sus canciones, en lugar del más clásico de Broadway.

Curiosidades

- El personaje del ladrón de tumbas en la película está interpretado por Terrance Zdunich, co-creador del musical original.
- Darren Smith, el otro creador del musical, también aparece en un papel más pequeño.
- Aunque Anthony Head había sido cantante y actor de musicales en su juventud, Bousman lo eligió para la película cuando descubrió su impresionante voz en el capítulo musical de *Buffy cazavampiros*.
- Todos los decorados de la película estaban construidos sobre un mismo escenario de teatro y se iban intercambiando, para potenciar la sensación de obra teatral.
- Para vender la idea a los estudios, Bousman rodó un corto de diez minutos en el que el Repo Man estaba interpretado nada menos que por Michael Rooker –Yondu en *Guardianes de la Galaxia*–.

UNIVE
RSOS,
DISTÓ
BICOS Jöse Sénder

___La isla

PELÍCULA. *The Island*, Michael Bay, 2005.

En un mundo calcado al de *La fuga de Logan*, un grupo de clones en cautividad participa en un sorteo semanal para ser enviados a una presunta isla paradisíaca que, como ya te has imaginado mientras leías esta frase, no es tal.

Clonación subrogada

La historia no es nada del otro jueves y ya la hemos visto en otro centenar de obras. Pero en lo que coinciden la mayoría de críticos es en que no solamente es una buena película de acción, sino sobre todo un gran trabajo distópico de crítica del presente mediante la alegoría de un futuro imaginario. Michael Bay está convencido de que la sociedad de hoy en día sería capaz de crear una distopía como la de la película. De hecho, la idea que trata de potenciar es la denuncia social del mercado negro de órganos, que deshumaniza a las personas convirtiéndolas en mercancía y antepone el dinero a la vida, algo que teme que pueda llegar a normalizarse y legalizarse.

Lo más emblemático:

El extraño vestuario.

Curiosidades

- La película fue denunciada por plagio de *Clonus Horror*, filme de 1979 protagonizado por Peter Graves –*La noche del cazador*– y Dick Sargent –*Embrujada*–. Dreamworks decidió indemnizar al director de la original antes de ir a juicio.

- Dreamworks compró los derechos de la novela de 1996 *Clones –Spares* en inglés– años atrás y lanzó *La isla* una vez que esos derechos expiraron. Su autor Michael Marshall Smith consideró que *La isla* se parecía a su novela, pero no tanto como para demandar.

- El anuncio que aparece a mitad del metraje no se rodó para la película, es un anuncio real protagonizado por Scarlett Johansson, que reaprovecharon.

- En una escena de acción, un extra atraviesa una ventana en bicicleta. Esto no estaba en el guión, el extra perdió el control de la bici y salió disparado. Por suerte, el equipo de FX vio lo que estaba pasando y detonaron los cristales de la ventana justo antes de que se estrellase, salvándole la vida.

- Algunas escenas se rodaron en una central eléctrica de Los Ángeles que llevaba años cerrada. Justo el día que empezaron a rodar, dio la casualidad de que hubo fallos eléctricos en la ciudad y la central fue reactivada para compensar, dificultando enormemente el trabajo a los técnicos de sonido.

Qué aporta:
Una crítica al tráfico de órganos.

UNIVE
RSOS
DISTÓ
PICOS Jöse Sénder

Freejack: Sin identidad

PELÍCULA. *Freejack*, Geoff Murphy, 1992.

**Lo más
emblemático:**
Mick Jagger

El piloto de Fórmula 1 Alex Furlong –Emilio Estévez– está a punto de morir en un accidente, pero es teleportado a una distopía futura de contaminación y enfermedad, en que los millonarios se lo rifan para transplantar sus mentes a su cuerpo sano –parece ser que el viaje en el tiempo es mucho más sencillo y barato que la clonación–.

Frenos rotos, coches locos

Basada muy libremente en la novela de Robert Sheckley *Immortality, Inc.*, de 1959. Murphy y Estévez vuelven a trabajar juntos tras su obra magna *Intrépidos forajidos* –la segunda entrega de *Arma joven*– en 1990, para una película de mucha menor calidad pero aun así muy entretenida. Las críticas del momento se decantaban hacia lo negativo –entiéndase "negativo" como eufemismo de "tirar piedras"-, debido a que su planteamiento de ciencia-ficción distópica es superficial y se centra sobre todo en la acción, persecuciones y explosiones. Pero, aunque sea una cinta de acción más, su trasfondo sociopolítico es muy interesante, el clásico distópico de los muy ricos y los muy pobres se explica aquí de forma bastante convincente. También valen mucho la pena el diseño visual, el vestuario –si obviamos a esos científicos envueltos en papel de plata al principio– y todo el arte conceptual, la quintaesencia de los noventa. No esperes una obra maestra profunda que te cambie

la vida, sino un ciberpunk de serie B con presupuesto de serie A, para echarte unas risas con las pullitas graciosas de Emilio Estévez entre un montón de tiros, carreras de coches y diversión en general un domingo por la tarde. Y encima, el malo es Mick Jagger. Con una chaqueta chulísima.

Qué aporta: Acercar la distopía al cine de acción ligero.

Curiosidades

- Hay un breve papel interpretado por David Johansen, cantante de los New York Dolls.
- En la escena en que Emilio lleva sombrero, debía ser el clásico bombín de Billy el Niño en la saga *Arma joven*, pero el sombrero original se lo había quedado de recuerdo Lou Diamond Phillips. Lleva un sombrero negro, gabardina clara y revólver, en un clarísimo homenaje a su papel más legendario.
- En esa gozada de 1993 que es *Amor a quemarropa*, dirigida por Tony Scott y escrita por un Tarantino en su mejor momento, el personaje de Brad Pitt aparece tirado en el sofá, fumado hasta las cejas mientras ve *Freejack* en televisión. Esto nos da una clara idea de cómo considera Tarantino que se debe ver esta película.
- En el sonido de varias escenas de acción, en lugar de usar el clásico "grito Wilhelm" del cine –búscalo en Google si no lo conoces, te vas a reír–, se quiso llevar la broma un paso más allá y el berrido que puedes oír es la voz de James Brown gritando al principio de su canción *I feel good*.

UNIVE
RSOS
DISTÓ
PICOS   Jöse Sénder

____Continuum

SERIE DE TV. Simon Barry, 2012-15.

L a agente de policía Kiera Cameron –Rachel Nichols– viaja al presente desde una terrible distopía corporativa del 2077, persiguiendo a un grupo de terroristas que intentan cambiar la Historia. Ella misma se verá tentada una y otra vez de salvar el mundo en lugar de preservar los acontecimientos históricos.

Ella hará lo que Kiera

Esta alucinante serie de ciencia-ficción canadiense fue vitoreada por la crítica debido a su atención al detalle en la parte científica y el *background* político, un gran esfuerzo por que la trama resulte plausible. Aunque la acción se sitúe en un presente que aún no es distópico, está salpicada de *flashbacks –¿o son flashforwards?–* del futuro opresivo del que proviene Kiera. Una distopía oligárquica: la amalgama

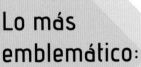

Lo más emblemático:

Su protagonista.

de empresas conocida como el Congreso Corporativo ha creado un estado policial ultra-controlador y asfixiante, del que la protagonista es miembro activo. La serie te hace dudar constantemente quiénes son los malos en realidad, mientras insiste en el dilema moral sobre si se debe preservar la Historia a toda costa o cambiarla para salvar vidas inocentes. En cuanto a la parte de física cuántica que tanto gusta a los fans de la ciencia-ficción, la diversión nerd está más que asegurada, con un buen montón de paradojas temporales imposibles que ríete tú de *Terminator* y *Vengadores: Endgame* juntas.

La verdad está ahí fuera

No es ningún secreto que Simon Barry adora *Expediente X* –¿y quién no?- y que *Continuum* le debe mucho en sus tramas de ciencia-ficción, conspiranoia y misterios gubernamentales. Tanto que incluso los dos grandes villanos de la mítica serie de los noventa aparecen también en ésta: William B. Davis –más conocido como El Fumador– interpreta a la versión anciana y malvada del co-protagonista Alec Sadler, mientras que Nicholas Lea –alias Kryzek, el archi-némesis de Mulder– hace de un agente federal que hostiga a Kiera constantemente. En cuanto a Roger Cross, que interpreta aquí al supersoldado Travis, quizás lo recuerdes de sus papeles como Curtis en *24* o Joshua en la serie *El elegido* –más conocida por su título original *First Wave*–, pero lo gracioso es que en *Expediente X* llegó a interpretar a cinco personajes distintos.

Continuuará

Barry estuvo años intentando vender la idea de la serie a diversas cadenas de Estados Unidos y no conseguía que nadie la comprase, debido a su teorización y puesta en duda del sistema capitalista. Pero en cuanto la mencionó muy por encima a la emisora canadiense Showcase, se la compraron al momento, atraídos por su interesante concepto de ciencia-ficción, su ruptura de géneros narrativos y su crítica social. La serie fue cancelada tras 4 temporadas, pero Barry ha expresado interés en continuarla en forma de cómics en un futuro próximo, e incluso alienta a los fans a que escriban fan-fictions en internet. Como spin-offs, se sacaron un videojuego y una novela gráfica publicada sólo en Canadá, que explicaba a modo de precuela la guerra entre Liber8 y el Congreso Corporativo en 2065.

Qué aporta:

La crítica al corporativismo estadounidense desde el punto de vista de Canadá.

Curiosidades

- Todos los episodios de la primera temporada llevan por título juegos de palabras con "*tiempo*". Los de la segunda con "*segundo*", los de la tercera con "*minuto*" y los de la cuarta con "*hora*".
- Hay una apabullante cantidad de series estadounidenses rodadas en Vancouver fingiendo que es cualquier otra ciudad: *Expediente X*, *Sobrenatural*, todas las series del Arrowverso, *iZombie*, *Dark Angel*, *Dirk Gently*, *Smallville*, *Riverdale*, *The Magicians*, *Érase una vez*, *Stargate SG-1* y un laaaaargo etcétera. *Continuum* es de las muy pocas en las que Vancouver representa ser Vancouver.
- La protagonista se apellida Cameron como un cariñoso guiño al director de *Terminator*.
- Rachel Nichols aparece actualmente en la serie *Titanes* interpretando a la madre de Raven.
- Al co-protagonista Erik Knudsen, que interpreta al joven Alec Sadler, lo puedes haber visto en *Scream 4*.

Altered Carbon

SERIE DE TV. Laeta Kalogridis, 2018 en adelante.

L a serie que causa sensación en Netflix está basada en la novela homónima de Richard K. Morgan y, para qué mentir, también "un poco" en *Freejack*.

Un revolucionario asesinado despierta en un futuro en que los ricos pueden descargar sus mentes a unos discos y pasar de un cuerpo a otro para vivir eternamente.

Altered life

En esta fascinante distopía empresarial, siguen existiendo gobiernos y policía, pero son segundones que viven por debajo –literal y figuradamente– de los empresarios ricos, llamados El Protectorado, los que de verdad mandan y ningunean a los demás. A estos pocos que pueden permitirse reimplantar sus mentes una y otra vez para no morir jamás se les conoce como Mats –diminutivo de Matusalén–. Viven en impresionantes mansiones flotantes por encima de las nubes porque, como dice Kristin en el primer episodio, *"nuestras breves y complicadas vidas les importan tan poco que crean sus hogares lejos del desorden de nuestra existencia".* Los pobres les pertenecen. Y así, como era de esperar, la crítica social del presente mediante una distopía futurista está servida. La serie se centra mucho en las emociones del personaje central y en la descripción meticulosa de esa sociedad desigual, con todo lujo de detalles, pero sin dejar de lado la acción trepidante.

Altered pop

Un fallo que se suele dar en muchas obras de ciencia-ficción futurista es que, cuando se hacen referencias culturales del pasado, siempre son sobre la época en la que fue escrita la obra, restándole credibilidad a ese cosmos de ficción, porque parece como si no hubiera existido nada entre nuestro presente y la época imaginaria en que transcurre la acción. Esto puedes verlo en un sinfín de obras, con un ejemplo muy evidente en la serie *The Orville* de Seth MacFarlane, en la que el protagonista siempre está haciendo guiños a series y películas de nuestra época. Debo confesar que yo mismo peco de este defecto en mi novela distópica *Rooftopia: Las puertas del olvido*, en la que los personajes del siglo XXV hacen referencias

Lo más emblemático:

Su preciosismo visual.

constantes a películas y series de los siglos XX y XXI, como si después no se hubieran rodado otras. *Altered Carbon* destaca al haberse anticipado a este fallo habitual y hacer multitud de referencias a productos culturales y hechos históricos que para nosotros aún no existen, aportando mucho más realismo a esa sociedad imaginaria. Además, su vertiente de ciencia-ficción es muy interesante, los avances tecnológicos y el diseño visual de la serie son dignos de admirar.

Altered movie

Laeta Kalogridis ya había intentado adaptar la novela a una película en 2001, pero tuvo que esperar casi dos décadas hasta que Netflix le propuso convertir su guión en una serie. Según ella misma, la excesiva complejidad de la novela y su material para adultos echaba para atrás a los estudios a la hora de arriesgarse a condensarlo en una película de dos horas. Netflix, por su parte, ha anunciado el próximo lanzamiento de una serie de animación japonesa que complementará la historia del universo Altered.

Qué aporta: Una construcción de la historia ficticia de ese universo muy lograda y creíble.

Curiosidades

- Las fichas hexagonales para descargar mentes son idénticas a las que sirven para justo lo mismo en *Los 100*.
- Los capítulos toman sus títulos de películas *noir* de los años cuarenta y cincuenta, dejando claro el tono de la serie.
- En el libro, Kovacs vive en un hotel temático de Jimi Hendrix, pero hubo que cambiarlo por problemas de derechos. En la serie se llama The Raven y es un hotel temático de Edgar Allan Poe.
- Según el protagonista Joel Kinnaman, la primera temporada sola ya fue más cara de producir que las tres primeras temporadas de *Juego de Tronos* juntas.
- Kovacs y algunos de sus aliados usan la muletilla *"cinco por cinco"* para indicar que algo va bien, como guiño friki a *Buffy cazavampiros*. Y es que uno de dichos aliados está interpretado por Adam Busch, uno de los grandes villanos de la serie de culto.

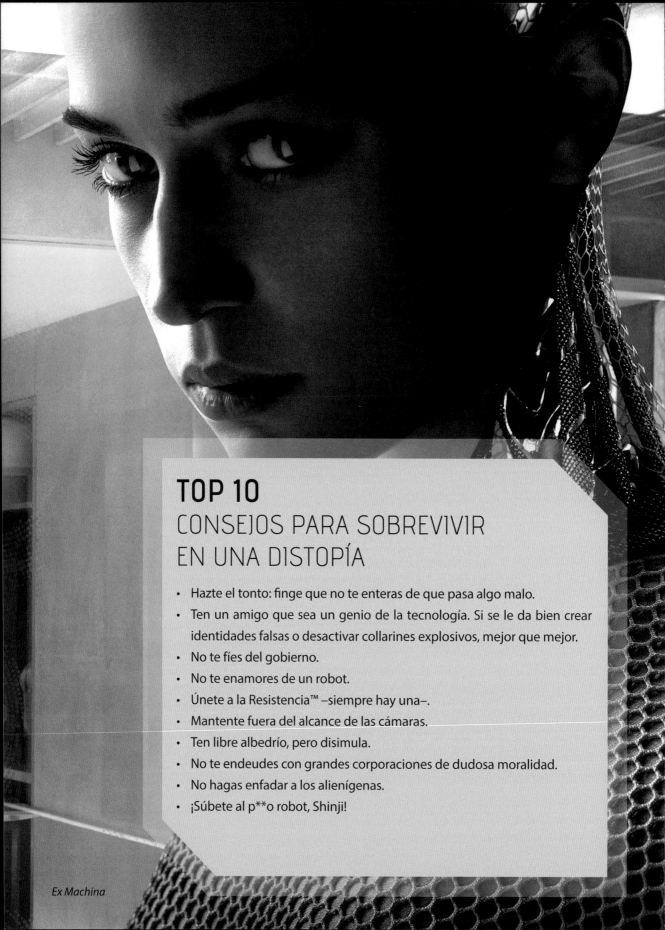

TOP 10
CONSEJOS PARA SOBREVIVIR EN UNA DISTOPÍA

- Hazte el tonto: finge que no te enteras de que pasa algo malo.
- Ten un amigo que sea un genio de la tecnología. Si se le da bien crear identidades falsas o desactivar collarines explosivos, mejor que mejor.
- No te fíes del gobierno.
- No te enamores de un robot.
- Únete a la Resistencia™ –siempre hay una–.
- Mantente fuera del alcance de las cámaras.
- Ten libre albedrío, pero disimula.
- No te endeudes con grandes corporaciones de dudosa moralidad.
- No hagas enfadar a los alienígenas.
- ¡Súbete al p**o robot, Shinji!

Ex Machina

BIENVENIDOS AL FIN DEL MUNDO

Distopías post-apocalípticas

El Apocalipsis es una constante en las historias de ciencia-ficción distópica, ya sea provocado por un holocausto nuclear, por la contaminación, por una invasión alienígena o por puro despiste.

Como ya habrás notado, en muchas de las obras mencionadas hasta ahora ya aparece esta temática. Pero siempre de fondo, como una excusa para poder establecer la sociedad distópica que se explorará en profundidad y centrarse en otros temas que al autor le interesen más.

Pero, ¿qué pasa cuando este escenario post-cataclismo es el tema central de una historia?

El planeta de los simios

PELÍCULA. *Planet of the Apes*, Franklin J. Schafner, 1968.

Basada en la novela homónima de Pierre Boulle, que según numerosos críticos se inspira a su vez en *Mono y esencia* de Aldous Huxley. Astronautas en un planeta dominado por belicosos monos parlantes. También hay humanos, pero tienen la capacidad cognitiva de un zapato viejo y sirven como esclavos a los simios.

Los héroes se enfrentan al malvado Doctor Zaius –oooh, Doctor Zaius– para acabar descubriendo un plot twist legendario que ha pasado a la historia del cine como una de las escenas más emblemáticas jamás rodadas.

Lo más emblemático:
La escena de la Estatua de la Libertad

El planeta de los giros

Este clásico del cine hace gala de un fuerte mensaje antinuclear, en una época en que imperaba el miedo a lo atómico debido a la Guerra Fría. Hay muchísima alegoría social en la película, sobre derechos civiles, el movimiento de liberación negro –curiosamente, la película se estrenó un día antes del asesinato de Martin Luther King- y la caza de brujas de McCarthy –uno de los guionistas, Michael Wilson, había sido víctima de ésta–. La crítica de la época alabó su impresionante giro final, marcando muchísimo al cine de ciencia-ficción hecho a partir de entonces, que se esforzó siempre en intentar buscar sorpresas tan potentes como ésta para que el público las recordase siempre. Algunos críticos creen incluso que influyó a la forma de hacer cine de M. Night Shyamalan, que cimenta siempre sus películas en llevarnos hacia un giro final.

De mono a multi

El planeta de los simios tuvo cuatro secuelas, una al año desde 1970 hasta 1973. Se hizo una serie de televisión de una temporada en 1974 y otra de dibujos animados en 1975. Tim Burton dirigió el infame *remake* de 2001 –en el que aparecen como cameos Charlton Heston y Linda Harrison– y salieron tres nuevas entregas en 2011, 2014 y 2017, bastante más interesantes que la de Burton. También ha sido largamente adaptada al cómic, desde 1970 hasta día de hoy, algo que no parece que vaya a tener fin. Además, fue una de las primeras películas que generó merchandising a gran escala: muñecos, cómics, cromos, libros de ilustraciones… nada que envidiar al emporio de George Lucas.

Qué aporta:

Enganchar al público con una historia de ciencia-ficción alienígena muy alocada para que luego acabe resultando una distopía social de nuestro propio mundo.

Curiosidades

- En la novela, la sociedad simia era similar a la de los sesenta, pero la película se situó en un entorno más atrasado, lo cual abarató costes de producción y contribuyó a crear un ambiente post-nuclear.
- Roddy McDowall se dejaba el maquillaje de mono puesto al acabar el rodaje cuando volvía en coche a casa, para gastar bromas a los otros conductores.
- Originalmente, se la consideró un spin-off de un capítulo muy similar de *La dimensión desconocida*, titulado *I shot an arrow into the air* en 1960. Uno de los guionistas de la película, Rod Serling, es el creador de la famosa serie antológica y guionista de dicho episodio.
- En la escena del juicio, Heston dice que "*todos los simios son iguales, pero algunos simios son más iguales que otros*", como homenaje a *Rebelión en la granja* de George Orwell.
- La frase final de Charlton Heston originalmente iba a ser un simple "*¡dios mío!*", pero el actor decidió improvisar su ya icónica perorata.

UNIVERSOS DISTÓPICOS Jose Sénder

Lo más emblemático:
El Interceptor V8.

_____Mad Max

SAGA DE PELÍCULAS. George Miller, 1979-81-85-2015.

El enloquecido ex policía Max Rockatansky –Mel Gibson– se dedica a vagar por una Australia post-nuclear a bordo de su mítico Interceptor V8, salvando a los escasos humanos que quedan de las garras de terribles bandas criminales tribales, al estilo de *El equipo A* pero con mucha más mala leche y violencia extrema.

En realidad, no sabemos que pasa en un futuro distópico hasta la segunda entrega, en la que se explica mejor. La primera sólo es una película de acción –relativamente– en la que puedes intuir que de fondo hay algo de distopía. Es ya en la tercera cuando al fin vemos las ruinas de una Sidney devastada por bombas atómicas y entendemos qué ha pasado. Aun siendo una saga de acción, se centra en describir cómo es el mundo tras el Apocalipsis. La idea que inspiró a Miller fue la crisis del petróleo de 1973 y la supuesta Conspiración de las 7 Hermanas: siete compañías petrolíferas que luchaban activamente contra la investigación de energías renovables, lo que habría dado pie a un mundo con tal escasez de gasolina que ésta habría sido un bien más preciado que el dinero. En la segunda entrega, el camión de Max lleva escrito "*7 Sisters*".

Salvajes de autopista

La primera entrega de la saga –en la que Max venga a lo bestia el asesinato de su esposa e hijo – ha sido muy dejada de lado debido a su principal problema, el ritmo narrativo. Para una hora y media de historia, la presentación de personajes ya dura hora y cuarto, no dando comienzo la verdadera acción trepidante hasta el último cuarto de hora, cuando Max se vuelve Mad por fin.

Un rodaje *indie* a más no poder, financiado con cuatro duros y con el honor de ser la película independiente con mayor éxito de taquilla hasta que se estrenó *El proyecto de la bruja de Blair* en 1999. Según Miller, la mayor parte del rodaje fue ilegal: cortaban calles sin permisos, no usaban walkie-talkies por miedo a que la policía les interceptara y supieran que estaban grabando una película, rodaron a escondidas en una granja abandonada que simulaba la casa de Max, los extras cobraban en cerveza. A la policía de la región de Victoria les pareció tan divertido cuando los pillaron que decidieron echar un cable: les ayudaron a cortar calles aunque no tuvieran permiso y prestaron viejos vehículos policiales para el rodaje –aunque la mayoría de coches que aparecen son viejas chatarras rescatadas de desguaces–.

El guerrero de la carretera

Votada en 2015 en *Rolling Stone* como la mejor película de acción de todos los tiempos, la segunda entrega de la saga es pura acción enloquecida desde el primer minuto y establecida de forma mucho más clara en un futuro distópico –canónicamente, la guerra nuclear tuvo lugar dos semanas después del final de la primera parte–. Es considerada por el fandom –y por el propio Mel Gibson– como la mejor entrega de la saga. Con estructura de puro western, narra la transformación de Max de un hombre aislado y egoísta a un héroe desinteresado que se sacrifica por los demás y adquiere humanidad, en parte gracias al perro que le acompaña y que le salva la vida incesantemente.

El perro fue rescatado de una perrera en la que estaban a punto de sacrificarlo y adiestrado para actuar. Tuvo que llevar tapones durante todo el rodaje, porque le daba miedo el sonido de los motores y el pobre animalito no dejaba de mearse del susto dentro del V8. El equipo le cogió tanto cariño que acabó siendo adoptado por uno de los operadores de cámara tras el rodaje. En cuanto al gran villano de la obra, el bandido Humungus, iba a ser un enloquecido Jim Goose, el compañero policía de Max en la primera parte. Al final decidieron no decirlo claramente, pero se dan varias pistas visuales para que el espectador pueda intuirlo.

Más allá de la cúpula del trueno

La legendaria tercera parte surge de una idea de George Miller para rodar un *remake* post-apocalíptico de *El señor de las moscas*, pero que acabó incluyendo en su saga. Max protege a unos niños de la despótica Aunty Entity –Tina Turner– y su ciudad de horror y sufrimiento. Con mucho mayor planteamiento social, ahonda en la diferencia entre clases y la explotación infantil. La escena de lucha en la Cúpula del Trueno ha quedado grabada a fuego en el imaginario colectivo, casi tanto como el tema musical de la película, *We don't need another hero,* de Tina Turner.

Bruce Spence vuelve a interpretar al capitán del girocóptero al que dio vida en la segunda parte, convirtiéndose en el único personaje que aparece en dos entregas además de Max. Aunque no del todo: en una escena en que Max pasa entre un montón de prisioneros, uno de ellos es Charlie –el policía que en la primera entrega resulta herido y habla con una caja vocal–. Max lo mira un momento con cara de que le suena de algo, pero se va sin reconocerlo, como un guiño para dar un poco más de coherencia interna al mundo de la saga.

Furia en la carretera

Cuando menos nos lo esperábamos, la más célebre saga australiana volvió en pleno 2015 con una genial cuarta entrega, aunque sustituyendo a Mel Gibson por Tom Hardy en el papel de Max. En este caso, nuestro héroe se alía con una guerrera con un nombre tan molón como Imperator Furiosa –Charlize Theron–. Esta renovada entrega añade un trasfondo de feminismo que hasta ahora no habíamos visto en la saga. Lo más curioso, sin duda, es que el villano principal, Immortan Joe, está interpretado por Hugh Keays-Byrne, que también era el villano principal de la primera película –Toecutter, el líder de la banda de moteros que asesina a la familia de Max–.

Impacto popular Máx-imo

El impacto de la saga en la cultura pop es innegable. Muchos autores han admitido la gran influencia de *Mad Max* en sus trabajos. Obras como *El puño de la estrella del norte*, *Saw* –sólo hay que ver la escena de la sierra en la primera película de Max para tenerlo claro– o *Tank Girl*; los video-juegos *Fallout*, *Max Payne* y *Borderlands*; *Terminator*, *Waterworld* y la saga literaria juvenil *Mortal Engines*; incluso inspiró el vestuario de la banda de glam-rock Mötley Crüe. La película ha sido parodiada en episodios de *South Park* y de *Rick y Morty*. El término Thunderdome en inglés ha acabado usándose ampliamente en la cultura popular para referirse a competiciones de gran sufrimiento o incluso a mundos post-apocalípticos, de forma similar al adjetivo "*orwelliano*".

Pero *Mad Max* no termina en el cine. En 1990 NES sacó un videojuego de la segunda entrega y en 2015 salió otro, éste ya para consolas y ordenadores. Además, Vertigo publicó una serie de cómics que profundizaban en la cuarta entrega.

Curiosidades

- En la segunda entrega, la arquera rubia que acompaña a Max está interpretada por Virginia Hey, a la que puedes recordar –si te la imaginas rapada al cero y pintada de azul– como la sacerdotisa Zhaan en *Farscape*.
- George Miller ahorró el dinero para rodar la primera parte trabajando como médico de urgencias. Gracias a ello, se encargaba él mismo de curar a los dobles de acción que resultaban heridos, que no eran pocos. Hay un guiño a ello en el Hospital Saint George que aparece en la película.
- Mel Gibson, que aún estaba estudiando interpretación, sólo fue a la audición para acompañar a su hermana, que se presentaba al papel de esposa de Max. Pero el día antes se había metido en una violenta pelea de bar –lo que en Australia se suele llamar "un martes"– y cuando Miller le vio lleno de moratones y cicatrices, le encantó.
- Brian May compuso la banda sonora de las dos primeras películas de la saga.
- Existe un rumor de que el Max de Tom Hardy es en realidad el Chico Salvaje de la segunda entrega, que ha crecido y tomado el nombre de su héroe. Pero el cómic de Vertigo explicando su origen deja claro que no es así: Hardy interpreta al mismo personaje que Gibson.

_____ El último hombre... vivo

PELÍCULA. *The Omega Man*, Boris Sagal, 1971.

Lo más emblemático:

La escena de la fuente.

La novela *Soy leyenda*, de Richard Matheson en 1954, ha sido adaptada al cine en tres ocasiones. La primera fue *El último hombre sobre la tierra*, protagonizada en 1964 por Vincent Price, la tercera se llamó igual que el libro y la protagonizó Will Smith en 2007. Pero la que nos ocupa, la más original y recordada, es la segunda versión, que encabezó Charlton Heston en 1971.

Donde la novela hablaba de una plaga de vampiros que había erradicado a toda la población humana, en la película son mutantes creados a raíz de una guerra biológica entre China y la URSS. Y Heston, gracias a una vacuna experimental que se inyectó años atrás, es el último hombre... vivo.

Bueno bueno bueno, soy Charlton Heston

Omega Man –la verdad es que el título en inglés suena bastante mejor que su traducción, de superhéroe apocalíptico total– es básicamente una película de supervivencia extrema en entorno hostil, pero una que hace hincapié en mostrar un mundo azotado por un holocausto biológico. Varios estudiosos coinciden en considerarla parte de una trilogía no oficial de cine distópico protagonizado por Heston y centra-

do en problemas con la población: *El planeta de los simios,* con los humanos reemplazados por monos, la presente, con escasez de humanos, y *Cuando el destino nos alcance*, con un exceso de éstos. Un dato curioso es que esta obra contiene uno de los primeros besos interraciales de la historia del cine –entre Charlton Heston y la actriz afroamericana Rosalind Cash–. Algo muy controvertido cuando se rodó la película, en plena era del racismo en Estados Unidos. Pero precisamente los guionistas quisieron hacer un aporte en favor de la integración social y lo justificaron alegando que, en un futuro en que casi no quedan humanos, el racismo ya no existiría.

Qué aporta:
Convertir una clásica novela de terror en una legendaria película de acción post-apocalíptica.

Curiosidades

- En 1977 se publicó un cómic argentino llamado *Mark*, ambientado en el mundo de *El último hombre… vivo*.
- La icónica fuente que vemos en los créditos de la sitcom *Friends* es la misma que aparece en esta película. Está en el rancho de Warner Bros en Burbank, California.
- El edificio con columnas donde se reunen los mutantes, también en los estudios de Warner en Burbank, es el mismo que se había usado como comisaría de policía de Gotham en la serie de *Batman* de los sesenta.
- El director Boris Sagal fue el padre de la actriz Katey Sagal, a la que recordarás como Peg Bundy en *Matrimonio con hijos*, o por *Hijos de la anarquía*, o incluso como la madre de Penny en *Big Bang*.
- George A. Romero citó la novela *Soy leyenda* como una gran influencia para su clásico *La noche de los muertos vivientes*.

UNIVERSOS DISTÓPICOS

12 MONKEYS

Doce monos

PELÍCULA. *Twelve Monkeys*, Terry Gilliam, 1995.

Una vez más, el mítico ex miembro de los Monty Python se mete de lleno en el género distópico para traernos esta locura fílmica protagonizada por Bruce Willis y Brad Pitt. Tras un virus mortal que elimina a la mayor parte de la humanidad, el gobierno envía a un presidiario atrás en el tiempo para que evite la catástrofe. Pero, como suele pasar cuando viajas a los noventa y vas pregonando venir del futuro, al poco de llegar lo meten en un manicomio.

Lo más emblemático:
El personaje de Brad Pitt.

Doce hámsters

Esta extraña película está inspirada en el corto francés de 1962 *El muelle –La Jetée–*, de Chris Marker –aunque la versión de Gilliam es bastante más loca y entretenida que el original–. Volvió a utilizar el estilo visual de *Brasil*, tanto en luz como en arte, para sumergirse de nuevo en un mundo catastrófico. La obsesión con la perfección en los planos de la que hace gala Terry Gilliam ya es legendaria en Hollywood. En cierta escena, al fondo se vislumbra la sombra proyectada en la pared de un hámster corriendo en una rueda. Un plano muy sencillo de hacer, pero que se tardó un día entero en rodar, porque Gilliam quería que el hámster se moviera como él dictaba, aunque casi no se viera. Desde entonces, la gente que trabaja con él llama a su extremado perfeccionismo *"El Factor Hámster"*.

Doce duros

Universal Pictures no atravesaba un buen momento económico, el batacazo de taquilla que supuso *Waterworld* les había dejado las carteras temblando y no se atrevían a invertir grandes sumas en otra película distópica. Pero Gilliam estaba convencido de que iba a ser un gran éxito –que lo fue– y de que para ello necesitaba a una estrella de primer nivel a la que no podían permitirse. Consiguió convencer a Bruce Willis de que bajara su caché y cobrase mucho menos de lo habitual, algo que aceptó encantado debido a su gran admiración por el director, con el que siempre había querido trabajar, y a lo mucho que le fascinaba el guión.

Curiosidades

- SyFy estrenó una adaptación a serie de televisión en 2014, protagonizada por Aaron Stanford, al que ya habrás olvidado como Pyro en la trilogía original de *X-Men*.
- Gilliam no las tenía todas consigo en cuanto a que Brad Pitt pudiera hablar de forma rápida, atropellada y nerviosa. El truco que utilizó fue esconderle el tabaco durante el rodaje para ponerle nervioso. Y funcionó, gracias a ello Pitt ganó su primer Globo de Oro y fue nominado al Oscar.
- Bruce Willis aparece en la película escribiendo con la mano izquierda. El actor es zurdo en la vida real y exige una cláusula estricta en todas sus películas según la cual sus personajes siempre lo serán.
- Bruce Willis no cobró nada hasta que la película se estrenó y pudieron pagarle una vez recaudada la taquilla.
- El departamento de arte puso mucho cuidado en que todos los elementos tecnológicos del 2035 fuesen anteriores a 1996, para potenciar la idea de que fue ahí cuando se acabó el progreso de la civilización.

Hijos de los hombres

PELÍCULA. *Children of Men*, Alfonso Cuarón, 2006.

En un futuro en que una plaga de infertilidad tiene a la humanidad al borde de la extinción, Theo Faron –Clive Owen– deberá proteger a la primera mujer embarazada en veinte años y, quizás, la última esperanza del mundo.

La canción del inmigrante

Lo más emblemático: El clímax.

Inspirada en la novela homónima de P.D. James en 1992 pero, donde el libro era extremadamente beato y todo se solucionaba gracias a la fe en el cristianismo, Cuarón se deshace de esa ingenuidad y crea una obra mucho más nihilista. Sí que recurre a simbología bíblica en muchos aspectos, pero lo hace siempre de una forma irónica para criticar a la especie humana. El tema central de la película es la necesidad de mantener la esperanza incluso ante un mundo desolado y horrible que no parece tener ninguna. La obra no sólo se centra en explicar el mundo post-apocalíptico, sino también en hacer alegorías sociales del presente. La xenofobia imperante en Inglaterra y Estados Unidos son el foco de la crítica del célebre director mejicano que muestra, ya mucho antes de 2019, la terrorífica idea de los campos de concentración para inmigrantes. Visualmente es un 10, con su iluminación cruda

Qué aporta: La genialidad visual de Cuarón aplicada a una historia oscura y altamente distópica.

y sus planos secuencia para potenciar el realismo de esta sociedad imaginaria. El reparto, que incluye a Clive Owen, Julianne Moore, Sir Michael Caine y Chiwetel Ejiofor, es impecable

Curiosidades

- Sir Michael Caine afirma que basó su interpretación en John Lennon.
- La idea de que todos los países hayan caído excepto Inglaterra –aunque en este caso también se salva Angola– es un guiño a *V de Vendetta*.
- El nombre de la mujer embarazada, Kee, es un juego de palabras con key –porque ella es la clave para la salvación de la humanidad– y chi –la energía creadora de la vida–.
- Theo Faron en griego significa *"dios de los faros"*.
- Votada en una encuesta de la BBC como la nº 13 de las mejores películas del siglo XXI.

Dark Angel

SERIE DE TV. James Cameron, 2000-02.

Cualquiera que haya visto las dos primeras entregas de *Terminator* sabe bien que James Cameron tiene un gran interés por los futuros post-apocalípticos. Pero, mientras aquella se centraba en un grupo de gente intentando evitar que el Apocalipsis tuviera lugar y de ese futuro apenas veíamos pinceladas, *Dark Angel* entra de lleno en la distopía y explica con pelos y señales cómo funciona el mundo tras la catástrofe. Max Guevara –Jessica Alba– es una súper-soldado al estilo del Capitán América, que logró escapar de un laboratorio militar y trata de llevar una vida normal en un país arrasado por un pulso electromagnético que destruyó toda la tecnología.

Jessica Alba, ángel de combate

Cameron afirma que su mayor influencia para la serie fue *Alita: Ángel de combate*, que pretendía adaptar, pero se lo pensó mejor y optó por crear una serie nueva con ciertas reminiscencias. El resultado, una serie ligera de acción y peleas molonas, pero con un buen trasfondo de crítica social distópica, que se hacía eco de la histeria colectiva por el Efecto 2000 –ya te habías olvidado de eso, ¿eh?–. Los temas centrales son la corrupción, cómo el estado se aprovecha de una desgracia para aumentar su control y la necesidad de la rebelión civil contra el poder autoritario –no es por azar que haya apellidado Guevara a su protagonista–. Explora a fondo cómo funcionaría un mundo en el que toda la tecnología ha desaparecido y las empresas se han colapsado, cómo intenta volver a levantarse pero el corrupto gobierno lo dificulta.

Girl power

Además, tiene un fuerte componente feminista. Para
ser un producto de hace dos décadas, tiene conceptos muy actuales, como el atrevimiento de que la protagonista de una serie de máxima audiencia y presupuesto
sea una mujer latina –por no mencionar que su mejor amiga
es negra y lesbiana–. La influencia de Joss Whedon es evidente en
este aspecto. Max Guevara es incluida por numerosos académicos en
sus estudios sobre personajes femeninos fuertes del cine y la televisión,
junto a Sarah Connor, Ripley, Buffy Summers, Xena o Nikita. Destaca sin
duda entre la ola de protagonistas femeninas en series de acción de
finales de los noventa y principios de los 2000.

Cosificando a posteriori

Pese a las ideas feministas que imperaban en la serie, la cadena Fox cayó en
una campaña de promoción que se limitaba a recalcar en exceso el atractivo de
Jessica Alba y obviaba cualquier otro aspecto de la serie. La actriz, que pasó un año
entrenando en artes marciales y conducción de motos para preparar el papel, ha
declarado lo mucho que esto la enfureció: estaba muy orgullosa de participar por
fin en una serie que no la trataba como a un objeto sexual y de repente la campaña
publicitaria tiró por tierra esta idea. Sobre todo la decepcionó ver cómo los medios
de la época la juzgaban a ella y la criticaban por vender su cuerpo, algo que la cadena había decidido a sus espaldas.

Del éxito al batacazo

La primera temporada gozó de muy buenas críticas y unos índices de
audiencia espectaculares, con una media de 17,4 millones de espectadores por episodio. Pero en la segunda, la audiencia cayó a poco
más de un tercio, debido a los clásicos cambios repentinos de franja horaria de Fox, provocando su cancelación prematura. Aunque hay
críticos que tienen ideas más complejas sobre el porqué de su repentina
debacle: John Kenneth Muir, en su libro *The Encyclopedia of Superheroes on Film
and Television*, afirma que el atentado del 11 de septiembre de 2001 cambió radi-
calmente el tipo de producto de ficción que buscaba el público estadounidense, pasando a considerar la serie mucho más depresiva y real de cara a la
opinión pública, que en ese momento se decantó hacia productos más

Qué aporta:
Llevar la distopía
social a una serie de
acción de máxima
audiencia.

POLICE

UNIVERSOS DISTÓPICOS

Jöse Sénder

alegres o fantásticos que les eva-
dieran de la cruda realidad en lugar
de recordársela.

Lo más emblemático:

Las emisiones televisivas piratas de Logan.

Lo que nunca vimos

En los extras del DVD se explican los planes para la tercera temporada que nunca
se hizo, que revelaba la mitología oculta
de la serie: hace miles de años, un cometa li-
beró un virus que mató al 97% de la humanidad. Los
pocos supervivientes fundaron la secta en torno a la que
gira toda la segunda temporada. En la tercera, este origen se iba a revelar al
fin y la amenaza de un nuevo cometa mortal iba a ser el centro de la trama. Esto
nunca llegó a rodarse, pero se completó la historia mediante una trilogía de novelas –una precuela y dos secuelas– escritas por Max Allan Collins, autor de la célebre
saga *Camino a la perdición*. También se sacó un videojuego en 2002, doblado por los
propios actores de la serie.

Curiosidades

- La prensa de la época se empeñó en enfrentar la serie contra *Ángel*, meramente porque el
  título era similar y se inventaron una rivalidad inexistente. Cameron y Whedon, los creadores de ambas series, siempre afirmaron abiertamente ser grandes fans mutuos.
- El primer papel de Jensen Ackles en el género de acción, hasta entonces sólo había interpretado papeles de drama. Le abriría las puertas para su papel de villano en *Smallville* y su más conocido papel protagonista en *Sobrenatural*.
- James Cameron afirma que es la vez que mejor se lo ha pasado trabajando con guionistas en toda su carrera.
- La matrícula de la moto de Max es la fecha de cumpleaños de
  Cameron.
- El odioso jefe de Max en la oficina de Correos, aunque
  todos lo apodan "*Normal*", se llama Reagan Ronald.

_Tank Girl

SERIE DE CÓMIC. Alan Martin y Jamie Hewlett, 1988 en adelante.

E n una Australia post-apocalíptica que parodia de forma muy evidente a la de *Mad Max*, tiene lugar el que probablemente sea el cómic más punk, gamberro e irreverente que se haya editado jamás. Rebecca Buck, alias Tank Girl, es una mercenaria psicótica y alcohólica que vive aventuras absurdas en un gigantesco tanque junto a su novio, el canguro mutante Booga.

La esperanza de los fanzineros

Este hito de la cultura punk de los ochenta y noventa en el Reino Unido empezó como tiras de cuatro páginas en la revista inglesa *Deadline*, que publicaba cómics *indie*. Martin y Hewlett habían cogido la manía de poner el sufijo -Girl a palabras al azar para crear a sus personajes de fanzine, como una broma interna después de ver la película de *Supergirl* de 1984. Como suele pasar con fanzines *underground* que acaban convirtiéndose en cómics más regulares –sí, hablo de *Fanhunter*–, al principio no se entendía gran cosa sobre el contexto de la historia, pero poco a poco se iría ampliando y detallando ese mundo post-apocalíptico, que acabaríamos de entender del todo con su adaptación al cine en 1995. El propio guionista Alan Martin admite que empezaron poniendo cualquier cosa que les pareciera graciosa y más adelante se les fue ocurriendo una buena historia y contexto.

> ## Lo más emblemático:
> El genial dibujo de Hewlett.

Un icono punk que ríete tú de Sid Vicious

Cuando la administración de Margaret Thatcher prohibió que las editoriales publicaran cualquier material sospechoso de promover la homosexualidad, *Tank Girl* se convirtió en un icono subversivo. El editor de *Deadline* llegó a afirmar con orgullo que en Londres se llevaban a cabo reuniones secretas de lesbianas llamadas *"noches de Tank Girl"*. Aquello reportó tal éxito al cómic que la editorial Penguin acabó por comprar los derechos para recopilarlo en tomos. Y hablamos de la historia caótica y lisérgica de una punki drogadicta y mal hablada cuyos secundarios son tan tontos como un canguro mutante, una piloto de submarino llamada Sub Girl y una piloto de caza a reacción llamada Jet Girl –de la que el resto de personajes afirman que es la persona más aburrida del mundo, porque una vez reconoció que era fan de Rod Stewart–. En las primeras tiras, había tanta información recargada en tan poco espacio que llegaba a saturar, pero poco a poco se fue volviendo mucho más agradable y el inconfundible dibujo de Jamie Hewlett llegaría a enamorar. La serie original duró de 1988 a 1995, pero siguen publicándose novelas gráficas de otros autores e incluso un libro escrito por el propio Martin en 2008.

Liberad a Petty

En 1995 llegó al fin la película, dirigida por Rachel Talalay –artífice de gran cantidad de capítulos de *Doctor Who* y de las series del *Arrowverso*–. Su éxito fue escaso, pero tiene una buena base de fans que la adoran como obra de culto. Lori Petty –*Liberad a Willy*– interpretaba a Tank Girl, Naomi Watts a Jet Girl, el papel de villano recaía en Malcolm McDowell y también andaban por allí Ice-T e Iggy Pop. La inolvidable banda sonora –mucho rock alternativo de la época, desde Bush hasta Joan Jett, Veruca Salt, L7, Portishead, Hole o Björk- fue seleccionada por la mismísima Courtney Love y el disco ha acabado teniendo más éxito que la propia película. Aquí se explica mucho mejor el contexto post-apocalíptico de la historia –en la que Australia fue destruida por el impacto de un cometa y desde entonces viven en una sequía en que la gente se mata por un poco de agua, monopolizada por grandes corporaciones–, además de que tiene un tono más marcadamente feminista que el cómic original. El diseño del tanque de Rebecca es sencillamente espectacular, puro ciberpunk, aunque con más de punk que de ciber.

Entonces, ¿por qué fracasó la película?

Para empezar, el estudio no compartía la visión punk de los autores originales y la directora. Talalay tuvo un montón de problemas de censura por parte de los productores, afirmando que llegaron a cortarle hasta una hora de película –mucho más cañera y cercana al cómic original– y a regrabar escenas con otros directores más mainstream sin decírselo. Los fans del cómic la encontraron demasiado convencional para ser *Tank Girl*, mientras que a las audiencias convencionales les parecía demasiado punk. Algunas de las cosas que se censuraron, según Talalay, fueron escenas de desnudo de los canguros –en serio–, cualquier plano en la habitación de Rebecca en que se viera de fondo su extensa colección de consoladores, una en que la protagonista le pone un condón a un plátano antes de lanzarlo contra la cabeza de un enemigo o, lo más absurdo de todo, el que iba a ser el plano final de la película: Lori Petty eructando a cámara. Incluso eliminaron escenas mucho más normalitas sólo porque los productores consideraban que la protagonista salía "*muy fea*".

Qué aporta: Mucha comedia loca en un mundo distópico.

Curiosidades

- Jamie Hewlett alcanzó gran fama a raíz de los videoclips de Gorillaz.
- Steven Spielberg rechazó producir la película alegando que él no era lo bastante guay y moderno para algo así. Desde entonces, se añadió a la campaña publicitaria el eslogan "*demasiado guay para Spielberg*".
- La cantante Björk iba a interpretar a Sub Girl en la película, pero se echó atrás en el último momento. Courtney Love iba a ser Jet Girl, pero dejó el proyecto cuando su esposo Kurt Cobain murió –aunque volvería en post-producción para encargarse de la banda sonora–.
- Naomi Watts dice que se avergüenza de haber actuado en esta película, mientras que Lori Petty y Malcolm McDowell –que tiene ya un cierto nivel desde *La Naranja Mecánica*– afirman adorarla como uno de sus trabajos favoritos.
- Rachel Talalay ha expresado de forma insistente en los últimos años su deseo de dirigir una película de Hulka –*un personaje muy parecido en su espíritu punk a* Tank Girl– para Marvel Studios. Con la confirmación de la serie de televisión, la idea parece descartada, pero Talalay aún podría acabar metida en el proyecto.

UNIVE
RSOS
DISTÓ
BICOS Jöse Sénder

El día de los Trífidos

NOVELA. *The Day of the Triffids*, John Wyndham, 1951.

Cuando una lluvia de meteoritos deja ciega a toda la humanidad, unas terribles plantas carnívoras capaces de caminar aprovechan la situación para sembrar el pánico.

En el país de los ciegos, la planta es el rey

Esta célebre obra de la ciencia-ficción de los años cincuenta nos enseña un cataclismo que no ha afectado a la tecnología ni a la estructura física de la civilización, sino que concretamente ha dejado ciego a casi todo el mundo, indefensos ante una especie depredadora muy agresiva que se dedica a merendárselos. Nunca llegamos a saber a qué se debe la lluvia de meteoritos ni de dónde han salido los Trífidos. ¿Son alienígenas, ingeniería genética o simple evolución? Pero, en la habitual paranoia anticomu-

Lo más emblemático: Sin duda, las plantas.

Curiosidades

- Wyndham admite que su principal influencia para la obra fue *La guerra de los mundos* de H.G. Wells, aunque decidió ignorar en su caso el origen de la catástrofe y centrarse en explicar los daños causados por ésta.
- Danny Boyle afirma que el inicio de esta novela fue lo que inspiró al guionista Alex Garland para escribir su película *28 días después*.
- La muy recordada adaptación al cine en 1963, dirigida por Steve Sekely, se tradujo aquí como *La semilla del espacio*. Contaba entre su reparto con Carole Ann Ford, a la que todo fan clásico de *Doctor Who* recordará como Susan Foreman, la nieta del Doctor en los sesenta.
- La película fue también muy emblemática para nosotros debido a que algunas escenas se rodaron en Sitges.
- También se hicieron una serie de la BBC en 1981 y otra en 2009, con estrellas como Brian Cox o Jason Priestley.

nista de la época, el protagonista no deja de elucubrar si todo habrá sido culpa de los soviéticos, si serán ellos quienes han creado a los Trífidos y han soltado satélites cegadores que parecían meteoritos. *El día de los Trífidos* se considera la obra precursora del subgénero británico conocido como *"catástrofe acogedora"*, en el que un cataclismo destruye a la humanidad pero unos pocos se salvan y se libran de los problemas de la sociedad, consiguiendo una vida bastante placentera con la excusa del Apocalipsis.

Qué aporta: Una nueva idea de sociedad post-apocalíptica en que el principal daño consiste en un impedimento físico.

UNIVERSOS DISTÓPICOS

Jöse Sénder

_____Neon Genesis Evangelion

SERIE DE ANIMACIÓN. *Shinseiki Evangelion*, Hideaki Anno, 1995-96.

La siniestra organización militar NERV utiliza a supuestos robots gigantes para luchar contra la misteriosa raza alienígena apodada Ángeles, después de que éstos exterminaran a tres cuartas partes de la población mundial. Y entonces, a los guionistas les hacen efecto las drogas.

Lo más emblemático: Lo extravagante de los Ángeles.

Impacto

Esta rebuscada y compleja serie nos muestra un planeta devastado que intenta como puede salir adelante, con los ecosistemas destruidos y una pequeña parte de la población mundial reconstruyendo el mundo poco a poco. Tokyo-3 es una de las pocas grandes ciudades de la actualidad y está montada de una forma en que los edificios pueden moverse y se ocultan en una gigantesca bóveda subterránea cuando un Ángel ataca la Tierra. Los detalles sobre el estado en qué se encuentra el mundo se nos van dando muy despacio, capítulo a capítulo, descubriendo el espectador dónde se encuentra de una forma progresiva que aporta muchísimo interés en su modo de narrar.

Raro es decir poco

En realidad, la serie es mucho más complicada que una historia de robots gigantes luchando en un erial post-apocalíptico. Alegoría tras alegoría, con un fuerte simbolismo bíblico que resultó a la audiencia japonesa tremendamente exótico, la historia profundiza en el estrés postraumático y en cómo una sociedad cada vez más individualista dificulta la relación sana entre las personas. La mitología interna de la serie es tan vasta que apenas empiezas a entenderla al final de la temporada única, aunque se narra un poco mejor en la exitosa película de animación posterior. Conforme avanza, se van dejando atrás las grandes batallas con las que se atrajo al público y centrándose en los traumas internos de sus personajes, en la verdadera naturaleza del alma humana y en la extrañeza paradójica de los mitos oscuros detrás de los Evangelions y los Ángeles. Las películas posteriores se lanzaron para contentar a los fans tras la mala acogida de los dos últimos capítulos, demasiado oscuros y metafísicos, compensándolos con *The End of Evangelion*, una película de 1997 llena de acción trepidante –y aun así con uno de los finales más enloquecedores que puedas haber visto–.

La extremada complejidad simbólica y psicológica de esta serie daría para escribir un libro entero –y, de hecho, ya hay un buen montón al respecto–.

Qué aporta:
Metafísica complejísima en una supuesta historia de acción y robots gigantes.

Curiosidades

- El ayudante de dirección Kazuya Tsurumaki asegura que la elección de la mitología judeocristiana para el simbolismo de la serie fue puramente estética, debido a lo exótica y curiosa que les resultaba.
- Los robots tienen un campo de fuerza llamado AT, que nunca se especifica qué significa. Según el director, son las siglas de "*Absolute Terror*".
- La mayoría de los apellidos de los personajes son nombres de famosos barcos militares japoneses de la Segunda Guerra Mundial, excepto el del protagonista y su padre –*Ikari*–, que significa "*rabia*".
- Para dar un aire más siniestro a la canción de los créditos finales –una versión del clásico *Fly me to the moon* de Frank Sinatra–, el director pidió a la cantante Megumi Hayashibara que se imaginara a sí misma estrangulando a un pobre gatito mientras cantaba.
- Algunos de los términos bíblicos usados en la serie son Adán y Lilith, los nombres de los Ángeles –*Ramiel, Armisael, Sachiel, etc.*–, el instituto Marduk, la Lanza de Longinus y un larguísimo etcétera.

Lo más
emblemático:
La icónica moto
roja de Kaneda.

_____Akira

PELÍCULA DE ANIMACIÓN. Katsuhiro Otomo, 1988.

En la devastada Neo-Tokio, el líder de una banda de macarrillas adolescentes en moto –que nada tienen que envidiar a los de *Veronica Mars* o a los de *Hijos de la Anarquía*– tratará de evitar que su mejor amigo use sus poderes psíquicos para arrasar lo que queda de la ciudad y, a la vez, salvarlo del corrupto ejército japonés que quiere acabar con él.

La historia incide enormemente en cómo se intenta reorganizar una sociedad después del caos y en cómo la corrupción se adueña fácilmente de ella, así como la paranoia y el miedo a que el desastre vuelva a repetirse.

Neo-Tokio está a punto de E.X.P.L.O.T.A.R.

La película adapta de forma breve la serie de manga escrita
por el mismo autor, que duró de 1982 a 1990 y ocupó en total
más de 2.000 páginas. Y apenas araña la superficie de la compleja
historia que se narra en el cómic original –que, de hecho, no terminó
de publicarse hasta dos años después de que se estrenara la película–. Si
le preguntas a cualquier fanático del manga original –son muchos y dan cierto
miedo–, te dirán que la película es horrible en comparación. Pero, incluso aunque
tuviesen razón, lo indiscutible es que la película llegó a un público mucho
mayor a nivel mundial y fue un bombazo de taquilla espectacular. Tanto
que se convirtió en un hito en la historia: la mayor parte del ciberpunk
que se ha hecho después bebe de *Akira*, no solamente en cuanto
al manga y anime como *Ghost in the Shell*, *Alita: Ángel de combate* o
Cowboy Bebop, sino incluso en el cine estadounidense de imagen real. El
filme fue aclamado tanto por la crítica como por el público y tiene el honor
de ser la obra que más ha contribuido a acercar la animación japonesa a las
grandes audiencias occidentales.

Qué aporta:
El acercamiento del anime al público occidental y las bases de la estética ciberpunk en Japón.

Curiosidades

- Leonardo DiCaprio lleva muchos años intentando adaptarla a imagen real –es su película favorita–.
- La adaptación llegará en 2021 y, si bien en un principio puede asustar a cualquier fan, hay que romper una lanza en su favor al dirigirla Taika Waititi, director de *Thor: Ragnarok*.
- La historia transcurre en 2019 y se puede ver cómo Tokio está construyendo un estadio olímpico. Casualmente, en 2020 las olimpiadas de verano tendrán lugar allí.
- Cuando Kaneda pone música en un jukebox, podemos ver los logos de las míticas bandas Cream, The Doors y Led Zeppelin.
- Otras obras emblemáticas del anime de Otomo son *Metrópolis* de 2001 o *Steamboy*, maravilla steampunk que aquí gozamos en el Festival de Sitges de 2004.

_____Y: El último hombre

CÓMIC. *Y: The Last Man*, Brian K. Vaughan y Pia Guerra, 2002-08.

Yorick, un filólogo desempleado –y mago escapista en sus ratos libres–, y su mono mascota Ampersand sobreviven sin saber el motivo a una misteriosa pandemia que extermina en cuestión de segundos a todos los demás mamíferos machos de la tierra.

Lo más emblemático:
Sin duda, el mono.

¿Pero qué ha pasado?

Esta maravilla publicada por Vertigo, con guión de Brian K. Vaughan y dibujo de Pia Guerra, ahonda en cómo se gestiona el intento desesperado de reconstruir un mundo condenado a la extinción. La sociedad superviviente cae en la paranoia, culpándose unas a otras de un cataclismo selectivo que no parece tener sentido. En esta historia de carretera vamos conociendo diversas ciudades y sus distintos modos de organización después del Apocalipsis, unas bien organizadas, otras sumidas en el caos. El hecho de que nunca lleguemos a saber con seguridad el motivo de la pandemia –aunque lo expliquen al final, siempre queda la duda de si es real o una opinión– sirve a los autores para explayarse con un montón de teorías y así ver cómo cada grupo de personas intenta aferrarse a una explicación distinta. Algunas lo explican de forma científica, otras mediante la religión. Algunas teorías son misóginas: hay quien cree que Dios se ha llevado al cielo a todos los hombres y ha castigado a las mujeres dejándolas allí. Otras son misándricas: la temible banda de las Hijas de las Amazonas cree que Dios ha eliminado al repugnante hombre y que ellas deben continuar su trabajo quemando bancos de esperma para que nunca se les pueda clonar e incluso asesinando a todos los transexuales.

Cuanto más cambian las cosas, más siguen igual

Además de una alucinante disertación sobre la culpa del superviviente, Vaughan nos muestra una idea interesante, la de cómo el odio y la discriminación no se acaban sólo porque haya un Apocalipsis, porque el ser humano está demasiado podrido para cambiar. En su mundo, siguen existiendo el racismo, la homofobia, las luchas de poder de un gobierno corrupto, las sectas religiosas extremistas e incluso el Partido Republicano intentando dar golpes de estado una y otra vez. Las interesantes aproximaciones a los estudios de género le confieren a la obra un inteligente toque feminista que haría llorar en posición fetal a cualquier miembro del movimiento Comicsgate. Como todo cómic de Vaughan, con su narrativa fraccionada y sus constantes giros aplastantes, es lo bastante impredecible para enganchar al lector y no soltarlo durante los 60 episodios que dura la serie.

Qué aporta: Una visión bastante innovadora que difiere de lo habitual, la de que el fin del mundo no cambia la forma de comportarse de las personas.

Curiosidades

- Después de más de una década con los derechos yendo y viniendo por productoras para una película que nunca se hizo –y un par de cortos con bastante buena crítica hechos por fans–, finalmente la cadena FX la está adaptando a una serie de TV, con Imogen Poots –*Roadies*– como Hero, Diane Lane como la madre de Yorick y Lashanna Lynch –*Capitana Marvel*– como la Agente 355. Lo más llamativo es que a Ampersand lo interpretará el mismo mono que hacía de Marcel en *Friends*.
- Ganador de un premio Eisner en 2008.
- El nombre del mono, Ampersand, es la palabra técnica para referirse al símbolo "&" del idioma inglés.
- Brian K. Vaughan es conocido por cómics como *Runaways*, *Ex Machina*, *Saga* o *Paper Girls*.
- Pia Guerra ha trabajado para DC en *Canario Negro*, para Marvel en *Spider-Man Unlimited* y para IDW en *Doctor Who: The Forgotten*.

UNIVE RSOS DISTÓ DICOS

Jose Sénder

Lo más emblemático:

El plano a cámara lenta del niño dándole una carta a Kevin Costner montado a caballo.

Mensajero del futuro

PELÍCULA. *The Postman*, Kevin Costner, 1997.

En un futuro en que la tecnología ha desaparecido y América ha vuelto al salvaje oeste, un nómada sin nombre –Kevin Costner– tratará de resucitar el servicio postal para devolver la esperanza a la gente, aunque para ello deba enfrentarse una y otra vez al ejército neonazi que aterroriza al país.

Por un puñado de cartas

Basada en la muy premiada novela homónima de David Brin en 1985, este western post-apocalíptico con muy evidentes reminiscencias a la Guerra de Secesión muestra una sociedad de posguerra en la que ya no hay gobierno ni avances tecnológicos. Nunca se explica de forma clara qué clase de Apocalipsis fue el que azotó al país, porque lo que de verdad importa es cómo ha quedado la sociedad. Se habla de un invierno que duró tres años, en el que caía "*nieve sucia*" sin cesar; los áridos desiertos están poblados de animales peligrosos, incluso leones; es evidente que hay algo relacionado con lo nuclear –Costner chequea el agua en busca de radiación– y, aunque no se nos dice en ningún momento qué ha pasado, es fácil aventurar que hubo bombas atómicas involucradas. Ha vuelto la era pre-industrial, pero sin olvidar la sociedad moderna y la cultura popular, aún recientes: podemos ver a una banda de folk tocando una versión totalmente western del *Come and get your love* de Redbone.

Ni tan mal

Mensajero del futuro fue un fracaso de taquilla. El motivo generalmente aceptado es que recordaba demasiado a *Waterworld* y el público no se arriesgó tras el fracaso de ésta. Pero está muy bien rodada, con una planificación excelente y un gran trabajo de dirección artística. Tiene ciertos problemas, como su larga duración o su excesivo patriotismo –cowboys luchando contra nazis… ¿hay algo más americano que eso?–, pero aun así es muy disfrutable. El reparto en general no es muy conocido, aunque destacan Olivia Williams –*Dollhouse*–, un pequeño papel de Giovanni Ribisi y sobre todo un cameo de la añorada estrella de rock Tom Petty como el alcalde de Bridge City. Lo más divertido es que Petty parece interpretarse a sí mismo: cuando el Cartero le dice *"yo te conozco, eres famoso"*, el buen cantante le responde *"lo era hace tiempo, pero ya no"*.

Qué aporta: Un planteamiento de película del oeste en un entorno post-apocalíptico.

Curiosidades

- El Cartero se inventa un presidente ficticio llamado Richard Starkey, que es el verdadero nombre de Ringo Starr. En esa misma escena, intenta animar al pueblo con un discurso que es en realidad la letra de la canción *Getting better* de los Beatles.
- Tom Petty dijo en 1982, en el *making of* de su videoclip *You got lucky*, que algún día le gustaría hacer un cameo en una película post-apocalíptica. Lo consiguió en ésta, quince años después.
- Hay pequeñas referencias a otras películas de Costner, aunque la más obvia es el momento en que amenaza con usar una cuchara como arma para matar a un hombre, como Alan Rickman en *Robin Hood: Príncipe de los ladrones*.
- El equipo técnico de la película bromeaba llamándola *"Dirt World"* –mundo polvoriento– como burla a *Waterworld*, pero tenían que hacerlo sin que Costner se enterase, porque le molestaba mucho. Muchos críticos empezaron a llamarla así incluso antes de que se estrenase.
- El autor de la novela define así su idea: *"Si perdiéramos nuestra civilización, nos daríamos cuenta de cuánto la echamos de menos y del milagro que es algo tan simple como recibir tu correo cada día"*.

UNIVERSOS DISTÓPICOS

Jöse Sénder

El viejo Logan

CÓMIC. *Old Man Logan*, Mark Millar y Steve McNiven, 2008.

Lo más emblemático:

La calavera de Cráneo Rojo tallada en el monte Rushmore.

En un futuro alternativo en que todos los villanos de Marvel se han unido y han aniquilado a los superhéroes, Cráneo Rojo es el Führer de Estados Unidos y cada gran supervillano gobierna uno de sus 50 estados. De los buenos, sólo queda con vida un viejo y cansado Lobezno, retirado en una granja con su mujer y sus hijos, pero deberá volver a la acción una vez más para acompañar al traficante ciego Ojo de Halcón en una última aventura crepuscular en forma de viaje de carretera por todo el país.

Así empieza un viaje de redención en una tierra asolada sin esperanza.

Eastwood, Logan Eastwood

No es raro que en una recopilación de grandes historias distópicas aparezca un cómic Marvel. La editorial es famosa por utilizar sus historias de superhéroes como alegorías sociopolíticas, por lo que a menudo lanzan sagas ambientadas en futuros alternativos totalmente orwellianos. En esta legendaria miniserie de ocho números, se nos presenta una desolada América destruida por la unión de los supervillanos y la muerte de los superhéroes, que la ha convertido en un nuevo Reich. La estética es de puro western crepuscular, con ciertos toques orientales –aunque la capital del imperio tiene un aspecto mucho más *Blade Runner*–. La mezcla de referentes va desde el más obvio *Sin perdón* hasta *Mad Max*, pasando por *El hombre en el castillo*.

El bueno, las garras y el malo

La narración es simplemente espléndida, deshilando poco a poco la historia y dándonos con cuentagotas los detalles de ese horrible mundo devastado, con referencias veladas a los impactantes sucesos de los últimos cincuenta años: Las Vegas ha sido renombrado como Hammer Fall tras la muerte de Thor y es el lugar al que los hambrientos van a rezar a su olvidado martillo para que vuelvan los héroes; hay una ciudad de Connecticut llamada Caída de Pym en la que un esqueleto colosal ocupa la mitad del espacio; la superpoblación humana ha causado que la raza de los Topoides –mucho más terroríficos que en los cómics clásicos de *Los 4 Fantásticos*– salga del subsuelo y hunda ciudades enteras, generando la creencia de que son una especie de sistema inmunológico del planeta. El tema central de la historia es la redención y, sobre todo, cómo afecta a la vida de un ex soldado el estrés postraumático llevado al extremo. Y es que, como dice el Viejo Logan, *"el pasado sólo duele si dejamos que nos alcance"*.

Qué aporta: Una nueva visión distópica de un mundo de posguerra escalofriante mediante la excusa de un cómic "de superhéroes".

Curiosidades

- Uno de los hijos de Logan se llama Scotty, sin duda como homenaje a su *"amigo-enemigo"* Scott Summers, alias Cíclope.
- En 2018 se publicó la precuela *El viejo Ojo de Halcón*, en la que se narra la última aventura de Clint Barton antes de quedarse ciego.
- La aclamada –y con razón– película *Logan* de 2017 toma una cierta inspiración de esta celebérrima saga, aunque debido a que Fox no tenía los derechos de muchos de los secundarios importantes del cómic –*Cráneo Rojo, Hulk, Ojo de Halcón*–, se optó por crear una historia nueva que sólo tuviera alguna leve reminiscencia de ésta.
- El personaje del Viejo Logan tuvo mucho éxito entre los lectores, provocando que años más tarde se le incluyera en la continuidad del universo Marvel normal.
- Mark Millar ha escrito algunas de las sagas más exitosas de Marvel, como *Civil War*. Además de varias obras míticas del cómic que luego han sido adaptadas al cine, como *Kick-Ass*, *Kingsman* o *Wanted*.

TOP 10
VEHÍCULOS DISTÓPICOS

- **El Interceptor V8** (*Mad Max*, 1979).
- **La nave Serenity** (*Firefly*, 2002-03).
- **La nave Galactica** (*Galactica: Estrella de combate*, 1978-1980).
- **La moto de Kaneda** (*Akira*, 1988).
- **El Evangelion 01** (*Neon Genesis Evangelion*, 1995-1996).
- **El tanque de Rebecca Buck** (*Tank Girl*, 1988-1995).
- **El trineo de Wells** (*La máquina del tiempo*, versiones de 1960 y de 2002).
- **El coche de carreras de Frankenstein** (*La carrera de la muerte del año 2000*, 1975).
- **El Spider-Móvil** (*El viejo Logan*, 2008).
- **El último tren** (*The Snowpiercer*, 2013).

El Interceptor V8 en *Mad Max*

NO DIGO QUE SEAN ALIENS, PERO... SON ALIENS

Distopías dominadas por extraterrestres

A veces, para representar una distopía que critique a la sociedad humana, los autores optan por introducir un agente no humano como símbolo. Muy a menudo se trata de robots, pero es también habitual que sean especies alienígenas las que actúan como metáfora de la sociedad. A veces se les presenta como víctimas, otras veces como verdugos.

NO HUMANS
ALLOWED

REPORT PROBLEMS TO 1-866-666-9501

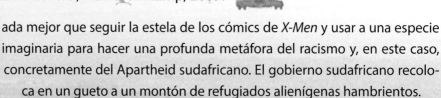

Distrito 9

PELÍCULA. *District 9*, Neill Blomkamp, 2009.

Nada mejor que seguir la estela de los cómics de *X-Men* y usar a una especie imaginaria para hacer una profunda metáfora del racismo y, en este caso, concretamente del Apartheid sudafricano. El gobierno sudafricano recoloca en un gueto a un montón de refugiados alienígenas hambrientos.

El proyecto de la Gamba de Blair

El genial Neill Blomkamp quiso reflejar en su ópera prima –producida nada menos que por Peter Jackson– la sociedad del Apartheid en la que se crió, mediante una obra de ciencia-ficción distópica. Blomkamp tuvo la innovadora idea de mezclar el estilo *found-footage* –imágenes que simulan ser reales, como entrevistas o fragmentos de documental– con el cine convencional, para añadir veracidad a la historia. El reparto constaba de actores principalmente desconocidos para el público americano, un gran riesgo que corrió en pos del realismo, pero que por suerte no afectó a su éxito.

Alien vs Kafka

Una de las tramas principales nos muestra a un mercenario humano que se ve contaminado por tecnología alienígena y se va convirtiendo poco a poco en

uno de los aliens, en una especie de versión distópica de la *Metamorfosis* de Kafka. Conforme su transformación avanza, el personaje entiende cada vez más a los extraterrestres, sus problemas y su sufrimiento, siendo consciente del horror y la injusticia de los que hasta ahora había formado parte. Con esto, el mensaje de crítica social sobre lo necesarios que son el entendimiento y la empatía es brutal.

Qué aporta:

Una visión tipo documental al género distópico. Una película de alienígenas que no sucede en Estados Unidos sino en Sudáfrica. Una crítica simbólica al Apartheid.

Curiosidades

- Los alienígenas de la película reciben el nombre peyorativo de Gambas.
- Peter Jackson quería producir una adaptación del videojuego *Halo* dirigida por Blomkamp, pero la falta de presupuesto les llevó a cancelar el proyecto, adaptar los diseños de arte que ya habían creado y reutilizarlos para *Distrito 9*.
- Se grabaron cinco posibles finales para la película. Uno de ellos, según el director, es tan ridículo que nunca permitirá que nadie lo vea.
- Inspirado en hechos reales: en 1966, el gobierno sudafricano creó una zona llamada Distrito 6, designada como *"sólo para blancos"*, teniendo como resultado que se expulsara de sus casas a más de 60.000 personas negras y se las recolocase en otro gueto.
- Blomkamp aún crearía otros dos largometrajes distópicos: *Elysium* y *Chappie*.

UNIVERSOS DISTÓPICOS

Jöse Sénder

La trilogía de los Trípodes

SERIE DE NOVELAS. *The Tripods Trilogy*, John Christopher, 1967-68.

Qué aporta:

Acercar a los lectores más jóvenes la distopía alienígena.

Notarás que, pese a estar hablando de distopías alienígenas, no aparece en esta lista *La guerra de los mundos* de H.G. Wells ni su legendaria adaptación radiofónica a cargo de Orson Welles. Esto se debe a que dicha obra se centra en el momento de la invasión y apenas se muestra la distopía resultante. Pero hay una obra de temática muy similar que sí se explaya en contarnos cómo es el mundo tras la invasión y ésa es la *Trilogía de los Trípodes*. En ella, la humanidad ha sido relegada a una nueva Edad Media, esclavizada por unos alienígenas a bordo de robots gigantes de tres patas llamados Trípodes y obligada a insertarse unos chips de control mental que suprimen las emociones.

Curiosidades

- La saga consta de tres novelas consecutivas, *Las montañas blancas* –1967–, *La ciudad de oro y plomo* –1967– y *El estanque de fuego* –1968–, a las que se añadió la precuela *Cuando llegaron los Trípodes* en 1988.
- La idea de los chips en el cerebro para que la gente sea obediente y no cuestione el status quo, como alegoría del lavado de cerebro mediático, ha sido largamente imitada a posteriori.
- La BBC produjo una serie de televisión adaptando la saga literaria, que se emitió de 1984 a 1985.
- La serie alcanzó un gran éxito de audiencia y se convirtió en una obra de culto, revitalizando las ventas de la franquicia literaria y propiciando la posterior publicación de su precuela en 1988.
- Aunque el aspecto de la serie era muy de serie B, el diseño visual de los Trípodes está muy conseguido y se ha convertido en un recordado símbolo de la ciencia-ficción británica de la época.

Amos de títeres

Un interesante acercamiento al público juvenil de una sociedad distópica dominada por alienígenas, empezando a mostrar a los lectores adolescentes el tipo de ciencia-ficción que metaforiza la crítica social. Resulta excelente la muestra de situaciones problemáticas a las que todo adolescente se enfrenta, bajo un contexto fantástico. La reflexión sobre el derecho al libre albedrío y el énfasis en la importancia de la inteligencia para poder enfrentarse a la sociedad es muy madura e interesante, pese a ser un libro escrito de forma sencilla para un público joven. Debido a la ausencia de avances tecnológicos, lenguaje juvenil concreto o referencias a la cultura popular, la saga es perfecta para adolescentes de cualquier época sin que parezca pasada de moda.

UNIVE
RSOS
DISTÓ
BICOS

Jöse Sénder

Lo más emblemático:

El cartel de
OBEY.

Están vivos

PELÍCULA. *They Live*, John Carpenter, 1988.

La Tierra lleva años esclavizada por una raza alienígena que se hace pasar por los humanos al mando –políticos, banqueros, policías– sin que nadie lo sepa. Sólo a través de unas gafas de alta tecnología se les puede detectar, a ellos y a los mensajes subliminales que utilizan en la publicidad y el consumo para someter a la población

OBEY

Basada en el relato *Las 8 de la mañana* –Ray Nelson, 1963–, como toda obra de Carpenter, *Están vivos* desprende crítica social antisistema por todos sus poros. Una espectacular denuncia a la ceguera de la sociedad de consumo, lo que queda claro a través de los mensajes plantados por los alienígenas: el "*éste es tu Dios, adóralo*" escrito en los billetes, o los "*confórmate*", "*compra*", "*mira la tele*" y "*obedece*" en las vallas publicitarias. Los invasores de la película llegan a un lugar, se infiltran en las altas esferas de poder, explotan los recursos naturales, destruyen el medioambiente y se van al siguiente planeta, en una clara alusión a cómo ve Carpenter el sistema capitalista. El director declara que siempre le ha molestado mucho ver la comercialización de la cultura pop y cómo todo lo que ves en la tele está diseñado para venderte algo, lo que le dio la idea para esta historia. Admite que siempre ha tenido un "*odio adolescente*" hacia la autoridad, algo que queda muy claro viendo cualquiera de sus obras.

Se me ha acabado el chicle

Curiosamente, varios grupos neonazis intentaron apropiarse de la película a posteriori, asegurando que denunciaba a "*los judíos que con-*

trolan el mundo". El propio Carpenter tuvo que declarar en público que lo que estaba criticando era al capitalismo y que no le
gustaba nada que hubiera grupos de odio intentando apropiarse
de su obra mediante difamación y mentiras. Un tipo duro, este Carpenter. Casi tanto como el protagonista de la película y su célebre frase: *"He
venido aquí a mascar chicle y a patear culos. Y se me ha acabado el chicle".*

Qué aporta:

La siempre genial visión ácida de Carpenter sobre la sociedad y
su absoluta falta de recato a la hora de criticarla brutalmente,
en este caso mediante una alegoría alienígena.

Curiosidades

- La escena de la pelea entre los dos protagonistas iba a durar 20 segundos, pero los actores
  quisieron darle realismo y se pelearon de verdad. Esto impresionó a Carpenter, que decidió
  dejar la escena entera y que durase cinco minutos. El problema es que es tan extensa, sin
  diálogo ni música, que en cierto punto alcanza lo cómico.
- El famoso artista del grafiti Shepard Fairey, que diseñó el póster de Obama, creó también una
  moda basada en esta película: la del grafiti OBEY, que se puede ver en muchos sitios, incluidas
  gorras y camisetas de ciertas tribus urbanas.
- Un ejecutivo de Universal le preguntó a Carpenter *qué hay de malo o amenazante en que
  los aliens de la película quieran comprar nuestros negocios y controlar nuestras vidas, si ya nos
  vendemos a diario".* Al director le pareció un ejemplo tan claro del conformismo social que
  decidió incluir la frase literalmente en el diálogo de la película.
- Roddy Piper estaba convencido de que la historia estaba basada en hechos reales, porque
  vio en un documental que en los años cincuenta una compañía implantó mensajes
  subliminales de consumo en sus televisores. Lo que no sabía es que el documental
  en cuestión era en realidad una sátira humorística.
- Si te fijas en los walkie-talkies que usan los guardias alienígenas para co-
  municarse entre ellos, son los medidores de ectoplasma de *Los Caza-
  fantasmas*. Carpenter reutilizó el atrezo de la mítica película
  como guiño.

199

Lo más
emblemático:
El gigantesco arco
metálico plantado
en medio de la
ciudad.

Defiance

SERIE DE TV. Rockne S. O'Bannon, 2013-15.

L a pequeña ciudad-estado Defiance intenta mantener la delicada paz entre los humanos y las razas alienígenas refugiadas en la Tierra tras las Guerras Pálidas que destrozaron el planeta.

Cowboys vs Aliens

Este western de ciencia-ficción distópica del creador de la legendaria *Farscape* se centra en las vidas de los supervivientes de un cataclismo intentando salvar lo que queda del mundo. La sociedad está intentado organizarse para que la vida en el planeta no se extinga, las distintas especies hacen un esfuerzo por coexistir. Pero los protagonistas tienen que enfrentarse a ciertos elementos que ponen en peligro la precaria armonía por pura codicia. El mundo tras las Guerras Pálidas está hecho un verdadero asco. Hay incluso *"lluvias de cuchillas"* constantes –restos de una gran nave espacial destruida 30 años atrás que siguen haciendo llover mortales esquirlas metálicas–. La construcción de la trama es puramente de western, mientras que la estética mezcla éste con la moda grunge de los noventa: alienígenas con ropas que parecen sacadas de una banda de Seattle, sombreros de copa con gafas steampunk que recuerdan a Linda Perry de 4 Non Blondes e incluso el sempiterno póster de Hole en el despacho de la alcaldesa.

Qué aporta:

Una nueva versión del western futurista, pero en este caso utilizando a numerosas e interesantes especies alienígenas como metáfora de la integración racial.

Curiosidades

- La serie se lanzó junto a un videojuego homónimo –un multijugador masivo en tercera persona– que profundiza en el contexto y nos da muchos más detalles sobre las Guerras Pálidas.
- El trío protagonista consiste en Julie Benz de *Ángel*, Grant Bowler de *True Blood* y Stephanie Leonidas de *La máscara de cristal*. Les acompañan Mia Kirshner de *24*, Graham Greene de *Bailando con lobos* y Jesse Rath de *Supergirl*.
- El villano principal Datak Tarr está interpretado por Tony Curran, siempre recordado por su interpretación de Vincent Van Gogh en *Doctor Who*.
- Linda Hamilton interpreta a uno de los personajes principales a partir de la segunda temporada. En un capítulo suelta la legendaria frase de *Terminator* "ven conmigo si quieres vivir".
- Al igual que hicieron él y Brian Henson en *Farscape*, O'Bannon se ha inventado todo un léxico alienígena para que sus personajes puedan ser rudos y malhablados sin decir palabrotas de verdad. ¡*Shtako!*

_____Titan A.E.

PELÍCULA DE ANIMACIÓN. Don Bluth, 2000.

La Tierra ha sido destruida por la especie alienígena de energía pura llamada Drej. El hijo de un fallecido científico se embarca en la búsqueda de una nave que contiene muestras de ADN con la que podría recrearse el planeta mediante clonación.

Lo más emblemático: El aspecto visual bluthiano de la animación.

Un guión titánico

Esta pequeña joya fue escrita por Joss Whedon. En un principio se intentó vender a estudios de Hollywood como una space opera de imagen real, pero a Don Bluth –que gozaba de muy buena reputación tras dirigir *Anastasia*– le fascinó el guión y quiso dirigirlo como película de animación, pese a que nunca antes había trabajado en el género de la ciencia-ficción. Aunque no se puede decir que fuese un gran éxito en su momento, acabó pasándole lo que a todas las obras de Whedon, que se convirtió a posteriori en una película de culto. Aunque sea una historia de acción y aventura para todos los públicos, el contexto es el de una distopía alegórica sobre la inferioridad racial y el exilio de una minoría étnica, en la que los humanos vagan buscando desesperadamente un lugar al que llamar hogar.

Qué aporta:
Mostrar a toda la especie
humana como una raza
de refugiados víctimas
del racismo.

Curiosidades

- La banda sonora la integran varios artistas de éxito de la época, como Texas, Fun Lovin' Criminals o Jamiroquai.
- Chris Cornell grabó para la película una canción que al final no se utilizó, *Heart of honey*.
- Se publicaron una serie de novelas que sirven de precuela y una miniserie de cómics.
- Se iba a estrenar en 1999, pero se aplazó hasta el 2000 para que no compitiera con otras películas de animación como *El gigante de hierro, Toy Story 2* o la película de *South Park*.
- Whedon reutilizaría más tarde el concepto principal de la obra para su legendaria serie *Firefly* y la secuela *Serenity*.

_____ Dark City

PELÍCULA. Alex Proyas, 1998.

En una extraña ciudad anclada en los años cuarenta en la que siempre es de noche, un hombre sin recuerdos acusado de asesinato descubre una conspiración alienígena, en que cada medianoche se intercambian los recuerdos de los habitantes de la ciudad.

Lo más emblemático: Esos alienígenas con gabardinas que recuerdan a los Hombres Grises de Momo.

Paranoia platoniana

Esta innegable obra de culto es prácticamente una reinvención del mito de la caverna de Platón, mezclada con la teoría de la Tierra de Cinco Minutos de Bertrand Russell, una filosofía satírica que dice que dependemos tanto de nuestros recuerdos para entender el mundo que éste podría haber sido creado hace cinco minutos y nosotros seguiríamos creyendo que tiene millones de años de antigüedad. Se hace mucha alegoría a los mitos griegos, referentes constantes en la filmografía de Proyas. Pero se alude sobre todo a la paranoia sobre lo que es real y lo que no, hasta qué punto podemos fiarnos de los recuerdos y hasta qué punto definen quiénes somos, al más puro estilo paranoico de Philip K. Dick. Y es que ésa es al fin y al cabo la tesis central de la historia: "*estar paranoico no significa que no te persigan*", que diría Kurt Cobain.

Tócala otra vez, Kiefer

La absoluta genialidad del estilo visual de Proyas vuelve a brillar como ya lo hizo en su obra magna *El Cuervo*. En este caso, el aspecto visual es puramente *noir* de los años cuarenta, mezclado con toques de expresionismo alemán. El director admite una profunda inspiración en los clásicos de Bogart –Kiefer Sutherland no tiene reparo en admitir que interpreta a Peter Lorre–, así como en *Metrópolis* y en *Akira*. Los motivos visuales más recurrentes son las espirales, las ventanas redondas y los relojes. El lugar en que transcurre la historia lo es todo en esta película, la atmósfera de la ciudad es el verdadero protagonista. Por eso, toda la ciudad –sin nombre– es un decorado construido con mucha atención al detalle, para dar la idea de que podría ser cualquier ciudad, aquella en la que estás tú viendo la película. Esto se potencia con la presencia de elementos arquitectónicos de muchas ciudades reales. Los anacronismos que pueblan la obra están pensados para confundir al espectador y que nunca tenga claro en qué época sucede la acción. Al fin y al cabo, la ciudad no debe parecer real, sino una recreación llevada a cabo por alienígenas usando los conocimientos que tienen sobre cómo es la Tierra.

Qué aporta:

Un acercamiento al género *noir* dentro de la distopía y una reinvención de los mitos y filosofías clásicas.

Curiosidades

- El casting se completa con Jennifer Connelly, William Hurt, Bruce Spence –*Mad Max 2 y 3*– y David Wenham –más conocido como Faramir–.
- La película es famosa sobre todo por haber servido de inspiración a las Wachowski a la hora de crear *Matrix*, que además reutilizó muchos decorados de *Dark City*.
- Christopher Nolan reconoce que fue su principal inspiración para *Origen*.
- Richard O'Brien, que interpreta al villano Mr. Hand, fue el guionista de la obra de teatro original de *The Rocky horror picture show* en los setenta.
- A Proyas se le ocurrió la idea de *Dark City* mientras rodaba *El Cuervo*, al ver al personal de arte moviendo piezas de edificios de un lado a otro. Él y Brandon Lee empezaron a planear juntos la película durante los descansos del rodaje, pero la muerte de Lee llevó a que al final la protagonizase Sewell.

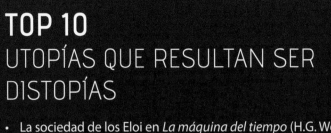

TOP 10
UTOPÍAS QUE RESULTAN SER DISTOPÍAS

- La sociedad de los Eloi en *La máquina del tiempo* (H.G. Wells, 1895).
- San Ángeles en *Demolition Man* (Marco Brambilla, 1993).
- La sociedad genética de *Un mundo feliz* (Aldous Huxley, 1932).
- *La isla* (Michael Bay, 2005).
- El parque temático de *Westworld* (Michael Crichton, 1973 y su *remake* televisivo de 2016).
- La ciudad de Sueño Profundo en *La fuga de Logan* (Michael Anderson, 1976).
- El pueblo de Seaheaven en *El show de Truman* (Peter Weir, 1998).
- La guardería Sunnyside en *Toy Story 3* (Lee Unkrich, 2010).
- El supuesto paraíso de *The Good Place* (Michael Schur, 2016).
- La nave utópica de *WALL·E* (Andrew Stanton, 2008).

La máquina del tiempo

A TODA MÁQUINA

Distopías basadas en robótica y tecnología

Si los alienígenas son usados a menudo como alegoría social en la que situar una distopía, sin duda los que se llevan el premio gordo en este aspecto son los robots. Tanto los que nos dominan como los que se hartan de nuestra esclavitud y deciden romper sus cadenas –las metafóricas, claro, no las de los engranajes que los hacen funcionar–.

UNIVE
RSOS
DISTÓ
BICOS

Jöse Sénder

_____Galactica, estrella de combate

SERIE DE TV. B*attlestar Galactica*, Glen A. Larson, 1978-1980.

Tras una guerra milenaria entre los humanos y unos súper-robots asesinos llamados Cylons, doce naves espaciales contienen a lo poco que queda de la humanidad. Una de ellas parte en busca de una supuesta colonia número trece, que según
cuenta la leyenda se ha establecido en un antiguo planeta llamado Tierra.

Lo más emblemático:

Ese ojo rojo que se movía de un lado a otro de los Cylons.

¡Cuidado, es un Cylon!

Una de las grandes franquicias de la ciencia-ficción, la serie original
de 1978 dio pie a un sinfín de novelas, cómics y hasta videojuegos,
mucho antes de propiciar el famoso *remake* de nuestro tiempo. Además de los protagonistas Adama –Lorne Greene, *Bonanza*– y Starbuck
–Dirk Benedict, *El Equipo A*–, la serie contaba con otras estrellas como Jay-
ne Seymour –la *Doctora Quinn*– o un jovencísimo Noah Hattaway –Atreyu
en *La historia interminable*–. La crítica de la época se mostró muy divi-
dida: mientras en Estados Unidos fue un éxito arrollador, el resto
del mundo la criticó duramente al considerar a los Cylons como
un reflejo de la paranoia anti-comunista americana. La obra
influyó a muchas posteriores, que imitaron su aspecto
visual o su concepción filosófica de lo que debe ser
una space opera.

¡Eso decimos todos!

Y fue en 2003 cuando llegó el resurgir de la franquicia, por todo lo alto. Comenzó con un *remake* en forma de miniserie que, debido a su éxito de audiencia, pronto derivó en una serie de televisión regular de 2004 a 2009. La nueva versión, con una narrativa post-whedoniana mucho más del siglo XXI, contaba con Edward James Olmos –*Blade Runner*– como Adama, Katee Sackhoff –*24*– como Starbuck y Grace Park –*Hawai 5.0*– como Boomer, además de un sinfín de secundarios de lujo como Tahmoh Penikett o el siempre apreciado Alessandro Juliani. Mientras la serie original hacía gala de una visión mormona del mundo, el *remake* se decantaba hacia lo contrario y establecía una dura crítica contra el fundamentalismo religioso, metaforizado a través del fanatismo de los Cylons. En 2010 salió *Caprica*, una precuela protagonizada por Eric Stoltz. Más adelante se hizo una webserie de episodios breves titulada *Battlestar Galactica: Blood & Chrome*, que Syfy recopiló como telefilme en 2012. Sin duda, la nueva iteración de *Galactica* supuso un boom espectacular, que además generó un fenómeno fan renovado hacia la serie original.

Qué aporta:
Una historia de éxodo y exploración espacial en un entorno distópico robótico.

Curiosidades

- Fox denunció a la serie por presunto plagio de *Star Wars*, recalcando hasta 34 puntos de similitud. Los procesos legales duraron más que la serie completa y al final se resolvieron antes de llegar a juicio.
- El sonido de los Cylons fue reutilizado para K.I.T.T. en *El coche fantástico*.
- Richard Hatch, que interpretaba al capitán Apollo en la serie original, volvería en el remake como Tom Zarek.
- En un episodio de *El Equipo A* que transcurre en un plató de cine, hay un divertidísimo cameo de un Cylon que se cruza con Dirk Benedict.
- El perro robot Muffit que aparecía en la serie era un chimpancé disfrazado.

UNIVE RSOS DISTÓ BICOS

Jöse Sénder

_____Matrix

PELÍCULA. *The Matrix*, The Wachowskis, 1999.

Las máquinas han ganado la guerra y mantienen a toda la humanidad co-
nectada a una realidad virtual que nos hace creer que vivimos vidas nor-
males, mientras somos usados como baterías humanas. Hasta que llegue
Neo –Keanu Reeves–, una anomalía en la red que luchará contra ellos.

La mezcla de referentes que fascinó al mundo

La trama de *Dark City*, sustituyendo a los alienígenas por robots y a la ciudad por el planeta entero –puedes ver los decorados reutilizados de *Dark
City*, por ejemplo, en la escena inicial con Trinity saltando por los tejados emu-
lando *Vertigo* de Hitchcock–. Las Wachowski afirman que se inspiraron en la estética visual ciberpunk del anime *Ghost in the Shell*, así como de muchas otras películas
y series de ciencia-ficción –el nombre, funcionamiento y finalidad de la red Matrix
están calcados literalmente de un capítulo de *Doctor Who* de 1976 llamado *The
Deadly Assassin*–, creando uno de los productos más emblemáticos de la
narración posmoderna. Al final, pese a que la película sea principalmente una mezcla de referentes de otros autores pasados por la túrmix, pasa
lo mismo que con *Star Wars*, *Harry Potter* o *Dragon Ball*: su mérito reside en
haber sabido combinar los productos que copia en una historia nueva, con personalidad propia y capaz de marcar a toda una generación.

Lo más emblemático: Keanu Reeves esquivando balas a cámara lenta.

Vivís en Matrix

Los efectos visuales fueron rompedores y, si viviste esa época en plenas facultades
mentales, sin duda recordarás cómo todas las series de acción, fantasía o ciencia-ficción contemporáneas empezaron a intentar imitarlos, con mayor o menor acierto
–aún recordamos con escalofríos a Shannen Doherty corriendo a cámara lenta por la
pared en un capítulo de *Embrujadas* poco después del estreno de *Matrix*–. El efecto
del "*tiempo bala*" que revolucionó la industria del cine fue en realidad creado
por el científico Harold Edgerton, para un corto con el que ganó un Oscar en
1940. Luego lo popularizó Michel Gondry para un anuncio y más adelante para un videoclip de Björk, hasta que finalmente apareció en *Matrix* de forma mucho más elaborada. Este efecto fue tan sobreex-
plotado en productos televisivos como *Smallville* que el gran
público acabó por aborrecerlo en apenas unos años.

¿Ha probado a apagar y volver a encender?

Todo giraba en torno al mundo de la informática, dotándola de un misticismo ciberpunk. Neo es un anagrama de One –uno–, mientras que Cifra –Cypher– viene de la palabra árabe *sifr*, que significa cero. El uno y el cero son la base del sistema binario de computación. Neo vive en el apartamento 101 de su edificio. Cuando el Oráculo le da una galleta a Neo, es una metáfora de las *cookies* del navegador. La película se promocionó a lo grande con una de las primeras campañas virales a nivel global, con anuncios televisivos en los que sólo se preguntaba misteriosamente "*¿qué es Matrix?*" y una web llamada *whatisthematrix.com* que sólo incluía una cuenta atrás hasta el estreno, mucho antes de que supiéramos que los anuncios iban sobre una película. Hubo dos secuelas de menor calidad y éxito en cine y una serie de cortos de animación para televisión llamada *Animatrix*.

Curiosidades

- Lawrence Fishburne dijo que interpretar a Morfeo fue como ser Obi-Wan Kenobi y Darth Vader a la vez. Las Wachowski le pidieron que basara su interpretación en el personaje homónimo del dios del Sueño en los cómics *The Sandman* de Neil Gaiman.
- Will Smith rechazó el papel de Neo y eligió rodar *Wild Wild West*, porque cuando las Wachowski se lo intentaron vender sólo le hablaron de los efectos especiales y no le contaron nada de la historia. Años después, declaró que no lamentaba su error, ya que si no fuera por eso, nunca habríamos visto a Keanu Reeves bordar el papel.
- Sandra Bullock rechazó el papel de Trinity. Cuando más tarde descubrió que la película la protagonizaba su antiguo compañero de trabajo en *Speed*, declaró que se arrepentía de la decisión.
- Según el productor Joel Silver, las Wachowski le enseñaron *Ghost in the Shell* y le dijeron textualmente "*queremos hacer esto, pero de verdad*".
- Uno de los dos Agentes secundarios que acompañan a Smith está interpretado por Paul Goddard, más conocido como Stark de la serie *Farscape*.

_____Alita: Ángel de combate

CÓMIC. *Gunnm*, Yukito Kishiro, 1990-1995.

Gally es una ciborg sin recuerdos encontrada en un vertedero, en un horrible futuro en que los pobres malviven entre ruinas y decadencia mientras los ricos les sobrevuelan en la utópica ciudad flotante de Tiphares.

Lo más emblemático:

El diseño visual de
la ciudad flotante
de Tiphares.

Qué aporta:
Una visión metafísica
dickiana sobre el alma y
los robots en un mundo
de acción ciberpunk.

Un fenómeno distópico

La estética ciberpunk, que bebe mucho de *Akira*, está muy lograda y se considera a la obra uno de sus máximos exponentes, que ha influenciado a la gran mayoría de trabajos posteriores. Este aspecto de un mundo post-apocalíptico no se usa como mero escenario o excusa, la historia se centra mucho en cómo es la vida en una distopía extrema y profundiza en la vida de los personajes y su organización social –uno de los grandes exponentes de la representación visual de la división de clases, como más tarde sería *Elysium*–. Pero incide sobre todo en la percepción que tienen del mundo los robots y hasta qué punto se les puede considerar seres vivos. Dónde acaba la máquina y empieza el ser humano será uno de los temas centrales más claros de esta obra.

Curiosidades

- Se lanzó una adaptación como OVA de 2 capítulos en 1993.
- También se adaptó a videojuego en 1998.
- Robert Rodríguez la adaptó al fin a una película de imagen real en 2019, visualmente espectacular y muy bien narrada, pese a que la subtrama romántica –metida con calzador– le baja mucho la nota.
- De acuerdo con un mapa que aparece en el volumen 8, la ciudad de Scrapyard podría ser una versión futurista de Kansas City, Missouri –*no confundir con la capital del estado de Kansas*–.
- El autor Yukito Kishiro debutó en el manga con apenas 17 años, con su obra *Space Oddity*.

Lo más emblemático:

El aclamado episodio de la tercera temporada San Junipero, la profecía de Ross Geller hecha realidad.

_____Black mirror

SERIE DE TV. Charlie Brooker, 2011 en adelante.

Una serie antológica formada por historias auto-conclusivas sin continuidad entre ellas, como antes lo fueron _La dimensión desconocida, Cuentos asombrosos, Más allá del límite_ o _Metal Hurlant Chronicles_. Lo que distingue a esta nueva versión británica es que todas las historias que presenta son distopías relacionadas de alguna forma con avances tecnológicos. La principal idea de Brooker para la serie fue inspeccionar la relación que tenemos con la tecnología y, textualmente, _"el modo en que vivimos y el modo en que podríamos vivir dentro de diez minutos si no tenemos cuidado"_. De nuevo, advertencia y fascinación.

Estábamos en un descanso

Hay historias para todos los gustos, desde ese escalofriante capítulo piloto con el primer ministro de Inglaterra y su amante porcino hasta mundos futuristas mucho más locos y robóticos. Pero la constante siempre es la misma: a la sociedad se le ha ido de las manos su extrema dependencia de lo tecnológico. Ya sea vivir en un eterno gimnasio para generar electricidad mientras corres y babeas viendo reality shows o, como bien predijo Ross en _Friends_, descargar tu memoria en un disco duro para no morir nunca.

Elige tu propia distopía

Pese a ser una más de una larga lista de series
del mismo estilo a lo largo de la Historia, *Black Mirror*
siempre ha hecho gala de un espíritu rompedor en su
narrativa, intentando subvertir y crear polémica desde el
primer capítulo. Esta tendencia llegó a su culmen cuando en
2018 se estrenó el telefilme *Black Mirror: Bandersnatch*, cuyo
principal atractivo consiste en ser una película interactiva, en
la que el propio espectador elige las acciones del protagonista
para pasar a la siguiente escena, como en aquellos clásicos libros infantiles de *"elige tu propia aventura"*.

Qué aporta:

Acercar la distopía tecnológica estilo Philip K. Dick a un público
mainstream amante de las modas del momento.

Curiosidades

- Brooker admite que su principal inspiración fue *La dimensión desconocida*, le fascinaba cómo
  podía hablar de temas controvertidos sin miedo a la censura mediante metáforas ambientadas en el terror o la ciencia-ficción.
- El nombre *Black Mirror* –espejo negro– hace referencia al efecto de una pantalla de televisión
  o de ordenador cuando se apaga y te ves reflejado en ella.
- Para anunciar de forma sutil cuándo se estrenaría la cuarta temporada, la cuenta oficial de
  Twitter de la serie se dedicó a dar like a tweets de fans que hubieran sido publicados el 29
  de diciembre de años anteriores, que era la fecha en que se iba a estrenar ese año. Una
  forma muy tecnológica de anunciar una serie afín.
- En cada capítulo hay algún personaje que grita *"oi"*, una expresión muy típica de
  Inglaterra, como seña de identidad.
- Por la serie han pasado estrellas como Rupert Everett, John Hamm, Jodie
  Whittaker, Hayley Atwell, Bryce Dallas Howard, Anthony Mackie, To-
  pher Grace, Aaron Paul o Miley Cyrus.

Westworld

SERIE DE TV. Jonathan Nolan y Lisa Joy, 2016 en adelante.

En este exitoso *remake* de un clásico del cine de los setenta, la gran multinacional –o "multiplanetaria", para ser gramáticamente correctos– Delos ha creado un parque temático inspirado en el salvaje oeste poblado por robots maltratados por los visitantes, pero que se están empezando a hartar de ello.

El Frente Popular de Robots, ¡disidentes!

Lo interesante de Westworld es que los buenos son los robots. No se trata en este caso de una distopía en que las máquinas amenazan al pobre e indefenso ser humano, sino de todo lo contrario: los autómatas tienen sentimientos y descubren su condición de esclavos maltratados por crueles humanos sin escrúpulos. Según el *showrunner* Jonathan Nolan, la historia explora lo mucho que nos gusta ver la violencia en televisión y lo poco que nos gusta cuando la vivimos. Esta aclamadísima serie, éxito de crítica, audiencia y ampliamente premiada, cuenta con un reparto de lujo que incluye a Evan Rachel Wood, James Marsden, Thandie Newton, Anthony Hopkins, Tessa Thompson y un terrorífico Ed Harris. La estética visual es de puro western clásico al estilo John Ford, pero modernizado con técnicas cinematográficas de hoy.

No hemos reparado en gastos

La película homónima de 1973 en que se basa la serie –que en España se tradujo, por qué no, como *Almas de metal*– la dirigió nada menos que Michael Crichton, el legendario novelista autor de *Parque Jurásico*. La idea de un parque temático cuyos creadores juegan a ser dios y les sale el tiro por la culata claramente ya rondaba su cabeza veinte años antes de meterse en el mundo de los dinosaurios. Estaba protagonizada por Yul Brinner y James Brolin –sí, el padre de Thanos y marido de Barbra Streisand–.

Su alucinante secuencia de créditos de inicio, creada por el estudio Elastic, artífice también de los créditos de *Juego de Tronos*.

Qué aporta:

Una revisión de un clásico distópico en un formato de imagen mucho más actual y profundizando más aún en la metafísica robótica dickiana.

Curiosidades

- La única regla de los parques Delos es que no se puede morir. Delos toma su nombre de una isla griega en que se aprobó en el siglo V a.C. una absurda ley que prohibía morir. Por surrealista que suene, aún existen ciudades en que se prohíbe puntualmente la muerte por falta de espacio en cementerios, incluso ha sucedido en España en Lanjarón.
- La ciudad en que sucede se llama Sweetwater en honor al mítico western de Sergio Leone *Hasta que llegó su hora*.
- En 1976 apareció la secuela *Mundo futuro*, protagonizada por Peter Fonda, que tenía lugar en otro de los planetas propiedad de la misma compañía y ahondaba en otros parques temáticos
- En 1980 se estrenó otra serie homónima como *spin-off* de la película original, en la que uno de los científicos locos que habían creado a los androides para el parque temático se dedicaba ahora a infiltrarlos en nuestra sociedad.
- En algunas escenas de la serie se pueden ver restos envejecidos del parque de la película original –y hasta el androide polvoriento de Yul Brinner almacenado en una oficina abandonada–, dando a entender que no es tanto un remake como una secuela, aunque esto no encaje del todo en la continuidad del guión.

Jóse Sénder

Curso 1999

PELÍCULA. *Class of 1999*, Mark L. Lester, 1990.

El director de un instituto lleno de delincuencia juvenil introduce secretamente a androides militares ultra-violentos como profesores para mantener a raya a los alumnos más peligrosos.

¡Adelante, Gadgeto-profes!

Este clásico de culto punk se considera una secuela apócrifa de la anterior película de Lester, *Curso de 1984*, en que no había ningún tipo de robots ni distopías y la cosa iba al revés: los profesores eran los buenos y tenían que destapar la red de crímenes de unos alumnos más bien malotes. Entre el reparto de la que nos ocupa destacan en roles villanescos Pam Grier y Malcolm McDowell. Pese a ser una simple película de acción, incide en el tema de los peligros de

dar demasiado poder a los robots y dejarles decidir sobre la vida humana. Pese a que pueda parecer barata y cutre al primer vistazo de tráiler, en realidad se trata de una obra muy bien dirigida y cuyos efectos –todos manuales, nada de CGI– no dan ninguna vergüenza aunque los revisites hoy en día. Visualmente, está clarísimo que bebe enormemente de la saga *Mad Max* y, aunque el producto roce la serie B, es una cinta muy digna y entretenida de ver.

Qué aporta:

Diversión, acción y una vuelta de tuerca a esa oleada de películas de los ochenta y noventa sobre profesores enfrentados a delincuentes juveniles,

Curiosidades

- El director del instituto está interpretado por Stacey Keach, el protagonista de *Mike Hammer* y alcaide de *Prison Break*.
- La súper-banda –dícese de un grupo musical formado por miembros de otros grupos célebres– de grunge Class of '99, un combinado de miembros de Alice in Chains, Rage Against the Machine y Jane's Addiction, tomó su nombre en honor a la película.
- Fue idea del propio Stacey Keach que su personaje tuviera el pelo y los ojos blancos.
- Hay un cameo de los Nine Inch Nails tocando en un bar.
- Una de las figurantes que aparece de fondo en el instituto es una jovencísima Rose McGowan.

UNIVE
RSOS
DISTÓ
DICOS

Jóse Sénder

Lo más emblemático:
Su extraño dibujo *underground*, mezcla de manga y álbum francés.

____Ronin

CÓMIC. *Rōnin*, Frank Miller, 1983-84.

Un samurái errante del Japón feudal se reencarna en un hombre sin brazos ni piernas pero con poderes telequinéticos, en un futuro distópico en que el colapso económico ha destruido la sociedad y una inteligencia artificial controla la desolada ciudad de Nueva York.

Ronin City

Sin duda, esta miniserie de seis números fue el punto de inflexión que llevó a Miller de ser un autor de cómic americano más a convertirse en uno de los grandes nombres del cómic de autor del siglo XX. Su primer trabajo más adulto y complejo mezcla estilos narrativos orientales y europeos –el amor hacia la obra de Moebius está presente en cada viñeta–. Sus locas y fascinantes composiciones de página alcanzan aquí su máximo esplendor, aunque su estilo de dibujo aún estuviera algo verde si lo comparamos con lo que llegaría a hacer en *Sin City*. El cine de Kubrick es otro gran referente de esta obra, que guarda grandes paralelismos con *2001: Una odisea del espacio*. La metafísica y la teorización sobre hasta qué punto la tecnología y la inteligencia artificial dominan al hombre no tiene nada que envidiar a la de *Black Mirror*.

Qué aporta:

Un punto de inflexión esencial para el cómic de autor y una mirada al abuso de dependencia de las tecnologías.

Curiosidades

- A Miller se le ocurrió la idea para *Ronin* mientras recopilaba información sobre ninjas y samuráis durante su época como guionista de *Daredevil*.
- El autor afirma que su mayor inspiración fue el legendario manga *El lobo solitario y su cachorro*.
- Frank Miller alcanzaría el estatus de autor de culto con obras como *Sin City*, *300* o *Elektra Asesina*.
- Una de las influencias principales de Kevin Eastman para crear su cómic paródico *Tortugas Ninja*.
- También influyó enormemente a la serie de animación *Samurai Jack*.

UNIVE
RSOS
DISTÓ
BICOS

Jöse Sénder

_____Ghost in the Shell

CÓMIC. *Mobile Armored Riot Police*, Masamune Shirow, 1989-1990.

La mayor Motoko Kusanagi es una ciborg que trabaja como operativo militar para la Sección 9 en la corrupta ciudad de Niihama, cazando a terroristas cibernéticos.

Lo más emblemático:

Ese plano de Kusanagi dejándose caer desde lo alto de un edificio sin pestañear ni cambiar de expresión.

¿Sueñan los androides con distopías ciberpunk?

Una de las obras más emblemáticas del ciberpunk, tanto en Japón como en el resto del mundo. Shirow aprovecha el trasfondo de acción y misterio para hablar vastamente de temas filosóficos y existenciales, con especial hincapié en la duda sobre dónde termina lo material y comienza lo espiritual. Su principal influencia confesa es el libro de psicología filosófica de 1967 *El fantasma en la máquina*, de Arthur Koestler. *Ghost in the Shell* ha sido adaptada numerosas veces a animación: la mítica película de 1995 dirigida por Mamoru Oshii, su secuela directa en 2004, la serie televisiva de 2002-2003, otra película como secuela de la serie en 2006, un OVA en 2013 y otra película de animación más en 2015.

¿Sueñan los androides con Scarlett Johansson?

Lo más reciente ha sido su polémica adaptación a una película estadounidense de imagen real, protagonizada en 2017 por Scarlett Johansson, Juliette Binoche y Takeshi Kitano. Visualmente, una obra espectacular y con ac-

ción trepidante a raudales que no empaña su profundidad psicológica. Pero, como suele pasar con cualquier adaptación cinematográfica que intente condensar en dos horas una historia de cómic larga y compleja, tuvo a sus inevitables legiones de detractores e incluso desató polémicas por su reparto mayormente caucásico, que fue visto como un "*whitewashing*" americano. Pese a ello, el propio Mamoru Oshii dio su visto bueno a la película, declarando muy emocionado que le había encantado y que aquél era el mejor casting imaginable.

Qué aporta:

La visión existencialista de Shirow sobre el alma humana aplicada a una historia de robots, tiros y corrupción futurista.

Curiosidades

- En el original, nunca se esconde que Motoko es una ciborg que lleva un cerebro humano dentro. Para enfatizarlo, en el anime original no pestañea jamás.
- La ciudad ficticia de Niihama está inspirada en la ciudad real de Kobe.
- El ayuntamiento de Kobe, encantado con ello, ha creado un proyecto de relaciones públicas para turismo llamado Sección 9.
- Algunos planos de la película de imagen real de 2017 son recreaciones exactas del anime original e incluso los decorados en algunos momentos puntuales imitan al material original milímetro a milímetro.
- Masamune Shirow ha creado otras obras emblemáticas del manga y el anime como *Appleseed* o *Dominion*.

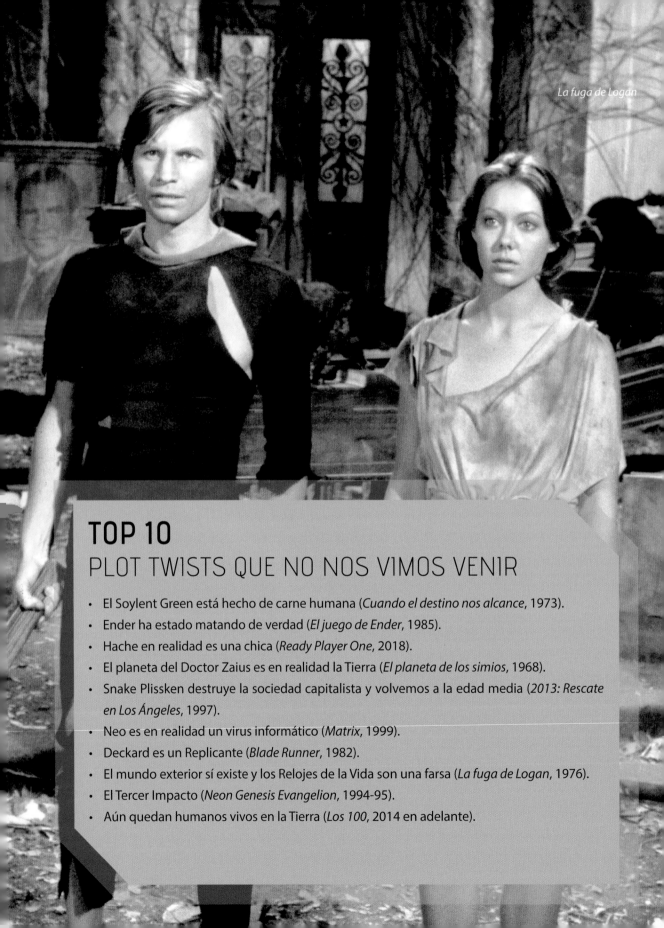

TOP 10
PLOT TWISTS QUE NO NOS VIMOS VEN1R

- El Soylent Green está hecho de carne humana (*Cuando el destino nos alcance*, 1973).
- Ender ha estado matando de verdad (*El juego de Ender*, 1985).
- Hache en realidad es una chica (*Ready Player One*, 2018).
- El planeta del Doctor Zaius es en realidad la Tierra (*El planeta de los simios*, 1968).
- Snake Plissken destruye la sociedad capitalista y volvemos a la edad media (*2013: Rescate en Los Ángeles*, 1997).
- Neo es en realidad un virus informático (*Matrix*, 1999).
- Deckard es un Replicante (*Blade Runner*, 1982).
- El mundo exterior sí existe y los Relojes de la Vida son una farsa (*La fuga de Logan*, 1976).
- El Tercer Impacto (*Neon Genesis Evangelion*, 1994-95).
- Aún quedan humanos vivos en la Tierra (*Los 100*, 2014 en adelante).

TEENTOPÍA

Distopías
para público juvenil

omo bien supieron ver a tiempo Robert A. Heinlein y Ursula K. Le Guin, la ciencia-ficción distópica no es un género exclusivo para un público de edad más avanzada, sino que el interés del sector adolescente y veinteañero ha sido creciente durante el último medio siglo. En parte se debe al crecimiento de los problemas sociales y medioambientales, de los que la población joven cada vez es más consciente. De ahí que una gran parte de la literatura y cine enfocada hacia esta franja de edad, que busca en los productos culturales que consume un reflejo de los temas que le preocupan, sea distópica. ¿Habrá encontrado el género distópico su lugar definitivo en la narrativa juvenil?

Un pliegue en el tiempo

NOVELA. *A Wrinkle in Time*, Madeleine L'Engle, 1962.

Los hermanos Murry se embarcan en una aventura espacial en busca de su padre, viajando a un planeta en que una personificación del mal llamada la Cosa Negra ha convertido a todo el mundo en una mente colmena de esclavos.

Lo más emblemático: La idea de la mente colmena.

Un pliegue en la Historia

Es evidente que el tema central de la obra es el clásico de la lucha entre el bien y el mal, representado de forma muy obvia por la luz y la oscuridad, dándole un toque espiritual y religioso. El libro ha sido censurado e incluso prohibido en varias ocasiones. En algunos casos, se le acusaba de ser demasiado cristiano y en otros, paradójicamente, de ofender al cristianismo mostrando visiones alternativas del bien y el mal –además de que las tres señoras mágicas que ayudan a los niños son una clara referencia a la brujería–. Una de las trabas habituales que le pusieron fue asegurar que la novela era demasiado complicada para los niños, a lo que la autora respondía sin pudor que "no es que sea demasiado complicada para los niños, es que es demasiado complicada para según qué adultos".

Un pliegue en la conciencia de género

Otros temas muy importantes que trata son el conformismo social y la necesidad de rebelarse contra el status quo cuando éste es injusto. Tiene además un amplio componente feminista que radica en la figura de la protagonista, una niña rebelde y muy inteligente que salva el universo sin ayuda de ningún hombre. A menudo se ha considerado que L'Engle abrió el camino para que otras novelas juveniles pudieran tener a personajes femeninos tan importantes como Hermione Granger o Katniss Everdeen, que no habrían sido posibles sin Meg Murry. En cuanto a la presentación previa de un planeta utópico llamado Uriel, como contraposición a la distopía de la mente colmena de Camatotz, recuerda poderosamente a los planetas Urras y Anarres que aparecen en *Los desposeídos* de Ursula K. Le Guin, la cual muy probablemente se inspiró en L'Engle.

Un pliegue en los medios

La novela tuvo cuatro secuelas que acabaron formado una saga conocida como el Quinteto del Tiempo. En 2003 se estrenó una adaptación en forma de telefilme, que la propia Madeleine L'Engle consideró horrenda. En 2018, Disney estrenó una nueva adaptación cinematográfica, con Reese Witherspoon, Chris Pine, Michael Peña, Zach Galifanakis e incluso la mismísima Oprah Winfrey. El libro también ha sido adaptado a teatro, audiolibros, una novela gráfica e incluso a ópera.

Qué aporta:
Una de las primeras aproximaciones a los problemas sociales en la literatura ya no juvenil, sino incluso infantil.

Curiosidades

- Meg Murry está inspirada en la propia L'Engle cuando era niña.
- Más de 26 editoriales rechazaron la novela porque no sabían si enmarcarla en sus líneas de literatura infantil o adulta, debido a sus temas sociales y de física cuántica, además de que no les quedaba claro si era ciencia-ficción o fantasía, al mezclar viajes espaciales y brujas.
- La propia autora admitía que tampoco tenía claro dónde categorizarla.
- La astronauta Janice Voss declaró que esta novela fue la que inspiró su carrera. Se llevó una copia firmada del libro al espacio para cumplir un sueño de la autora.
- La IAU –Unión Astronómica Internacional– bautizó como L'Engle a un cráter en el polo sur de Mercurio.

Los juegos del hambre

SERIE DE NOVELAS. *The Hunger Games*, Suzanne Collins, 2008.

En la sociedad corrupta y militarizada de Panem, se organiza un Battle Royale anual en el que sólo puede sobrevivir un adolescente. Pero Katniss Everdeen tiene otros planes en mente: iniciar una revolución del pueblo.

Lo más emblemático: Jennifer Lawrence y su arco.

Los juegos de la escritura

Suzanne Collins bebe de muchísimas fuentes y eso es algo de lo que no se avergüenza. La historia está, según la propia autora, inspirada en el mito griego de Teseo, *1984*, la guerra de Irak, *La lotería* de Shirley Jackson y, como ya te imaginabas, *Battle Royale*. Los temas que más toca son la opresión, la pobreza, el estrés postraumático de la guerra y la difícil elección entre salvar el propio pellejo o preocuparse por los demás. Hace especial hincapié en la falsedad de la propaganda política y las estrellas mediáticas afines a los regímenes, con lo que incluso la protagonista tiene que fingir y caer muy bajo para lograr sus objetivos. Coinciden la mayoría de críticos en que, pese a que el nivel narrativo de Collins no es nada del otro jueves y sus diálogos son limitaditos –en palabras de Stephen King, tiene fallos de escritura que un adulto no podría pasar por alto y el triángulo amoroso protagonista es tan obvio que aburre–, la trama está bien desarrollada, es entretenida y consigue transmitir ideas sociales de forma interesante al público joven, que al fin y al cabo es el objetivo de la saga.

Los juegos del cine

En 2012 se adaptó al cine por todo lo alto, catapultando a la fama a su protagonista Jennifer Lawrence, acompañada de un elenco estelar que incluía a Donald Sutherland, Woody Harrelson, Lenny Kravitz o Stanley Tucci. La película fue todo un éxito de audiencia y de crítica que dio pie a tres secuelas, en las que se añadiría a nuevas incorporaciones de casting como Jena Malone, Philip Seymour Hoffman, Julianne Moore, Mahershala Ali o Natalie Dormer. Pero, sobre todo, lo que hizo la franquicia *Los juegos del hambre* fue abrir el camino a toda una nueva oleada de sagas literarias y cinematográficas de distopía juvenil que han predominado en las carteleras de la última década.

Qué aporta: Pavimentar el camino para el auge del género distópico juvenil en nuestra década.

Curiosidades

- Collins afirma que la inspiración le vino haciendo zapping, al cambiar de un canal en el que daban un reality show juvenil a otro en el que el noticiario informaba sobre una guerra.
- La autora comenzó su carrera como guionista de televisión infantil y juvenil, en series como *Las historias de Clarissa* –el debut de Melissa Joan Hart antes de convertirse en la bruja Sabrina–.
- Emma Roberts audicionó para interpretar a Katniss en la película.
- Collins es autora también de la saga de fantasía épica *Las crónicas de las tierras bajas –The Underland Chronicles–*.
- El estreno de la primera película fomentó un espectacular aumento en las inscripciones a clases de tiro con arco en todo el mundo, especialmente entre chicas adolescentes.

Nación

NOVELA. *Nation*, Terry Pratchett, 2008.

En una versión alternativa del siglo XIX, el joven aborigen Mau sobrevive al tsunami que devasta la isla de Nación. Junto a la hija de un gobernador inglés, Ermintrude, y otros supervivientes variopintos que van llegando de las islas vecinas, tendrá que reconstruir como pueda la sociedad de la isla.

Tenía que ser Terry

Terry Pratchett fue uno de los autores de mayor éxito del siglo XX, conocido por sus novelas de humor ácido para un público más adulto, principalmente su legendaria serie *Mundodisco*. Pero, de vez en cuando, le gustaba salirse de su estilo habitual y escribir novelas para niños y adolescentes, en las que eliminaba las tramas más complejas, la sátira política y su humor más bizarro. *Nación* es una de estas obras, desprovista de su característico humor negro, pero sin restarle su crítica social satírica –aunque suavizada–. Una novela muy inteligente de un escritor que sabe llegar a los niños, que habla mucho de la interacción entre la ciencia y la espiritualidad, de cómo no tienen por qué ser mutuamente excluyentes, así como también del difícil entendimiento entre culturas. Según Pratchett, su editor le había encargado una nueva entrega de la saga de Tiffany Dolorido, la vertiente más infantil de *Mundodisco*, pero estaba tan emocionado con su idea para *Nación* que lo escribió sin avisar y se lo presentó por sorpresa al editor. A éste le pareció tan alucinante que lo publicó en seguida, sin siquiera molestarse por el cambio brusco.

Lo más emblemático:

La curiosa y fascinante religión de la isla ficticia de Nación y su pasión por los delfines.

Qué aporta:

Que los más jóvenes también puedan disfrutar de la deliciosa forma de escribir de Pratchett y plantearse dudas existenciales sin dejar de divertirse.

Curiosidades

- El padre de Ermintrude es un simple gobernador colonial, pero está llamado a convertirse en el nuevo Rey de Inglaterra tras una epidemia de gripe aviar que ha matado a toda la Familia Real.
- *"Un libro para niños que comprarán los adultos"*, lo describía el autor.
- Fue adaptado a obra de teatro en el Royal National Theatre de Londres en 2009.
- Pratchett opinaba que éste es el mejor libro que escribió en su vida.
- La corona inglesa concedió el título de Sir a Terry Pratchett en 2009 por su gran aportación a la literatura.

UNIVE
RSOS
DISTÓ
BICOS

Jöse Sénder

Lo más
emblemático:
La idea de la trama
principal es muy
potente y llamativa.

 Uglies

NOVELA. Scott Westerfield, 2005.

En un futuro presuntamente utópico en que se ha eliminado la pobreza y la escasez, el principal problema que preocupa al gobierno es que todo el mundo le parece feo. Pero la cirugía estética obligatoria al cumplir los 16 no sólo convierte a la gente en atractiva según el canon social, sino también en conformistas obedientes y sumisos.

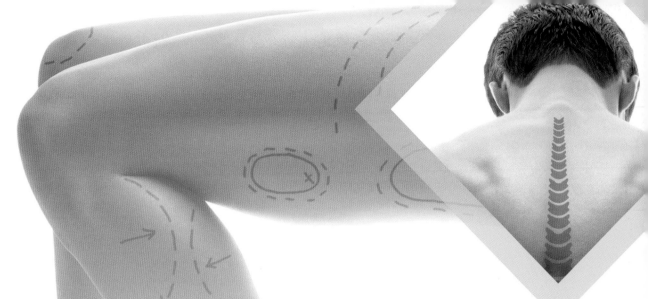

Guapos, feos y viceversa

Esta novela juvenil aclamada por la crítica goza de una historia altamente alegórica, tratando las dudas que acechan a todo adolescente, como el miedo
a convertirse en adulto y dejar atrás la feliz y desenfadada época de la infancia. Reivindica la individualidad y el derecho a ser uno mismo frente
a una sociedad que intenta convertir a las nuevas generaciones en
un ejército de clones sin personalidad. La obsesión social con la
belleza es el tema principal de la novela, de una forma mucho
más literal que metafórica, abriendo un interesante debate sobre la necesidad de la cirugía para complacer los cánones estéticos
de los demás.

Qué aporta: Una interesante reflexión para los adolescentes sobre los tópicos de la belleza y de la necesidad de encajar en un grupo social.

Curiosidades

- Acabó dando lugar a tres secuelas, *Pretties, Specials* y *Extras*.
- El autor ha anunciado en su web oficial que está preparando cuatro entregas más, de momento sin fecha definida.
- En 2012 se publicó una adaptación a novela gráfica dibujada al estilo manga.
- Se empezó a planear una adaptación al cine, pero a día de hoy sigue en un limbo de producción indefinido.
- El argumento se parece poderosamente al de un episodio de –cómo no– *La dimensión desconocida* de 1960, *Eye of the Beholder*.

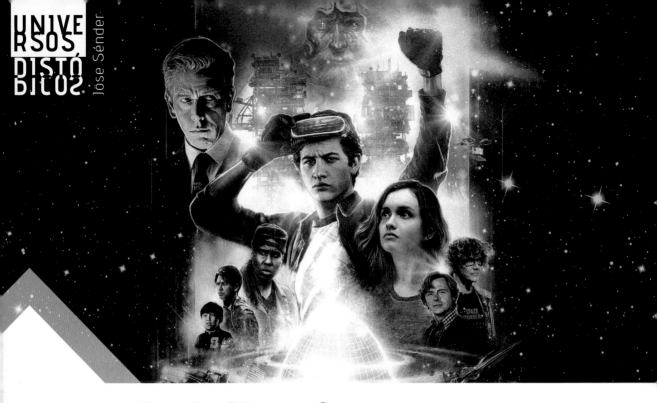

____Ready Player One

PELÍCULA. Steven Spielberg, 2018.

En un futuro azotado por la crisis económica, la única válvula de escape de la sociedad es un complejísimo mundo inmersivo de alta realidad virtual llamado OASIS, que ahora está disputado por miles de personas compitiendo en un concurso para convertirse en sus propietarios.

¿Vamos a ver videojuegos... en su parque de videojuegos?

Basada en el libro homónimo de Ernest Cline, la adaptación al cine del maestro Spielberg abrió la historia a un público mucho más amplio y, en opinión de muchos, la mejoró exponencialmente. La novela, pese a estar dirigida a un público juvenil, es densa y sobrecarga tanto de información friki que a veces satura al lector. Pero el director de *Parque Jurásico* sabe bien cómo trasladar una historia al cine, corregir sus errores, excesos y carencias haciendo lo que mejor sabe hacer: cine entretenido de aventuras para todos los públicos. Algunas de las pruebas que los jugadores debían pasar en el libro eran curiosas, pero poco interesantes en una película –sin ir más lejos, la primera gran prueba consistía en recitar de memoria todo el diálogo de Matthew Broderick en *Juegos de Guerra*–. Spielberg tuvo mucho acierto en sustituir estas pruebas por otras mucho más visuales y dinámicas, como esa espectacular carrera de coches intentando esquivar a King Kong.

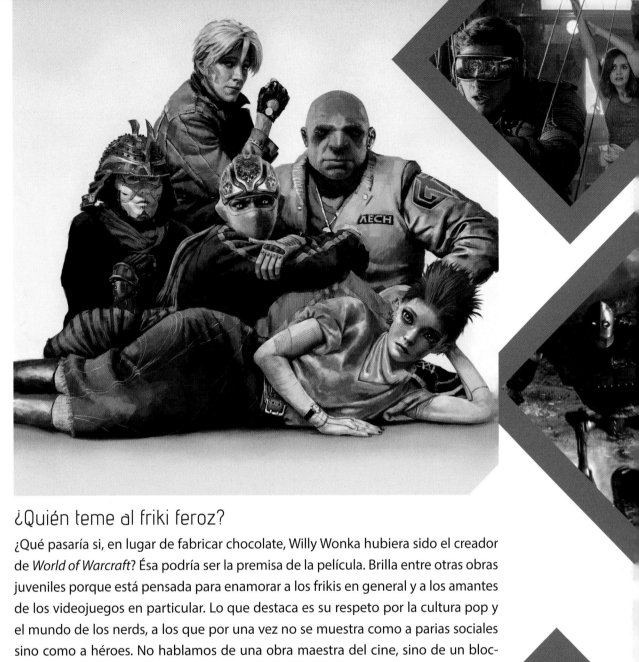

¿Quién teme al friki feroz?

¿Qué pasaría si, en lugar de fabricar chocolate, Willy Wonka hubiera sido el creador de *World of Warcraft*? Ésa podría ser la premisa de la película. Brilla entre otras obras juveniles porque está pensada para enamorar a los frikis en general y a los amantes de los videojuegos en particular. Lo que destaca es su respeto por la cultura pop y el mundo de los nerds, a los que por una vez no se muestra como a parias sociales sino como a héroes. No hablamos de una obra maestra del cine, sino de un blockbuster de mucha acción y efectos. Palomiteo de máximo nivel, sí, pero palomiteo *made in Spielberg*, lo que significa que visualmente es espectacular, la dirección impecable y los VFX impresionantes. El lema de la película podría resumirse en que no hay nada malo en ser un –con perdón de la expresión– "niño-rata" que se pasa el día jugando a videojuegos. Se desmitifica la idea de que los *gamers* no tienen vida social, se les reverencia y se fomenta la idea de que jugar a videojuegos, leer cómics y ver montones de películas te llena de cultura y de habilidades que pueden resultarte útiles para la vida. Porque ser friki, en el mundo real, implica ser culto.

Lo más emblemático:
Su alucinante estética visual.

Curiosidades

- Spielberg pidió a su equipo de VFX que no pusieran demasiadas referencias a su propia filmografía, para no parecer un egocéntrico. Pero la mayoría de los animadores eran grandes fans suyos y se dedicaron a meter muchos guiños a sus películas en un segundo plano, sin decirle nada.

- Disney no dio permiso para emplear imágenes de Marvel o *Star Wars*, aunque sí se podían mencionar. Esto se convirtió en una broma recurrente en la película, con constantes menciones a ambas franquicias pero sin enseñar nada. Incluso Hache le dice a Parzival en una escena que tiene el Halcón Milenario en su garaje y que si quiere verlo, pero él le responde que ya se lo enseñará más tarde.

- Cuando el Batmóvil de los sesenta pega un frenazo en la carrera inicial, el sonido del derrape imita la melodía de la legendaria serie de Adam West.

Te he dicho que no me llames Junior

No te dejes engañar por la desafortunada campaña publicitaria de la película. En esta época en que lo que más vende es el *revival* de los ochenta, nos la han querido vender como un refrito de referencias ochenteras, con un *"si te gusta* Stranger Things *te gustará esta película"*, metiendo en el tráiler sólo los guiños a dicha década. Nada más lejos de la realidad. La película está a petar de referencias frikis, pero de todos los estilos y épocas. Uno de los mayores miedos que circularon por internet fue que la película sólo se sostuviera en base a referencias y cameos. Y es cierto que está tan abarrotada de guiños que tendremos que verla cincuenta veces para llegar a pillarlos todos. Pero lo bueno es que no restan, sólo suman. No es necesario conocer todas las obras que se referencian: la inmensa mayoría son sólo guiños visuales en segundo plano. Y las pocas que tienen relevancia para la trama están bien explicadas para que todo el mundo las pille. Y es que Spielberg no es tonto. Lleva décadas en el negocio y sabe bien que una película no puede sustentarse solamente en sus referencias pop, sino simplemente usarlas como un extra –mirad la trilogía de *Indiana Jones*, que contiene más de 300 guiños a otras obras, pero esto no nos impide disfrutar de la acción–. Y, sobre todo, que no le conviene limitarlas a una época o género concreto, sino diversificarlas para no limitar su público objetivo.

Qué aporta: La desestigmatización del estereotipo del friki marginal.

- Como ya mencionaba en un capítulo anterior, muchas historias futuristas –entre ellas *The Orville* de Seth MacFarlane o mi novela *Rooftopia: Las puertas del olvido*– pecan a menudo de utilizar solamente referencias a la cultura popular actual. La novela original de Cline también tenía este fallo, pero Spielberg lo corrigió añadiendo referencias a supuestas obras publicadas dentro de varias décadas, para hacerlo más creíble.

- En la habitación de Halliday destaca un póster del grupo Rush, que en la película no tiene mayor importancia. En la novela era la pista esencial para encontrar una de las llaves, escondida en un mundo virtual basado en el disco *2112* de la banda canadiense.

El corredor del laberinto

PELÍCULA. *The Maze Runner*, Wes Ball, 2014.

Un grupo de niños aparece sin recuerdos en un laberinto vigilado por ciborgs, del que tendrán que escapar como sea.

Corre, Thomas, corre, te persigue el ciborg

Adaptación de la novela homónima de James Dashner de 2009, la primera de una serie de seis libros juveniles. El reparto es deliberadamente desconocido, primando la credibilidad por encima de los rostros famosos –exceptuando al joven Thomas Brodie-Sangster, al que recordarás de *Love Actually* o *Juego de tronos*–. El autor de la novela original la definía en su blog como "El señor de las moscas *se encuentra con* El juego de Ender" y eso es exactamente lo que nos da: niños intentando recrear la sociedad humana y repitiendo los errores de ésta, pero además inmersos en un mortífero juego creado por adultos que los utilizan como carne de cañón. La película acierta de lleno en su modo de mostrarnos la confusión y desorientación del protagonista, logrando que nos identifiquemos con él y sus inseguridades. Utiliza sin miedo los clichés del género distópico como metáfora para explorar las inquietudes del paso de la infancia a la adolescencia. Y en cuanto al diseño visual de los ciborgs, a manos del concept artist Ken Barthelmey, es espectacular.

Curiosidades

- Daría pie a dos películas más, basadas en las siguientes entregas de la saga de novelas, *El corredor del laberinto: Las pruebas* (2015) y *El corredor del laberinto: La cura mortal* (2018).
- Blake Cooper consiguió su papel de forma poco usual: dando la brasa al director por Twitter. Su insistencia en cientos de tweets hizo que Wes Ball aceptara darle una audición. Para que luego digan que las redes sociales son una pérdida de tiempo.
- En el libro, los chicos tienen una jerga propia inventada para la historia, que sustituye a las palabrotas y está inspirada en un sketch del programa de humor *The Ronnie Johns half hour*.
- Thomas Brodie-Sangster opinó en una entrevista que la película podría haber durado cinco minutos si a los chicos del laberinto se les hubiera ocurrido construir una escalera para mirar por encima de las paredes. En la novela original, las paredes eran mucho más altas e inalcanzables, pero en la película se construyeron mucho más bajas para que el aspecto visual fuera más atractivo, aunque restándole así credibilidad.
- El escritor James Dashner hace un cameo al final, sentado a la derecha de la doctora Ava Paige.

Qué aporta:

Otra exitosa saga adolescente para afianzar el género distópico entre este sector del público.

Lo más emblemático:

El aspecto visual del laberinto y de sus ciborgs.

Jöse Sénder

_____Los 100

SERIE DE TV. *The 100*, Jason Rothenberg, 2014-presente.

L a estación espacial en la que viven los pocos supervivientes de la Tierra un siglo después de una guerra nuclear empieza a tener fallos mecánicos que podrían condenar a la humanidad. Los cien adolescentes internados en el reformatorio de a bordo son enviados a la superficie del planeta como conejillos de indias para comprobar si la atmósfera es habitable. Y no sólo lo es, sino que el planeta está habitado por terroríficas tribus de salvajes armados que convertirán sus vidas en un infierno de violencia y adrenalina constante.

Menos hormona y más adrenalina

Basada de forma muy libre en la serie de novelas romántico-adolescentes de Kass Morgan, se desmarca totalmente del tufillo *Crepúsculo* que tenía el material original y se convierte en una obra de acción trepidante, violencia y supervivencia extrema, apenas relacionada con los libros más allá de su planteamiento inicial. En el episodio piloto, da la sensación de que vaya a ser una serie más de amoríos y hormonas desatadas, pero el potente plot twist final te deja con la boca abierta y cambia drásticamente el tono de la serie, convirtiéndose en un producto de acción al que muchas otras series deberían envidiar. Si te gustan las historias tipo *Juego de tronos* en las que no te puedes encariñar de ningún personaje porque caen como moscas, ésta te va a encantar. Al final de la quinta temporada, aparece inesperadamente el subtítulo *"Fin del libro 1"*, en una presumible broma interna sobre lo alejada que está ya la trama de la saga de novelas original.

Lo más emblemático:

Su estética grunge post-apocalíptica al estilo Mad Max.

Somos terrícolas

Se hace muy interesante el desarrollo de personajes, mostrando a villanos a los que en principio odias con todas tus fuerzas y que, poco a poco, van madurando y convirtiéndose en los verdaderos protagonistas –Bellamy, Echo, Kane o el grandísimo Murphy–, así como a supuestos héroes que cada vez van cayendo más bajo hasta que acabas deseando que los maten –Octavia, Jasper o el insufrible Jaha–. Los rostros protagonistas no son especialmente conocidos, si exceptuamos a Henry Ian Cusick –Desmond en *Perdidos*-, Paige Turco –April O'Neal en las entregas 2 y 3 de la trilogía noventera de *Las tortugas ninja*–, Ricky Whittle –Shadow en *American Gods*–, William Miller –Mike en *Cuéntame cómo pasó*– y el omnipresente Alessandro Juliani, rey de los secundarios televisivos de la categoría *"eh, ese tío me suena"*.

Que volvamos a vernos

Otro aspecto muy interesante es cómo nos muestra muy progresivamente los restos devastados de la Tierra para que poco a poco vayamos descubriendo dónde sucede la acción. El ejemplo más claro es el poblado de la tribu Trikru, llamado

UN1VE
RSOS,
DISTÓ
DICOS

Jöse Sénder

Tondc, que más adelante entendemos que son las ruinas de Washington DC, a las que han renombrado en base a los restos de un cartel roto que encontraron –en un más que probable guiño a la película *Zardoz*–. La verdad es que, pese a la mala impresión que pudiera dar su piloto –hacedme caso, vale la pena aguantar hasta el segundo episodio–, *Los 100* se aleja de la típica serie de adolescentes de moda y nos narra un drama post-apocalíptico con constantes giros de guión, un ritmo narrativo que no te deja aburrirte ni un segundo, *cliffhangers* cada medio minuto, adrenalina pura y personajes bien construidos, en constante evolución. Excepto Finn. Nadie soportaba a Finn.

Curiosidades

- El lenguaje ficticio Trigedasleng que hablan los Trikru fue diseñado por David J. Peterson, el mismo que creó los lenguajes Dothraki y Valirio para *Juego de tronos*, además de otros idiomas ficticios para *Defiance*, *Doctor Extraño*, *Thor: El mundo oscuro*, *Warcraft: El origen* o *Penny Dreadful*.
- Algunos personajes de la serie no aparecen en las novelas, como Finn, Jasper, Lexa, Lincoln, Raven o Murphy. Wells es uno de los personajes principales de las novelas, mientras que en la serie apenas dura tres capítulos. En los libros una de las protagonistas, Glass, escapa del reformatorio y se queda en el Arca. En la serie se eliminó el personaje, pero más adelante Jason Rothenberg se arrepintió e incluyó a Raven Reyes, muy similar a Glass.
- Bob Morley, que interpreta al co-protagonista Bellamy Blake, es australiano de ascendencia filipina y tiene un acento muy marcado. Para la serie, finge un acento americano que encaje con la serie. En junio de 2019 se casó con Eliza Taylor, que interpreta a la protagonista Clarke Griffin.
- Los nombres de algunos protagonistas son homenajes a escritores de ciencia-ficción: Arthur C. Clarke, Edward Bellamy, H.G. Wells, Octavia Butler. Los que no tienen nombres de escritores son, en su mayoría, los creados expresamente para la serie.
- Jessica Harmon –Dale Bozzio en *iZombie*–, que en la serie interpreta a Nyilah, es la hermana mayor de Richard Harmon, que interpreta a Murphy.

Qué aporta:
Convertir una saga literaria adolescente no especialmente interesante en una trepidante serie de acción y profundizar en la crueldad de la organización social humana.

Los Cylons en *Galactica, estrella de combate*

TOP 10
RAZAS MONSTRUOSAS

- **Los Morlocks** (*La máquina del tiempo*, 1895).
- **Los Insectores** (*El juego de Ender*, 1985).
- **Los Ángeles** (*Neon Genesis Evangelion*, 1994-95).
- **Los Cylons** (*Galactica, estrella de combate*, 1978).
- **Los Bergs** (*El Incal*, 1988).
- **Los mutantes albinos** (*El último hombre… vivo*, 1971).
- **Los Trífidos** (*El día de los trífidos*, 1962).
- **Los Amos** (*La trilogía de los Trípodes*, 1967-1988).
- **Los Irathients** (*Defiance*, 2013-15).
- **Los Drej** (*Titan A.E.*, 2000).

GAME OVER

Videojuegos distópicos

Nunca debemos olvidar que el videojuego es uno de los medios narrativos principales en la sociedad contemporánea. Atrás quedó ya la época en que un videojuego era un simple entretenimiento carente de trama –pero que muy atrás, en los tiempos del *Pong*–. En la era actual, pese a los puristas que se empeñan en dejarlo en un segundo plano debido a su componente interactivo, la mayoría de juegos de ordenador y consolas hacen gala de historias muy complejas y tramas muy bien desarrolladas que nada tienen que envidiar al cine, la televisión, la novela o el cómic –en esto, la compañía Telltale se lleva la palma–. Y, como no podía ser de otra forma, el género distópico también tiene un lugar destacado en el mundo *gamer*.

UNIVE
RSOS
DISTÓ
ƊIⸯⱯƆ

Jöse Sénder

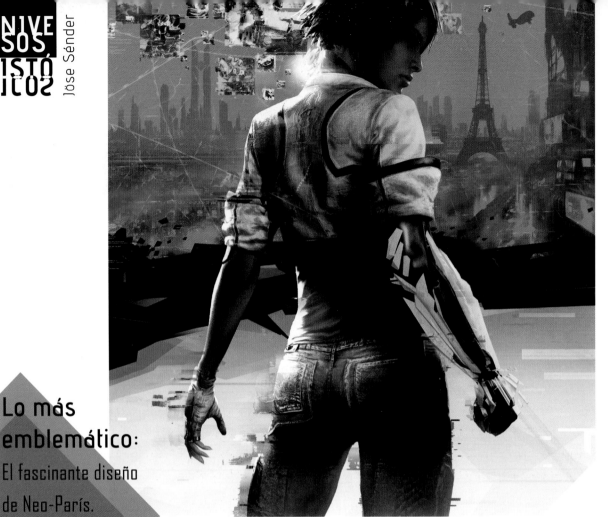

Lo más emblemático:

El fascinante diseño
de Neo-París.

Remember Me

Dontnod Entertainment, 2013.

E n la Neo-París del 2084, Nilin, una luchadora contra el régimen de la corporación Memorize, escapa de la cárcel. Con su poder único de robar recuerdos ajenos y remezclarlos para cambiar la percepción de los demás, intentará recordar quién es y enfrentarse a las fuerzas de Memorize.

Buscando en el baúl de los recuerdos

Un juego muy complejo, con una historia fascinante llena de capas que no deja de sorprenderte. El ambiente es muy inmersivo, con un interesantísimo mundo abierto que explorar. Mezcla plataformas con exploración y combates –con complejos combos de ataque customizables–, pero además incluye rasgos propios, como unos lugares llamados Remembranes en los que puedes observar físicamente los recuerdos de quien ha pasado por allí, algo muy útil por ejemplo cuando estás investigando la desaparición

Qué aporta:
Una historia rica y compleja que ahonda en una distopía corporativa en que la población es sumisa y se deja oprimir alegremente.

de una persona o cuando tienes que atravesar un campo de minas sin pisarlas. En algunos puntos, tienes incluso que resolver acertijos, combinando aún más estilos de juego en uno solo. Artísticamente, es una delicia para los sentidos, con un diseño de arte espectacular, tanto en los fondos como en los vestuarios. El libro que recoge el arte del videojuego, a cargo del artista Aleksi Briclot, es uno de los más recomendados para amantes del arte conceptual en cine y videojuegos.

Curiosidades

- Como campaña publicitaria, se publicó en una web interactiva el diario ficticio de Antoine Cartier-Wells, el fundador de Memorize, que daba pistas sobre cuál sería la historia de fondo del juego.
- Dark Horse publicó un cómic auto-conclusivo a la vez que se lanzaba el juego.
- Fue el primer videojuego creado por Dontnod Entertainment.
- Pese a sus buenas ventas, el enorme precio de su producción hizo que el estudio Dontnod estuviera a punto de quebrar. Fue el éxito arrollador de su producto estrella, *Life is Strange*, lo que les ayudó a recuperarse.
- Se aprobó una secuela producida por Capcom y el guión ya estaba terminado, pero acabó cancelándose por miedo a los excesivos costes de producción que ya habían acarreado problemas en la primera entrega.

UNIVERSOS DISTÓPICOS

Jöse Sénder

Borderlands

Gearbox Software, 2009

Varias corporaciones económicas se han lanzado a la conquista de otros mundos. Uno de ellos, Pandora, ha sido abandonado por lo peligrosa de su fauna y ahora es un desierto *madmaxiano* habitado por bandas de criminales motorizados.

Lo más emblemático: El insufrible Claptrap.

World of Madmaxcraft

El juego es un RPG en primera persona en el que puedes elegir a uno de los cuatro personajes, especializados en distintos tipos de armas y de ataques. Mientras exploras Pandora, vas mejorando tus armas, municiones y vehículos, enfrentándote a toda clase de animales salvajes y de carroñeros humanos organizados en bandas, con la única ayuda de unos pequeños robots insoportables llamados Claptraps, que irritan como nadie lo había hecho desde los tiempos del clip parlante del Microsoft Word. Al final, no es más que un juego de rol en el que vas subiendo de nivel, como podría ser el *WoW*, pero cuya gracia reside en la historia de fondo y el entorno distópico altamente inspirado en *Mad Max*. Las referencias frikis son constantes y divertidísimas, casi al nivel de una novela de Terry Pratchett.

Los otros Borderlands

Existen multitud de ampliaciones descargables, que te permiten acceder a nuevas misiones e incluso historias secundarias, como una rebelión de los Claptraps o una isla infestada de zombis. En 2012 la misma compañía lanzó la secuela del videojuego, con nuevos personajes, misiones y muchas mejoras de armamento y vehículos, abriendo el camino a varias secuelas, precuelas y *spin-offs*. Pero sin duda lo más interesante fue la adaptación a un nuevo videojuego que hizo la famosa compañía Telltale, *Tales from the Borderlands*. Telltale es famosa por sus juegos adaptados de cómics o series de televisión y centrados en una historia compleja con potentes giros de guión y duras elecciones dramáticas, entre los que destacan *The Wolf Among Us*, *The Walking Dead* o *Juego de tronos*. Su adaptación del *Borderlands* deja a un lado el aspecto de juego de tiroteos y persecuciones para explorar más la historia oculta detrás del mundo de Pandora, la búsqueda de la cúpula y las maquinaciones corporativas. Se centra mucho más en la narrativa, el trasfondo social y el desarrollo de los personajes que en la acción que tendría un RPG.

Qué aporta:

Situar un juego de rol y exploración de mundo abierto en una distopía madmaxiana y además con mucho humor.

Curiosidades

- La corporación responsable de la colonización de Pandora se llama Atlas.
- En su primera versión antes del lanzamiento, el juego iba a tener un tono más serio y oscuro, definido por sus creadores como "Mad Max 2 *se encuentra con* Firefly", pero al final decidieron darle su característico tono humorístico para hacerlo más ameno al jugador.
- El equipo artístico se empeñó en redibujar gran parte del juego cuando ya estaba en un estado avanzado, porque el estilo más realista que tenía al principio no les cuadraba con el tono de humor ligero del guión.
- Otros juegos de la compañía: *Half-Life, Brothers in Arms, Duke Nukem, Battleborn, We Happy Few*.

Jose Sénder

Metro 2033

4A Games, 2010.

Los supervivientes de una guerra nuclear se mueven por los viejos túneles del metro de Moscú, esquivando a terribles animales mutados por la radiación y buscando la ayuda de otros supervivientes.

El metro llega con retraso

Basado en la novela homónima del escritor ruso Dmitry Glukhovsky en 2002, *Metro 2033* es un *shooter* en primera persona cargado de historia distópica en su trasfondo. Las armas varían entre las más realistas y las de pura ciencia-ficción, pero siempre con el componente de la escasez de municiones que eleva la tensión del juego. Pese a ser principalmente de acción, terror y supervivencia, tiene ciertos momentos de toma de decisiones morales que le dan algo más de profundidad a la historia.

Lo más emblemático:

Su ambientación siniestra de película de terror.

Qué aporta:

Una visión rusa del género distópico en los videojuegos, mezclando la acción con el terror.

Curiosidades

- El MacGuffin central de la trama gira en torno a unas misteriosas criaturas llamadas Los Oscuros.
- En algunos lugares al azar del juego, se pueden ver copias de la novela original tiradas por el suelo.
- Aunque el juego es un *shooter*, en la novela el protagonista sólo dispara un arma una vez.
- En 2013 se lanzó la secuela *Metro: Last Light* que, pese a estar ambientada en la misma distopía, no sigue la trama ni a ninguno de los personajes del primero.
- La tercera entrega, *Metro Exodus*, llegó en 2019.

Deus ex

Eidos Interactive, 2000.

E n una realidad alternativa en que todas las teorías de la conspiración son reales, un virus ha aniquilado a gran parte de la población. Un agente anti-terrorista con habilidades súper-humanas destapará poco a poco una conspiración a nivel global.

La verdad está ahí fuera

El juego mezcla rol –puntos de habilidad que van aumentando conforme completas misiones, mejoras para el armamento y el personaje– con el clásico *shooter* en primera persona, misterios, exploración y toma de decisiones dramáticas. Uno de los elementos de diseño más curioso es que cuando interactúas con un PNJ cortas a una cinemática en la que no puedes actuar pero sí elegir los diálogos. Es para un solo jugador, pero posteriormente se añadió un modo multijugador mediante parches. Algunas de sus ideas más originales son el potente realismo del mundo representado y la posibilidad de alterar la personalidad del protagonista para adecuarlo a los gustos del jugador.

Qué aporta: Convertir la conspiranoia en distopía.

Lo más emblemático: La cantidad de leyendas urbanas conspiranoicas con las que te puedes ir topando.

Curiosidades

- Dio pie a cinco secuelas.
- El juego combina montones de leyendas urbanas, desde los illuminati hasta el chupacabra.
- El nombre viene de la expresión latina "*deus ex machina*", un vocablo técnico de la narrativa y actualmente sobre todo del cine. Se usa –de forma casi siempre peyorativa– para referirse a escenas en que la situación se salva por arte de magia, sin que los protagonistas hagan ningún esfuerzo.
- Se preparó una adaptación al cine en 2002, pero nunca pasó de la fase de pre-producción.
- Los robots del juego están inspirados en *RoboCop*.

_____Fallout

Interplay Productions, 1997.

Cuando el bunker nº 13 de los que contienen a los restos de la humanidad tras un holocausto nuclear empieza a fallar, el protagonista tendrá que aventurarse al exterior en busca de los componentes necesarios para arreglar la avería, adentrándose en un mundo infestado de animales mutantes y radiación.

Qué aporta:

Trajo de vuelta los videojuegos de rol y generó una amplia franquicia postapocalíptica, largamente imitada.

Nu-ce-lar

El principal atractivo es su estética retro-futurista, inspirada en la cultura estadounidense de los años cincuenta y su cine de serie B. Es un producto de la vertiente de la ciencia-ficción llamada Atompunk –retro-futurismo basado en la energía nuclear–, ambientado en un decadente mundo post-apocalíptico. La jugabilidad se basa en un sistema de puntos de acción –en tu turno puedes moverte o atacar, cuando se acaba el turno le toca al enemigo que tienes delante– y, aunque es para un solo jugador, permite reclutar a varios PNJs como ayudantes del protagonista. Según los críticos de la época, *Fallout* supuso un gran paso para revitalizar el por entonces acabadísimo género RPG en los videojuegos. Su éxito trajo tres nuevas entregas de la saga en 1998, 2008 y 2015, cuatro *spin-offs* –incluyendo un juego de pinball–, dos videojuegos no canónicos y hasta juegos de mesa.

Lo más emblemático:

El aspecto adorable de su personaje protagonista,
al estilo del señor con bigote del Monopoly.

Curiosidades

- Dark Horse Entertainment quiso producir una película basada en el juego a finales de los noventa, pero el proyecto acabó siendo cancelado.
- En un momento del juego, puedes toparte inesperadamente con la TARDIS de *Doctor Who* en medio del desierto, pero en cuanto te acercas desaparece con su característico zumbido intermitente.
- Otro de los posibles encuentros es con una nave espacial estrellada que lleva la etiqueta "propiedad del Área 51". Junto a ella, hay dos alienígenas muertos y uno de ellos lleva encima una foto de Elvis Presley.
- Tim Cain afirma que creó el juego en base a un sueño que tuvo.
- Otros juegos célebres desarrollados o distribuidos por la compañía son *Alone in the Dark, Neuromancer, Earthworm Jim, Carmageddon, Dragon Wars* o incluso el videojuego de *Waterworld*.

_____ Bioshock

2K Games, 2007.

En un 1960 alternativo, encontramos los restos destruidos de una ciudad submarina llamada Rapture, poblada por súper-humanos enloquecidos por sus mejoras genéticas artificiales.

Rebelión en la granja submarina

Altamente aclamado por la crítica y los fans, lo inmersivo y jugoso del mundo explorable y su dimensión política son los dos rasgos que lo han hecho más atractivo al público. El juego está organizado como un *shooter* en primera persona, pero con mucho énfasis en la narrativa y el trasfondo de la historia. La influencia de George Orwell y Aldous Huxley en la historia narrada es más que evidente y los creadores del juego la admiten sin pudor alguno, aunque por encima de ello destacan las novelas de Ayn Rand. Ha dado pie a tres secuelas, varias novelas y un gran fenómeno fan, con una impresionante cantidad de libros y ficciones alternativas creadas por el fandom.

Curiosidades

- En una primera versión, los jefes finales iban a ser cerebros súper-evolucionados flotando en jarras de cristal, pero se acabó desechando la idea porque no parecía algo muy divertido para los jugadores.
- El aspecto de los Big Daddies está inspirado en un traje de buzo francés del siglo XIX.
- El faro de Rapture se puede ver en Google Maps si se introducen las coordenadas 63' 2' Norte – 29' 55' Oeste.
- El nombre del personaje Andrew Ryan es un guiño a la autora Ayn Rand, de cuyas novelas bebe mucho la trama del juego.
- 2K Games tiene mucho más historial como publicador de juegos que como desarrollador, habiendo publicado innumerables juegos como *Grand Theft Auto*, *Age of Wonders* y varios juegos sobre *Austin Powers* o el grupo Kiss.

Lo más emblemático:

Los Big Daddies, monstruos gigantes muy icónicos del juego.

Qué aporta:

Un estilo *steampunk* y una narrativa orwelliana aplicada a un videojuego de acción.

UNIVE
RSOS
DISTÓ
ꓘICOꓷ

Jóse Sénder

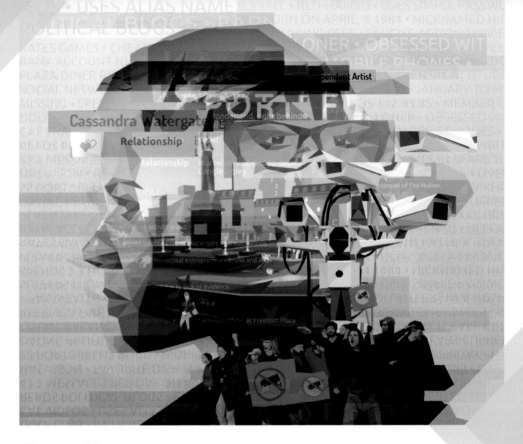

Orwell

Osmotic Studios, 2016.

El Partido ha colocado cámaras por todas partes y vigila las conversaciones privadas de todos los ciudadanos. Uno de los investigadores que se dedican a espiar a la población a través del sistema de vigilancia Orwell intentará desenmascarar al culpable de una serie de atentados con bombas.

El mega-hit indie

Es evidente de dónde proviene la inspiración, teniendo en cuenta su título o los conceptos de la vigilancia extrema y el nombre El Partido: *1984* es la clarísima fuente de la que bebe este curioso juego de un estudio indie. Lo divertido es que en este caso se le da la vuelta y nos ponemos en la piel no del oprimido sino del opresor, para investigar el mundo desde los ojos de un miembro del Partido que cree estar haciendo el bien. Eso es lo chocante, que en este juego somos los malos. Se puede completar en apenas tres horas y está dividido en cinco capítulos, como si se tratara de una serie, con un potente cliffhanger al final de cada uno. En 2018 apareció la secuela *Orwell: Ignorance is Strength*, igualmente dividido en capítulos y que se centra en otra trama de investigación no relacionada pero que sucede al mismo tiempo que la del primer juego.

Lo más emblemático:

Su modo de juego, consistente en estudiar conversaciones privadas en busca de pistas.

Qué aporta:

Llevar el mundo orwelliano al terreno de los videojuegos, pero visto desde el otro lado.

Curiosidades

- El sistema de vigilancia Orwell es extremadamente literal cuando analiza textos de la gente a la que espía, incapaz de detectar juegos de palabras o sarcasmos, lo que da pie a divertidas situaciones de equívoco.
- El país ficticio en que transcurre la acción se llama Nación.
- La segunda entrega del juego está inspirada en el auge de las noticias falsas en los medios actuales.
- El subtítulo de la secuela, *Ignorance is Strength*, viene de una de las frases más famosas de *1984*.
- Osmotic es un estudio pequeño fundado en 2014 por tres personas y de momento sólo han sacado dos videojuegos, las dos entregas de *Orwell*.

Jöse Sénder

____Cyberpunk 2077

CD Projekt Red, 2020.

Uno de los lanzamientos más esperados de los últimos años es el de este videojuego, ambientado en un distópico año 2077 controlado por grandes corporaciones económicas y robots.

Lo más emblemático:
De momento, podemos asegurar que Keanu Reeves.

Sigue al conejo blanco, Johnny

Poco sabemos de momento sobre la trama del juego, pero su campaña publicitaria –altamente exitosa pese a que aún falta un año– ha explicado muy bien el trasfondo distópico en que se desarrolla. El protagonista, Mercenario V, tiene un nivel muy alto de maleabilidad, podemos customizar su pelo, su cuerpo, su cara, su historia y hasta su sexo. Los vídeos mostrados hasta la fecha han generado una enorme expectación, sobre todo tras el bombazo que supuso la aparición en el segundo tráiler de un personaje, Johnny Silverhand, interpretado por Keanu Reeves –no sólo como actor de voz, sino que tiene su aspecto físico–. No podía llegar en mejor momento para publicitar el juego que ahora, con la oleada de amor fan que ha surgido en el útlimo par de años hacia la figura del simpático actor. Los gráficos que hemos podido ver en los tráilers son verdaderamente impresionantes y se nota la mano del equipo técnico que nos trajo *The Witcher 3: Wild Hunt*. Aún tenemos que esperar un poco más para poder disfrutar de este juego, pero el hype generalizado en la comunidad *gamer* apunta a que va a ser un éxito aplastante.

Qué aporta: Una nueva historia de distopía social que apunta a un gran éxito de público mainstream.

Curiosidades

- Adaptación de un juego de mesa de 1988 llamado *Cyberpunk 2020*, creado por el mismo guionista del futuro videojuego.
- El breve *teaser* de 2013 fue muy aclamado, recibiendo premios en los People's Choice, los Machinima Inside Gaming Awards y los Golden Trailer Awards.
- Pasaron cinco años desde el primer *teaser* hasta que por fin se estrenó un tráiler oficial.
- CD Projekt Red envió una copia adelantada del juego al fan que le gritó a Keanu Reeves *"you're breathtaking"* –"eres impresionante"– en la conferencia del E3, un momento que se ha hecho viral en todo el mundo debido a la respuesta del actor –"no, tú eres impresionante"–.
- Los decorados están inspirados en *Blade Runner* –y, por tanto, en *1997: Rescate en Nueva York*–.

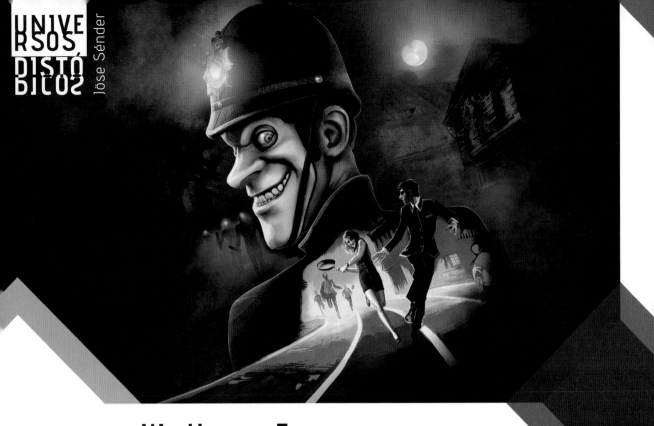

____We Happy Few

Compulsion Games y Gearbox Software, 2018.

La ciudad de Wellington Wells logró expulsar a los nazis mediante una acción misteriosa que se conoce como Algo Muy Malo, provocando la adicción de todos sus habitantes a una potente droga que suprime los malos recuerdos. Cuando en los sesenta unos pocos deciden dejar de tomarla y empiezan a recordar, el estado policial extremo les persigue.

Los locos sesenta

Al igual que el *Orwell*, otro videojuego de un pequeño estudio independiente, en este caso canadiense. Se juega en primera persona y, aunque combina elementos de RPG, plataformas y supervivencia, se da prioridad a la narrativa por encima de la jugabilidad, haciendo que la trama, el trasfondo y el desarrollo de personajes sean lo principal. Las influencias declaradas por los autores son de la cultura popular británica de los sesenta –y esto incluye, por supuesto, *El prisionero* o cierto viajero del tiempo en una cabina azul de policía– y sobre todo de los clásicos de la literatura y el cine distópicos, desde *1984*, *Rebelión en la granja*, *Fahrenheit 451* o *Un mundo feliz* hasta *Brasil*, aunque el título del juego está extraído de un verso del *Enrique V* de Shakespeare.

Lo más emblemático:

Su diseño visual estrambótico y plagado de referencias de la cultura pop.

Qué aporta:

Una historia interesante que combina las visiones de Orwell y Huxley.

Curiosidades

- Tres personajes jugables: un censor del régimen, la creadora de una nueva cepa de la droga del olvido o un ex soldado con estrés postraumático.
- Gold Circle Entertainment ha anunciado una adaptación al cine.
- Hay un guiño al *Bioshock*, si matas a un PNJ llamado Ryan Andrew –como el gran villano de dicho juego– recibes un logro llamado "*Shocking Biology*".
- La ciudad de Wellington Wells se llama así como guiño muy evidente a cierto escritor del que ya hemos hablado largo y tendido.
- Existen varios DLCs descargables para jugar las historias de otros habitantes de Wellington Wells.

Doctor Who

iZombie

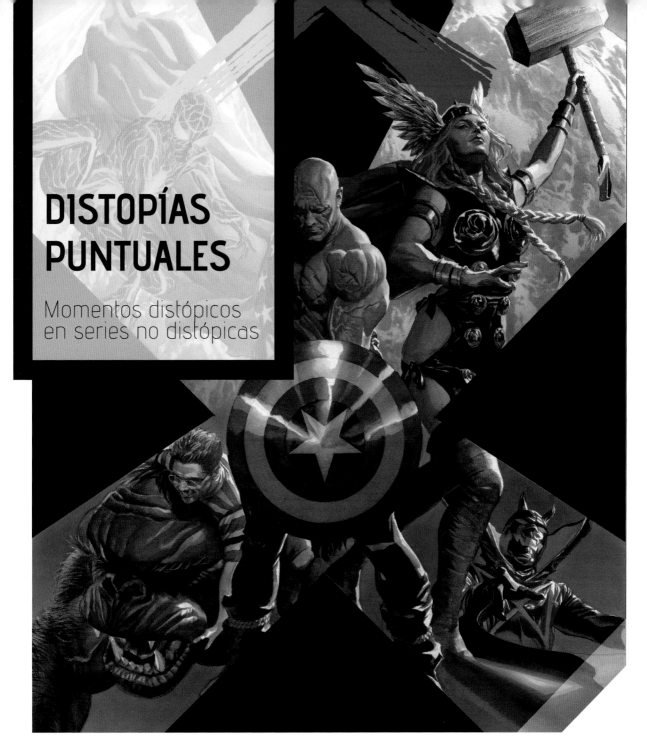

DISTOPÍAS PUNTUALES

Momentos distópicos en series no distópicas

A todo autor, ya sea guionista de cine o televisión, novelista o autor de cómics, le encanta el género distópico. Ahí puede dar rienda suelta a su locura, dejarse la sutileza en casa e imaginarse un mundo mucho peor que el nuestro, para advertir y fascinar. Por eso, en muchas ocasiones, algunas series de televisión o de cómic que en principio no están ambientadas en un universo distópico, aprovechan la menor ocasión para meter de vez en cuando un capítulo que sí lo está.

UNIVE RSOS DISTÓ BILOS

Jöse Sénder

Doctor Who

bviamente, tenía que ser la primera. El motivo principal de la serie –un alienígena con una máquina del tiempo que se dedica a viajar a lo loco por diversas épocas y planetas ayudando a quien lo necesite– da pie a poder presentar muchos mundos fantásticos y variados, entre los cuales a menudo se incluyen distopías salvajes. Ya sólo en la nueva iteración de la serie que renació en 2005 gracias al genio de Russell T. Davies, tenemos multitud de ejemplos:

- Un futuro en el que sólo hay reality shows.
- Un hospital que puede curar toda enfermedad, pero en realidad lo hace en base a humanos esclavizados metidos en tubos.
- Un Londres futurista que vaga por el espacio a lomos de una maltratada bestia gigantesca.
- Un presente en que las almas humanas se quedan atrapadas en internet pidiendo ayuda a gritos –o, como dice Clara Oswald, "básicamente, Twitter"–.
- Un mundo dominado por robots con cara de emojis.
- Un futuro terrible en el que la sociedad vive atrapada en un eterno atasco de tráfico –una de las distopías más originales hasta la fecha–.

Agentes de S.H.I.E.L.D.

a serie estrella del Universo Cinemático Marvel, que sigue las andanzas del equipo de agentes secretos de Phil Coulson y Quake, está por lo general ambientada en el presente.

Pero, durante toda la segunda mitad de la cuarta temporada, se trasladó la acción a un universo alternativo –uno de los clásicos "What If" de Marvel– en que los nazis han ganado y Estados Unidos está bajo el dominio de Hydra, en un terrorífico estado totalitario que ejecuta a los Inhumanos y a cualquiera que sea tachado de disidente. Hasta se cambió el logo de apertura de la serie por un "Agentes de Hydra". Al final, resultaba ser una simulación virtual en las mentes de los protagonistas, conectados a un servidor de alta tecnología, fusionando las ideas principales de *El hombre en el castillo* y *Matrix*.

La primera mitad de la quinta temporada quiso seguir con esta temática distópica y consistió en el equipo de Coulson viajando a un futuro post-apocalíptico en que la Tierra había explotado y la especie alienígena Kree esclavizaba a los supervivientes.

iZombie

Esta comedia de investigación procedimental, muy vagamente inspirada en el cómic I, Zombie de Vertigo y trasladada a televisión por los artífices de Veronica Mars, por lo general no tiene nada de distópico. Se trata de una parodia de esas típicas series en que una persona pintoresca ayuda a la policía a resolver crímenes –desde Castle hasta Se ha escrito un crimen, Medium o Diagnóstico asesinato–, sólo que en este caso, para exagerarlo más, se trata de una forense zombi que adquiere los recuerdos de una víctima cuando se come su cerebro. Pero al final de la tercera temporada se hace pública la existencia de los zombis, que se empiezan a reproducir como moscas.

Y entonces llega la cuarta temporada, en la que la ciudad de Seattle ha sido amurallada para contener la propagación de la nueva especie y está bajo la estricta vigilancia de un grupo contratista militar privado, con toque de queda, cartillas de racionamiento y la reinstauración de la pena de muerte. Sí, de repente una serie procedimental de humor que se ríe de los clichés de CSI y sus derivados se convierte en una distopía militar extrema, con zombis hambrientos como alegoría a la exclusión social de los sin techo y las razas discriminadas. Sin duda, muy curioso de ver.

Salto al infinito

Esta serie de culto de los noventa –de título original Sliders–, protagonizada por Jerry O'Connell y John "Gimli" Rhys-Davies, narraba las aventuras de un estudiante de ciencias que crea un dispositivo para saltar a universos paralelos. Junto a su novia, su profesor de la universidad y una estrella del blues venida a menos, van saltando en cada capítulo a un mundo alternativo distinto, intentando siempre encontrar el camino a casa, como Scott Bakula en A través del tiempo pero sin acabar cada episodio diciendo "oh, vaya". Con esta excusa, los guionistas aprovechan para teorizar sobre multitud de posibles realidades, la gran mayoría de ellas distópicas:

UNIVERSOS DISTÓPICOS

Jose Sénder

- Una en la que Estados Unidos perdió la Guerra de Independencia y sigue bajo el dominio de Inglaterra.
- Una en la que la lotería es la prioridad en la vida de la gente y sólo viven de jugar constantemente.
- Una en la que un virus ha matado a todos los hombres del planeta –¿habría visto Brian K. Vaughan esta serie antes de escribir *Y: El último hombre*?–.
- Una en la que la tecnología de cualquier tipo se ilegalizó en todo el mundo a raíz de la masacre atómica de Hiroshima.
- Una controlada por la mafia al estilo de los años cuarenta.
- Una en la que los mayores de 30 años son considerados parias sociales y obligados a jubilarse, mezclando tramas de *Los viajes de Gulliver* y *La fuga de Logan*.

X-Men

Una de las series de cómic más exitosas de todos los tiempos, creada por Stan Lee y luego revitalizada en los setenta por Chris Claremont, con la idea principal de ser una alegoría social contra el racismo y la discriminación de cualquier tipo –no en vano sus dos personajes principales, Xavier y Magneto, están inspirados en Martin Luther King y Malcolm X–. Como suele suceder en todos los cómics Marvel, que siempre tienen un trasfondo de crítica social –a veces más sutil, a veces más evidente–, de vez en cuando se incluyen algunos arcos argumentales ambientados en futuros distópicos o terribles realidades alternativas.

Uno de los más recordados es *Días del futuro pasado*, de 1981, que transcurre en un futuro post-apocalíptico en que los mutantes son recluidos en campos de concentración, marcados con una letra M tatuada en sus caras y casi siempre ejecutados por un régimen racista respaldado por inmensos robots asesinos. Otra de las obras clave de la distopía marvelita es la saga *La era de Apocalipsis*, de 1995, que mostraba todo lo contrario: un universo alternativo en que Xavier murió joven y nunca llegó a detener al villano Apocalipsis, que acabó dominando el mundo y estableciendo una dictadura racial, en la que los mutantes son la especie superior y los humanos sus esclavos. *Tierra X*, creado por Alex Ross en 1999, fue un *mega-crossover* sobre un futuro distópico en que todos los habitantes del planeta consiguen poderes y los superhéroes dejan de importar. Y la más reciente *La era de X-Man*, en 2019, vuelve al concepto de *Tierra X* –toda la humanidad es ahora mutante–, pero añadiendo mucha más profundidad y teorizando sobre dónde acaba la utopía y empieza la distopía.

Curiosamente, los títulos de las dos primeras sagas mencionadas se han usado para dos de las películas de la franquicia de Fox, que poca o ninguna relación guardan con los cómics cuyos nombres referencian.

Rick y Morty

La serie de humor más negro que te puedas encontrar –después de *Archer*, por supuesto– trata sobre un científico con graves problemas de sociopatía y su sufrido nieto viviendo aventuras tan complejas y originales como excesivas, a través del espacio y de universos paralelos. Siempre en clave de humor extremo, el creador de *Community* muestra aquí no sólo innumerables paradojas cuánticas, sino también distintas realidades distópicas muy interesantes:

- Un planeta en el que una entidad de pensamiento puro –que encima es una ex novia de Rick– ha poseído a todos los habitantes y los ha convertido en una mente colmena, como la de *Un pliegue en el tiempo* pero mucho más hilarante.
- Un microverso que adora a Rick como a un dios, de forma fanática, enloquecida y peligrosa.
- Una parodia de *La purga* en que todo un mundo tiene derecho legal a matarse unos a otros de forma ultra-violenta.
- La Tierra bajo control de la Federación Galáctica, sometiendo a la población mediante pastillas de consumo obligatorio que suprimen sus emociones.
- Una ciudadela interdimensional poblada exclusivamente por distintas versiones alternativas de Rick y Morty, creando una sociedad corrupta y cruel.

2112

Más como curiosidad que otra cosa, era necesario incluir esta idea de distopía, por estar narrada a través de un medio que no suele ser habitual para el género: la música. *2112* es un disco de la legendaria banda de rock progresivo canadiense Rush, una ópera-rock que cuenta una historia a través de todas las canciones del disco. Una historia de ciencia-ficción futurista ambientada en el año 2112 en la ciudad de Megadon, en la que se han ilegalizado la creatividad y la imaginación, bajo el opresivo dominio de una siniestra orden, los monjes del templo de Syrinx. La historia narrada en este famoso disco mezcla la ciencia-ficción con la fantasía y la espiritualidad, metafísica con aventura y todo ambientado en una sociedad distópica muy bien descrita. Porque la narrativa de ficción no tiene por qué limitarse a medios más visuales, también puede hacerse a través de la música.

UNIVERSOS DISTÓPICOS

Jöse Sénder

EN FIN... (DEL MUNDO)

Epílogo y conclusiones

Ya has visto que una distopía no es simplemente lo opuesto a una utopía, sino un género en sí, con sus propias reglas, sus propios clichés y sus propias vueltas de tuerca.

La distopía nos engancha como muy pocos géneros consiguen hacerlo, porque por un lado nos alivia mostrándonos un mundo mucho peor que el nuestro, pero a la vez critica nuestra sociedad real, señalándola con el dedo como un mono acusador escondido en el armario. ¿Cómo no iba a ser un estilo adictivo e inmortal?

Carreras de coches en desiertos australianos, Replicantes cuyos momentos se pierden como lágrimas en la lluvia, Grandes Hermanos que nos vigilan, delincuentes juveniles luchando contra tribus salvajes en una tierra post-nuclear o idiotas del futuro que riegan los cultivos con bebidas energéticas. Las posibilidades son infinitas.

¿Quieres escribir o rodar una historia de crítica social? ¿Te apetece consumir un relato que exponga las deficiencias de nuestro mundo? No hay manera más divertida, tanto para el creador como para el espectador, que a través de un loco mundo imaginario lleno de alegorías. Que se quiten los dramas realistas y profundos sobre política y desigualdad, nosotros queremos robots, alienígenas y carteros que se hacen amigos de Tom Petty. Déjate la sutileza en casa y prepárate para la diversión post-apocalíptica.

Una distopía es un lugar en el que no nos gustaría nada vivir, pero que disfrutamos como críos explorando a fondo en las páginas de un libro o en los fotogramas de una película. Porque nos advierte y nos fascina.

Espero que en este libro hayas descubierto nuevas películas y series que ver de un tirón, nuevos libros y cómics que leer y nuevos videojuegos a los que jugar. Y que hayas encontrado curiosidades interesantes sobre aquellas obras que ya conocías y amabas.

La distopía jamás pasará de moda, porque cuanto más aumenta el conocimiento de la población sobre los problemas del mundo que nos rodea, más crece el interés por devorar historias que exploren dichos temas.

Que la distopía nunca deje de fascinarnos.

Que volvamos a vernos.

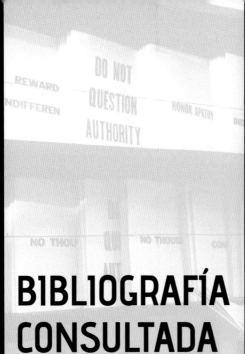

UNIVE
RSOS,
DISTÓ
BICOS

Jöse Sénder

BIBLIOGRAFÍA CONSULTADA

LIBROS Y ENSAYOS

BABENKO, YELYZAVETA. *Analysis of the film The Matrix*. Grin Publishing, 2011.

CALL, LEWIS. *BDSM in American science fiction and fantasy*. Palgrave MacMillan, 2012.

GIOIA, TED. *Notes on Conceptual Fiction*. Conceptual Fiction, 2009.

KIRBY, DAVID A. *The New Eugenics in Cinema: Genetic Determinism and Gene Therapy in GATTACA*. Science Fiction Studies, 2000.

MUIR, JOHN KENNETH. *The Encyclopedia of Superheroes on Film and Television*. McFarland & Co., 2008.

PASTOR, DOC. *Los sesenta no pasan de moda*, Dolmen Editorial, 2014.

ARTÍCULOS

GOLDMAN, PETER. "Consumer Society and its Discontents: The Truman Show and The Day of the Locust", *Anthropoetics*, 2004.

KREPS, DANIEL. "Mick Jagger's 'Clockwork Orange' Petition Signed by Beatles Up for Auction", *Rolling Stone*, 2015.

POWELL, ELORA. "Who are the bad guys? Reflections on Dystopia", *Luna Station Quarterly*, 2018.

SMITH, GRADY. "Lionsgate addresses 'Ender's Game' controversy", *Entertainment Weekly*, 2013.

TAIT, ADRIAN. "Nature reclaims her own: J.G. Ballard's The drowned world", *Australian Humanities Review*, 2014.

WALKER, ROB. *Brawndo*, *The New York Times*, 2008.
WELLS, H.G. *Crítica de Metrópolis*, *The New York Times*, 1927.

ENTREVISTAS

LAMBLE, RYAN. Entrevista a Neill Blomkamp. Den of Geek. 2013.
MORGAN, DAVID. Entrevista a Terry Gilliam. Wide Angle / Closeup. 1986.
ROBINSON, TASHA. Entrevista a Joss Whedon. AV Club. 2001.

OTRAS PUBLICACIONES

BARBOUR, DOUGLAS. *Science Fiction Studies* vol. 1 nº 3. 1974.
VARIOS AUTORES. *Dystopias: Definition and Characteristics*. Portal académico Read, Write, Think.
VARIOS AUTORES. *Ray Bradbury's Fahrenheit 451*. Portal académico A research guide for students.
VARIOS AUTORES. *The New York Times: Colección de noticias y ensayos sobre Ray Bradbury*.

Otros títulos publicados en la colección LOOK
Cultura popular (música, cine, series, videojuegos, cómics)

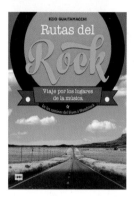

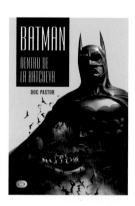